Silke Neumayer

Das Beste an meinem Ex war ich

SILKE NEUMAYER

Das Beste an meinem Ex war ich

ROMAN

Ullstein

Besuchen Sie uns im Internet:
www.ullstein.de

Wir verpflichten uns zu Nachhaltigkeit
- Klimaneutrales Produkt
- Papiere aus nachhaltiger Waldwirtschaft
- ullstein.de/nachhaltigkeit

MIX
Papier
FSC® C083411

ISBN 978-386-493173-4

Originalausgabe im Ullstein Paperback

Vignette erstellt von brgfx - de.freepik.com
Gesetzt aus der Quadraat Pro powered by pepyrus.com
Druck und Bindearbeiten: CPI books GmbH, Leck

»In einer halben Stunde landen wir planmäßig auf dem Flughafen von Palma de Mallorca. Das Wetter ist wie vorhergesagt. 26 Grad. Leichte Wolken. Schwacher Wind aus Nordost. Wenn Sie mich fragen, ideales Urlaubswetter.

Wir wünschen Ihnen noch einen schönen und angenehmen Flug. Bitte bleiben Sie bis zur Landung angeschnallt. Wir überfliegen in den nächsten fünfzehn Minuten noch ein kleines Gebiet mit leichten Turbulenzen. Der Service an Bord wird davon nicht beeinträchtigt.«

Turbulenzen! Auch das noch. Lotte krallte sich mit der linken Hand an der Lehne fest. Rechts ergriff sie die Hand ihrer Schwester Lissy, die auf dem Fensterplatz neben ihr saß.

Lotte war eigentlich eine eher furchtlose Person, und Fliegen an und für sich machte ihr auch nicht wirklich etwas aus. Aber bei Turbulenzen hatte sie des Öfteren das Gefühl, sie würde jetzt ganz gerne einfach mal kurz aussteigen und sich die Beine auf festem Boden vertreten, bevor es rüttelnd und schüttelnd weiterging.

So eine kurze Zwischenlandung bei Turbulenzen für ein paar Snacks, die nicht Gefahr liefen, auf der Bluse zu landen, und für ein kurzes Alles-ist-gut-Gefühl wäre echter Service, für den Lotte auch gerne deutlich mehr bezahlen würde.

Sie hatte nicht richtig Angst, aber ihr Magen krampfte sich etwas zusammen, und ihr Kopf spielte das Was-wäre-wenn-Spiel. Was wäre, wenn das Flugzeug jetzt doch ...? Was wäre, wenn es das jetzt mit ihrem Leben und der Liebe gewesen wäre ...? Was wäre, wenn sie ihre Tochter nie mehr wiedersehen würde ...? Und was würde aus all den Pflanzen in ihrer kleinen Gärtnerei werden, die sie zusammen mit Lissy von ihrem Vater geerbt hatte und die niemand so liebevoll pflegen konnte wie sie und ihre Schwester?

Lotte und Lissy waren quasi mit einem grünen Daumen geboren worden. Ihre kleine Gärtnerei war schon seit Jahren in Familienbesitz. Aber so wie es aussah, würde Lottes Tochter die Familientradition wohl nicht weiterführen.

Das Flugzeug rüttelte für ein paar Minuten etwas weniger, und Lotte hatte plötzlich genug von dem flauen Gefühl in ihrem Magen und ihrem Kopf und wurde stattdessen leicht gereizt.

Leicht gereizt zu sein war im Grunde genommen Lottes normale Gemütsverfassung.

Sie wachte meistens am Morgen etwas genervt auf, zur Mittagspause hatte sich das dann schon in ein leises grollendes »Grrrrrrrr« verwandelt, und gegen Abend war es manchmal am besten, Lotte nicht mehr deutlich zu widersprechen oder sie überhaupt nicht anzusprechen oder ihr gleich ganz aus dem Weg zu gehen.

Lotte fand ihren leicht gereizten Gemütszustand hier oben bei Turbulenzen in der Luft genauso wie am Boden zumeist mehr als berechtigt.

War ihr Leben nicht turbulent genug? Reichte das dem

Schicksal nicht? Musste es sie auch noch hier in der Luft durcheinanderschütteln?

Seit ihrer Scheidung von Carl vor sieben Jahren fühlte Lotte sich eigentlich für den Rest ihres Lebens genug durchgeschüttelt. Nach 27 Jahren Ehe mit Mitte vierzig für eine deutlich jüngere Frau so mir nichts, dir nichts verlassen zu werden ist etwas, das wohl keine Frau einfach mal eben so wegsteckt.

Und dabei hatte Lotte sich ihrer Tochter zuliebe immer bemüht, das alles möglichst entspannt zu überstehen und mit Carl, ihrem Ex und Vater von Emma, nicht in einen totalen Rosenkrieg zu geraten. Oder sie hatte es zumindest versucht, das mit dem Waffenstillstand und das mit der entspannten Sichtweise von Affäre, Betrug und Scheidung.

Das gelang Lotte natürlich nicht so wirklich, aber niemand, der Lotte näher kannte, wollte ihr diese Illusion nehmen.

Die Maschine begann als Antwort auf Lottes leichte Gereiztheit wie ein Kuhschwanz beim Melken zu wackeln. Lotte hielt den Becher mit Wasser, der vor ihr auf dem Tablett stand, fest.

Lissy drückte ihr die Hand.

»Tief durchatmen, Liebes. Entspann dich. Einatmen. Ausatmen. Einatmen. Ausatmen. Möchtest du noch ein paar Tropfen?«

Lissy hielt Lotte ein Fläschchen mit CBD-Öl unter die Nase.

Von diesem Öl hatte sie Lotte schon vor dem Start ein paar Tropfen auf die Zunge geträufelt. Als Prophylaxe sozusagen. Lissy kannte ihre Schwester eben ziemlich gut.

Lissy war fünf Jahre jünger als Lotte und in vielen Dingen so ziemlich das Gegenteil von ihr. Auf jeden Fall war Lissy meistens sehr entspannt. Schließlich beschäftigte sie sich ja auch ausgiebig mit allen möglichen oft leicht esoterisch angehauchten Trends. Wenn Lotte mal wieder besonders gereizter Stimmung war, dachte sie, dass Lissy sich mit Unsinn beschäftigte. Lissy hatte wohl einfach zu viel Zeit für unnötige Dinge.

»Hier, nimm einfach noch welche. Du machst mich ganz nervös, so nervös, wie du bist … Mund auf.«

Das CBD-Öl, Cannabisöl oder auch Hanföl, war Lissys neueste Wunderwaffe, um Lotte von 180 auf 128 zu bekommen. Laut Hersteller sollte das Öl auf keinen Fall high machen, aber trotzdem eine entkrampfende, entzündungshemmende und angstlösende Wirkung haben. Davon hatte Lotte zwar nichts gemerkt, aber Lissy zuliebe tat sie oft so, als würde das, was Lissy gerade an ihr ausprobierte, seine volle Wirkung in Sekundenschnelle entfalten.

So entspannt, wie Lissy manchmal war, hatte Lotte im Übrigen das Gefühl, dass sie vielleicht doch das richtige Zeug zu sich nahm und nicht nur das von psychoaktiven Substanzen befreite Öl.

Lotte schüttelte den Kopf und biss die Zähne zusammen.

»Ich brauche keine Tröpfchen, ich brauche jetzt was Gescheites.« Lotte war so durchgeschüttelt, sie hatte keine Kraft, so zu tun, als wäre sie relaxed.

Lotte wandte sich an den Steward, der gerade Saft durch den Gang schubste.

»Könnte ich bitte einen Gin Tonic haben?«

»Aber gerne. Macht zwölf Euro 95, und wir akzeptieren kein Bargeld.«

Auch das noch. Und auch noch völlig überteuert.

Lotte fummelte nach ihrem Geldbeutel. Sie war alt genug, um sich noch daran zu erinnern, dass es früher mal Getränke – auch Alkohol – kostenlos im Flugzeug gegeben hatte. Warum konnten die Airlines nicht einfach jedes Ticket zehn Euro teurer machen und dafür die Getränke frei? Man kam sich ja vor wie in einem

Supermarkt in drei Kilometer Höhe. Kein Wunder, dass die Menschen immer gereizter wurden.

Lotte fummelte weiter nach dem Geldbeutel, der in ihrer Handtasche eingeklemmt war, die wiederum unter dem Vordersitz eingeklemmt war, und stieß sich dabei den Kopf an der Rückenlehne vor ihr an.

Grrrrrrrrr.

Lotte hatte endlich Geldbeutel und Kreditkarte gefunden, bezahlt und schüttete den Gin in den Becher mit Tonic.

Lissy blickte auf die Uhr in ihrem Handy und zog ihre linke Augenbraue ganz leicht nach oben.

»Es ist 11.56 Uhr.«

»Irgendwo ist immer Happy Hour«, antwortete Lotte etwas schnippisch und genehmigte sich einen großen Schluck.

»Und ich bin nicht nervös. Nicht wegen dem bisschen Gerüttel. Wenn, dann bin ich genervt, weil meine Tochter in zwei Wochen heiraten will. Und das mit 23. Das wärst du auch, wenn deine Tochter viel zu jung in zwei Wochen heiraten würde.«

Lissy blickte Lotte an. Lotte hatte das leichte Gefühl, Lissy war jetzt auch nicht mehr ganz so entspannt wie sonst.

Lissy holte tief Luft und sagte: »Erstens habe ich leider keine Tochter, und das nicht freiwillig, wie du ganz genau weißt. Und zweitens ist Emma wie eine Tochter für mich, was du auch ganz genau weißt. Und das nicht nur, weil ich die Patentante bin. Und drittens, finde ich, solltest du mehr auf das Karma vertrauen.«

Lotte nahm noch einen Schluck. Sie konnte das jetzt wirklich gut gebrauchen, merkte sie.

»Also, wenn deine Theorie mit dem Karma stimmt, muss ich in meinen letzten Leben eine Massenmörderin gewesen sein oder so.«

Lissy träufelte sich selbst noch ein paar CBD-Tropfen unter

die Zunge, atmete einmal tief ein und aus und meinte dann zu Lotte: »Könnte sehr gut sein. Ich kenne da jemanden, der macht Rückführungen in deine früheren Leben, falls du das mal näher ergründen willst.«

Lissy hatte ja durchaus recht. Das eben war gemein von Lotte gewesen. Lissy konnte keine Kinder bekommen und war nicht eben glücklich darüber. Und ihre Schwester war die beste Tante, die man sich für sein Kind nur wünschen konnte.

Seit ihrer Scheidung erkannte Lotte sich selbst manchmal nicht mehr wieder.

Lotte konnte wirklich wegen einer Kleinigkeit hochgehen wie eine Rakete. Von null bis zum Mars in zwei Sekunden.

Sie sollte bei der NASA anheuern. Mit ihrer Gereiztheit könnte man jede Rakete in Sekundenschnelle auf den Mond bringen. Auf jeden Fall sollte sie nicht allzu oft Kundenkontakt haben. Das hatten die beiden Schwestern nach einem kleinen Vorfall in der Gärtnerei gemeinsam beschlossen.

Ein Kunde wollte eine winterharte Palme für seinen Vorgarten kaufen. Lotte musste ihm erklären, dass in Deutschland im Winter leider keine Palmen im Freien überleben. Er könnte also entweder seinen Vorgarten in die Tropen verlegen oder eine Palme in einem großen Topf kaufen und sie im Herbst für 250 Euro in der Gärtnerei bis zum nächsten Frühling abstellen. Der Kunde war empört über die 250 Euro und zeigte Lotte auf seinem Handy ein Foto vom Grundstück seines Nachbarn, auf dem seit Jahren eine Palme gedeihen würde. Und so was wollte er auch.

Lotte blickte auf das Foto.

Darauf war ein schöner üppiger Bambus zu sehen. Genau genommen handelte es sich um Fargesia murielae Jumbo, absolut winterhart.

Lotte seufzte und sagte: »Das ist keine Palme. Das ist Bambus. Haben Sie keine Augen im Kopf?«

Daraufhin wurde der Kunde auch leicht gereizt und bestand darauf, dass das Grünzeug eine Palme war. Die Frau seines Nachbarn hatte die Palme als Setzling von La Gomera mitgebracht und war sehr stolz auf diese Urlaubserinnerung im Vorgarten. Und er wollte jetzt auch so was. Ohne nach La Gomera zu fliegen. Und das hier war doch eine Gärtnerei. Und er wollte jetzt die Chefin sprechen, da Lotte offensichtlich von Palmen keine Ahnung hatte und sicher nur irgend so eine Aushilfskraft war.

Lotte spürte die Schlagadern an ihrem Hals leicht anschwellen. Sie wollte gerade dem Kunden ihren Blumenkübel mit frischer Erde, den sie die ganze Zeit in den Händen hielt, über den Kopf stülpen, damit er endlich aufhörte, dummes Zeug zu reden, da sprang Lissy gerade noch rechtzeitig ein.

Sie stand wie von Zauberhand plötzlich zwischen Lotte und dem Kunden, griff elegant nach dem Blumenkübel und sagte lächelnd zu dem Kunden: »Kein Problem. Sie kriegen Ihre Palme. Kommen Sie einfach mit in den Außenbereich, ich habe dahinten in der Ecke einige ganz wunderschöne Exemplare. Ich bin sicher, sie werden Ihnen gefallen.«

Lissy blickte Lotte eindringlich an und entwand ihr den Kübel. Lotte ließ widerstrebend los, und Lissy verkaufte dem glücklichen Kunden schließlich eine eins fünfzig hohe »Bambuspalme« für über hundert Euro.

Nach diesem kleinen Vorfall hatten die beiden Schwestern ein längeres Gespräch. Über Kundenservice, Gelassenheit, Achtsamkeit, eventuell tägliche Meditation. Das war das, was Lissy empfahl.

Über doofe Kunden. Eingebildete Lackaffen. Komplett Irre. Absolut Ahnungslose. Das war so, wie Lotte die Sache sah.

Am Ende konnten sich die Schwestern darauf einigen, dass Lotte im Moment etwas weniger Kundenkontakt ganz guttun würde und sie mehr mit den Pflanzen als mit den Kunden sprechen sollte. Die Pflanzen widersprachen Lotte nicht ganz so häufig, wie Menschen das zu tun pflegten.

Lissy nahm vorsichtshalber noch einmal zwei Tropfen von dem CBD-Öl und meinte dann weiter: »Auf jeden Fall bist du nervig, undankbar, und du übertreibst. Und du solltest dich einfach nur freuen, dass deine Tochter ihre große Liebe gefunden hat.«

Lotte wusste ja selbst, dass sie seit der Scheidung nervig war. In Deutschland gab es pro Jahr mehr als 150 000 Scheidungen, da war sie jetzt mal wirklich kein Einzelfall. Außerdem war ihre Trennung ja auch schon so lange her, sieben Jahre, um genau zu sein. Also gab es mittlerweile schon über eine Million mehr getrennte Paare, da sollte sie sich wirklich nicht mehr so anstellen.

Lotte seufzte auf und blickte Lissy reumütig an.

»Du hast recht. Tut mir leid, Lissy. Das eben war echt blöd, ich weiß doch, wie gerne du selbst ein Kind hättest. Ich weiß gar nicht, was ich manchmal ohne dich machen würde.«

»Du würdest verhungern, weil du alle Kunden vergraulen würdest.«

»Dann würde ich Kartoffeln, Gemüse und Obst anbauen und mich einfach nur noch davon ernähren«, gab Lotte zurück.

Lissy nahm Lotte einfach den Gin Tonic weg.

»Du musst nachher noch Auto fahren, meine Liebe. Du weißt, wie ungerne ich mich im Ausland ans Steuer setze.«

Lissy übergab den noch fast vollen Becher mit dem Gin Tonic dem Steward, der ihn einfach in den Müllsack warf und mit seinem Wägelchen weiterfuhr.

Lotte blickte dem Gin sehnsüchtig hinterher. Aber Lissy hatte recht. Sie hatten einen Leihwagen gemietet und mussten noch ein paar Kilometer bis zum Fincahotel fahren, bevor sie sich an den Pool legen konnten.

»Ich freue mich übrigens auf den Pool. Der sah echt schön aus. Und ja, ich sollte mich auf die Hochzeit freuen. Auch da hast du recht. Und außerdem kann ja Carl mit Isabell wegen dem Bandscheibenvorfall nicht kommen. Das ist doch wirklich sehr schade, dass Emma ihre Hochzeit so ganz ohne ihren Vater und seine unglaublich junge neue Frau mit den überaus definierten Oberarmen feiern muss.«

Lotte konnte sich diese Bemerkung jetzt echt nicht verkneifen. Und bei dem Gedanken, dass diesmal ihr Ex-Mann mitsamt neuer Frau nicht wie sonst an allen größeren Familienfeiern teilnehmen konnte, hob ihre Stimmung durchaus erheblich.

»Lotte!«

»Was denn? Etwas Schadenfreude darf doch sein. Es gibt schließlich gute Schmerzmittel. Ich bin sicher, Carl muss nicht allzu heftig leiden, und Isabell ist bestimmt eine ganz wundervolle Krankenschwester. Die kann ihn absolut problemlos ins Bett heben und wieder heraus, so durchtrainiert, wie die ist.«

»Charlotte!« Lissy zischte als Antwort Lottes vollen Namen.

Das war ein sicheres Zeichen, dass es jetzt doch besser war, den Mund zu halten. Auch Lissy – normalerweise die Ausgeglichenheit in Person – konnte ab und an die Zähne zeigen, falls es Lotte allzu sehr übertrieb. Und Lissy konnte das Thema Carl und Isabell nicht mehr so gut hören. Wahrscheinlich, weil sie es in den letzten Jahren ständig hatte hören müssen.

»Bin ja schon ruhig. Ich freue mich einfach. Ich habe wochenlang gedacht, ich muss die ganze Zeit neben Carl und Isabell am Pool oder am Strand liegen. Keine schöne Vorstellung, wie du dir denken kannst. Und dann kam in letzter Minute sozusagen dieser kleine Vorfall mit der Bandscheibe. Ein Wunder! Der Himmel hat ein Einsehen! Endlich mal eine Familienfeier ohne die ganze Familie. Und dann noch auf Mallorca. Du hast völlig recht, ich brauche gar keinen Gin oder die Tropfen. Ich muss nur an Carls Bandscheibenvorfall denken, und schon ist die Welt in Ordnung. Absolut und vollkommen in Ordnung.«

Lotte war echt ein Stein vom Herzen gefallen, als sie erfahren hatte, dass Carl leider doch nicht zur Hochzeit seiner einzigen Tochter kommen konnte.

Die gemeinsamen Familienfeiern, die sie Emma zuliebe pflichtschuldigst in den letzten Jahren absolviert hatte, waren für Lotte der blanke Graus gewesen.

Weihnachtsfeiern, die sie nur mithilfe von viel Glühwein überlebt hatte. Ostern gemeinsam brunchen – Lotte hätte sich am liebsten in einen Hasen verwandelt und wäre davongehoppelt. Emmas Geburtstagsessen – Lotte hatte vorsichtshalber ein paar Fotos von ihren Lieblingspflanzen gemacht und die Bilder unter dem Tisch immer wieder heimlich angeschaut, um sich zu beruhigen. Einmal ging sie sogar auf die Toilette, um dem Abbild einer Zamioculcas zamiifolia heimlich ihr Leid zu klagen.

Und dann war da noch Carls fünfzigster Geburtstag, der natürlich groß gefeiert wurde und zu dem sie selbstverständlich auch eingeladen war. Lotte hatte sich so mit Rotwein abgefüllt, dass sie sich später zu Hause heimlich übergeben hatte.

Es war ja »so großartig«, dass sie und Carl sich als Eltern noch so gut verstanden. Gerne hätte sie ab und zu Isabell etwas Pflanzendünger in den Champagner gegeben, aber Lotte war ja keine Mörderin. Sie war nur die verletzte und versetzte Ex-Frau. Einfach sitzen gelassen wegen einer jüngeren, schöneren, durchtrainierteren Blondine.

Grrrrrrrrrr.

Alles an Isabell war auch dazu angetan, einen als Ex-Frau auf die Palme zu bringen.

Isabell war nicht nur schlappe fünfzehn Jahre jünger als sie. Nein, Isabell hätte sicherlich als Model durchgehen können, war aber leider dafür etwas zu klein geraten. Ansonsten war alles an dieser Frau wie direkt aus einer Zeitschrift. Und das ohne Photoshop.

Isabells Haar war natürlich honigblond und fiel ihr in langen Wellen über die Schultern. Sie hatte einen perfekten Busen, der offensichtlich keine Schwerkraft kannte und den sie gerne nur mit leichten Fähnchen bedeckte, die mehr zeigten als verhüllten. Lotte hatte die Vermutung, dass der Busen nicht ganz echt war, wusste aber nicht, wie sie das rausbekommen sollte, ohne ihn mal kurz anzufassen.

Das traute sie sich dann doch nicht.

Und zu alldem hatte Isabell sich etwas aufgebaut und bezeichnete sich selbst als Influencer.

Lotte hatte erst »Influenza« verstanden und auf vierzig Grad Fieber gehofft, bis Emma sie darüber aufgeklärt hatte, was ihre Stiefmutter denn damit meinte. Es war – leider – nicht die Grippe.

Isabell hatte neben ihrem Ehemann einen sehr erfolgreichen Lifestyle-Blog, auf dem sie nette, wahrscheinlich ziemlich übertriebene Geschichten aus ihrem tollen Leben mit Carl postete, Gesundheits-, Wellness- und Fitnesstipps gab und nebenbei oder vielmehr hauptsächlich völlig überteuerte Klamotten und Kosmetik verkaufte.

Der Blog hieß »Love. Isabell.com«, und Lotte hatte ihn heimlich in »Hate. Isabell.cotz« umgetauft.

Aber ganz heimlich, nur Lissy wusste davon.

Emma hätte das nicht wirklich lustig gefunden. Sie verstand

sich zu Lottes heimlichem Leidwesen ganz gut mit ihrer Stiefmutter.

War vielleicht auch kein Wunder – schließlich könnten Isabell und Emma fast Geschwister sein.

Der Shop ging wohl ab wie Schmidts Katze, und dabei hätte Isabell es gar nicht nötig gehabt, überhaupt Geld zu verdienen, denn Carl besaß ein sehr gut gehendes Bauingenieurbüro.

Wenigstens war Carl finanziell gesehen bei der Scheidung mehr als großzügig gewesen. Das war wohl der Versuch, sein schlechtes Gewissen mit Geld zu betäuben. Hatte wohl ganz gut geklappt – für Carl zumindest. Lotte hingegen musste feststellen, dass ein gebrochenes Herz wirklich nicht mit Geld zu flicken war.

Trotz Carls Großzügigkeit gegenüber Lotte blieb aber sicher noch genug für die neue Ehefrau übrig. Carls Büro hatte über fünfzig Angestellte und konnte sich vor Aufträgen nicht retten.

Und jetzt hatte Carl vier Tage vor Abflug dieser wirklich üble Bandscheibenvorfall ereilt.

Wie schade!

Manchmal war das Schicksal eben doch gerecht.

Wenigstens die Hochzeit ihrer einzigen Tochter würde Lotte in Ruhe erleben können, ohne sich jede Sekunde zurück in ihre Gewächshäuser zu wünschen.

Lotte seufzte kurz auf, zog die Sonnenbrille runter und lehnte sich mit geschlossenen Augen zurück.

Das Gewackele hatte auch endlich aufgehört, und das Flugzeug glitt wieder geschmeidig durch die Luft.

Lotte fing ihre eigenen Gedanken ein. Sie würde sich jetzt wirklich mal einfach entspannen. Vor ihr lagen zwei wundervolle Wochen auf einer wundervollen Insel – gekrönt am Ende von einer von ihrer Tochter und einer deutsch-spanischen Hochzeitsplanerin sicher perfekt organisierten Hochzeit. Nun gut, ihre

Tochter war viel zu jung, um zu heiraten, und Lotte hielt die Ehe mittlerweile sowieso für den Sieg der Hoffnung über die Vernunft.

Aber was sollte es? Emma könnte sich ja wieder scheiden lassen. Und wieder heiraten und wieder scheiden lassen und wieder heiraten und wieder ...

»Bitte klappen Sie die Rückenlehnen wieder senkrecht nach oben und bleiben Sie weiterhin angeschnallt sitzen. Wir landen in Kürze in Palma de Mallorca.«

Lotte schreckte auf.

Sie war wohl für ein paar Sekunden eingeschlafen. Sie blickte aus dem Fenster – unter ihr war schon deutlich die Insel zu erkennen. Sie schwebten gerade an Cap Formentor vorbei über die Bucht von Alcúdia. In ihrer Ehe mit Carl war sie öfter auf der Insel gewesen, seit ihrer Scheidung allerdings nicht mehr.

Lotte blickte nach unten, sah kleine Dörfer, Felder, winzige weiße Windmühlen und merkte, dass ein Gefühl sich in ihr ausbreitete, das sie lange nicht mehr gespürt hatte.

Lotte überlegte, was das denn für ein Gefühl war. Und dann erkannte sie es.

Sie freute sich.

Das war einfach Vorfreude. Ein leichtes, luftiges Kribbeln im Bauch. Mallorca wartete auf sie. Ein paar wunderschöne Tage am Meer mit ihrer Tochter und deren Verlobtem, ihrer Schwester, später auch mit ein paar Freunden.

Lotte lächelte unwillkürlich.

Lissy blickte die Mundwinkel ihrer Schwester erstaunt an, lächelte auch und drückte leicht Lottes Hand.

Und Lotte überlegte sehr entspannt: Vielleicht wirkten die CBD-Tropfen doch nach. Was sollte schon schiefgehen?

»Mit Ihrer Buchung ist anscheinend etwas schiefgelaufen.«

Die ziemlich perfekt Deutsch sprechende und sehr hübsche Mallorquinerin mit blonden Strähnchen in den dunklen Haaren blickte Lotte entschuldigend an.

»Ich habe hier keine Reservierung auf den Namen Schumacher. Und ich muss leider sagen, wir sind sehr ausgebucht. Das tut mir leid. Das sieht überhaupt nicht gut aus. Ich muss sehen, was ich für Sie machen kann. Ob überhaupt noch ein Fahrzeug für die nächsten beiden Wochen frei ist.«

Lotte schnappte nach Luft. Kein Auto? Die Finca, in der Emma heiraten wollte, lag mitten in der Pampa, und Lotte schätzte den öffentlichen Nahverkehr auf Mallorca als eher unterentwickelt ein.

Lissy hielt ihr das CBD-Öl unter die Nase und meinte: »Wir könnten Fahrräder ausleihen. Im Hotel gibt's Fahrräder. Das stand im Internet.«

Lotte schüttelte den Kopf.

Lissy tröpfelte etwas von dem Öl auf ein Taschentuch und wedelte das einfach in Richtung Lotte.

Leider ohne Erfolg.

Lotte war auf 234.

Sie hatte ein Auto reserviert. Online. Irgendwas mit Mittelklasse und voller Versicherung gegen alles und jeden. Aber offensichtlich war sie nicht dagegen versichert, aus irgendwelchen Gründen gar kein Auto gebucht zu haben.

Lotte begann in ihrer großen Handtasche nach den Unterlagen zu suchen.

Mist! Warum liebte sie auch große Handtaschen, und warum trug sie immer den ganzen Hausstand mit sich herum?

Hier in den Untiefen ihrer braunen Ledertasche fand man ja wirklich gar nichts mehr. Wenn sie zurück in Deutschland war, musste sie dringend eine kleinere Tasche kaufen.

Dabei liebte Lotte es einfach, auf jede Gelegenheit vorbereitet zu sein. In ihrer jeweiligen Tasche, die sie nur alle paar Monate mal ausmistete, entdeckte sie jedes Mal die unglaublichsten Dinge, die sie täglich mit sich herumschleppte und schon lange vergessen hatte.

Aber genau jetzt, jetzt brauchte sie einfach nur die Buchungsbestätigung, und von der war weit und breit nichts zu sehen.

»Hier.«

Sie drückte Lissy ein paar Dinge aus der Tasche in die Hand, damit sie besser weitersuchen konnte: einen schon ziemlich ausgeleierten BH, Schmerztabletten, Duschgel, einen einzelnen Flipflop, Blumendraht, eine Blumenschere, den Reisepass – aber keine Buchungsbestätigung.

Die hübsche Mallorquinerin blickte ungläubig ab und zu von ihrem Bildschirm hoch, wo sie immer noch nach einem Wagen suchte. Lotte kam ihr wahrscheinlich wie eine verrückte deutsche Zauberkünstlerin vor.

Selbst Lotte hatte etwas Angst, dass sie gleich aus ihrer Tasche ein lebendiges Kaninchen hervorzaubern würde.

Das durfte alles gar nicht wahr sein.

Seit der Landung lief hier alles schief. Mallorca freute sich anscheinend nicht so sehr, Lotte wiederzusehen, wie Lotte sich freute, Mallorca wiederzusehen.

Nach der Landung mussten sie und Lissy erst mal angeschnallt über eine halbe Stunde noch im Flieger auf dem Rollfeld warten, bis sie überhaupt über so einen Schnorchel aussteigen konnten, und dann waren anscheinend auch noch ihre Koffer verschwunden.

Sie und Lissy standen ewig am sinnlos vor sich hin laufenden Gepäckband, aber ihre beiden Koffer kamen und kamen nicht.

Lissy bekam etwas Panik und träufelte sich im Sekundentakt die CBD-Tropfen auf die Zunge. Ihre luftigen Sommerkleider! Ihre Bikinis! Wie sollte Lissy auf die Schnelle eine komplette Sommer- und Festgarderobe ersetzen?

Lotte war genauso fassungslos, aber versuchte diesmal ausnahmsweise, ihre Schwester zu beruhigen. Sie könnten ja einfach in Palma einkaufen gehen – Palma war voller Geschäfte, sie müssten nicht nackt rumlaufen. Und wollte Lissy nicht sowieso schon immer mal ihren kompletten Kleiderschrank ausmisten? So Marie-Kondo-mäßig?

Ja, das wollte Lissy schon, aber doch nicht so.

»Marie Kondo ist eine Koryphäe, und sie meint ein ganz bewusstes Aussortieren von überflüssigen Dingen und Kleidung, das sozusagen mit einer mentalen Reinigung einhergeht. Das kann man nicht vergleichen mit Koffern, die verloren gehen. Du hast echt keine Ahnung!«

Lissy war den Tränen nahe.

»Mein schönes weißes Sommerkleid ist in dem Koffer. Ich habe das Teil extra für diese Gelegenheit gekauft, und es hat echt ein Vermögen gekostet.«

Lotte schüttelte den Kopf.

»Keine Panik, normalerweise tauchen die Koffer innerhalb

von drei Tagen wieder auf, auch wenn sie bis dahin um die halbe Welt gereist sind. Ist mir mal bei einem Urlaub mit Carl in Griechenland passiert. Die bringen die Koffer dann sogar zu dir ins Hotel, also alles kein Problem«, sagte Lotte, um ihre Schwester zu beruhigen.

Dabei verschwieg sie, dass ihr Koffer zwar tatsächlich ins Hotel geliefert wurde, aber die Hälfte seines Inhalts einfach verschwunden war. Irgendwo verloren gegangen zwischen Honolulu und Hawaii, während sie mit Carl in Griechenland war und drei Tage den gleichen Slip trug, da auf der winzigen Insel kein Geschäft aufzutreiben war, das Damenunterwäsche führte. Aber das war damals vollkommen egal gewesen. Sie war jung und verliebt, es war sonnig und warm. Sie trug einfach Carls Hemden als Kleider – dessen Koffer war glücklicherweise nicht verloren gegangen –, und sie wusch ihren Slip jeden Abend in dem winzigen Waschbecken der kleinen Pension aus.

Ach, das war sehr lange her.

Sie hatte das alles eigentlich vollkommen vergessen. Wie hieß die kleine Insel noch mal? Lotte konnte sich nicht mehr daran erinnern, nur noch, dass sie mit zwei Fähren unterwegs gewesen waren, um überhaupt dahin zu gelangen. Erstaunlich, dass der Koffer damals überhaupt wieder zu ihr auf die kleine Insel gefunden hatte.

Kleidungsmäßig war Lotte im Laufe der Jahre eher auf der praktischen Seite angekommen. Wer ständig in der Erde wühlt, braucht keine Blumenkleider mehr, sagte sie sich. Und Lotte war sich sicher, den Pflanzen war es vollkommen egal, wie sie rumlief.

Sie war nicht ungepflegt, das ganz und gar nicht, aber meistens äußerst praktisch gekleidet, und ein Kleid hatte Lotte wahrscheinlich monatelang nicht mehr angehabt. Ihr fiel ein, sie hatte noch nicht mal für Mallorca eins eingepackt, nur Shorts und Hosen. Aber wenn sie unbedingt eins haben wollte, konnte sie ja immer noch eins hier auf einem der unzähligen Wochenmärkte der Insel kaufen.

»Nun, betrachte es mal so: Wenn du die Klamotten aus dem Koffer nicht mehr aussortieren und wegwerfen musst, sparst du dir total viel Zeit, die du dazu verwenden kannst, neue Kleidung zu kaufen. Ich sollte auch so was erfinden wie diese Marie Kondo. Ich erkläre den Leuten einfach, sie sollen jede Menge Zeug wegwerfen, und damit werde ich selbst dann unglaublich reich und kann mir unglaublich viel Zeug kaufen. Das ist deutlich einfacher und geht wesentlich schneller, als aus einem kleinen Samen eine große Pflanze zu ziehen.«

Lissy starrte trübsinnig auf das Band, das sich vor ihnen drehte, und sagte: »Ich will meine Kleider. Jetzt. Und nicht erst in drei Tagen.« Und dann schraubte sie die Flasche mit dem CBD-Öl zu und steckte sie in ihre kleine Bordtasche.

Wahrscheinlich half das Zeug im Fall eines Kofferverlustes nicht mehr so richtig.

Es dauerte weitere zwanzig Minuten, während zwei fremde Koffer einsam und verlassen ihre Kreise auf dem Band zogen und Lotte schon überlegte, einfach einen davon mitzunehmen, schließlich standen die Chancen ja fünfzig zu fünfzig, dass der Inhalt einer Frau gehörte, als ihr Blick erneut auf die Anzeigetafel über dem Band fiel.

Und dann wurde ihr klar, was los war. Es gab anscheinend quasi im Halbstundentakt Flieger aus Frankfurt nach Palma, und sie standen an dem Gepäckband einer Maschine, die dreißig Minuten vor ihnen gelandet war. Lotte blickte auf die große Anzeigetafel hinter ihr. Und dort stand auch ihr Flug aus Frankfurt.

Sie musste mit Lissy ans andere Ende der Halle.

Lissy und sie rannten los, bevor ihre Koffer vielleicht doch noch wegen Nichtabholens nach Hongkong weitergeleitet wurden. Und siehe da, sie schafften es gerade noch, ihre beiden Koffer vom Band zu hieven, bevor die allein weiterflogen.

Lotte wusste jetzt nicht, ob sie sich schlau oder blöd vorkommen sollte.

Sie entschied sich für schlau. Schließlich war es Lissy, die immer zu ihr sagte, sie müsse endlich lernen, richtig und positiv zu denken, dann würde ihr Leben einfach besser, schöner, perfekter werden.

Also, sie war schlau gewesen, den Fehler doch noch zu bemerken, und nicht doof, erst mal ewig am falschen Band anzustehen.

Die Koffer hatten sie.

Aber sie hatten, so wie es aussah, kein Auto.

Das Gesicht, das die Mallorquinerin hinter dem Rent-a-Car-Schalter machte, gefiel Lotte überhaupt nicht.

Dem Gesichtsausdruck nach zu urteilen, würden sie entweder zu Fuß zur Finca laufen oder 200 Euro für ein Taxi ausgeben müssen. Die Finca lag irgendwo im Süden in der Nähe von Santanyí, ziemlich nah am Meer. Also ziemlich weit weg vom Flughafen.

Plötzlich lächelte die Mallorquinerin und meinte: »Ich habe einen Wagen gefunden. Ich könnte Ihnen noch ein Cabrio anbieten. Ein Mini Cabriolet. Allerdings mit einem Aufschlag. Aber das ist das einzige Auto, das wir im Moment für die nächsten beiden Wochen frei haben.

»Wir nehmen es«, entschied Lissy schnell.

Die Frau hinter dem Rent-a-Car-Schalter legte einen Autoschlüssel vor Lotte hin.

»400 Euro pro Woche.«

Lotte schluckte.

Lissy schnappte sich den Schlüssel.

»Der Wagen hat eine Schaltung.«

Auch das noch.

»Ich bin seit Jahren keinen Wagen mit Schaltung mehr gefahren«, sagte Lotte etwas verunsichert, aber Lissy hielt den Schlüssel wie einen Schatz umklammert.

»Im Notfall fahre ich«, erklärte Lissy. Lotte sah sich schon mit Lissy am Steuer über eine Klippe segeln. Wie bei Thelma und Louise, nur nicht ganz so episch. Lissy war eine unglaublich schlechte Autofahrerin. Total nervös und entweder zu schnell oder viel zu langsam unterwegs. Wenn Lissy Auto fuhr, ertönte um sie herum immer ein Hupkonzert.

»Ihr könnt gerne mit uns tauschen. Ich habe ein Cabriolet mit Automatik gemietet. Einen Range Rover« sagte plötzlich eine männliche Stimme hinter Lotte.

Lotte drehte sich um und sah sich plötzlich Philipp und Dora gegenüber.

Ihren zukünftigen Schwiegereltern. Quatsch. Natürlich waren das die zukünftigen Schwiegereltern von Emma.

Aber was waren sie dann für sie, Lotte, die Mutter der Braut? Sie hatte keine Ahnung. Schwippschwiegereltern, bucklige Verwandtschaft.

Lotte brachte diese ganzen verwandtschaftlichen Verhältnisse ständig durcheinander. Welche Cousine mit welcher angeheirateten Tante und Großtante irgendwie blutlinienmäßig oder angeheiratet zusammenhing, machte sie einfach immer nur ganz wirr im Kopf.

»Hallo übrigens erst mal. Wie schön, dass wir uns schon hier am Flughafen treffen. Ben hat uns gar nicht gesagt, dass ihr ungefähr zur gleichen Zeit wie wir ankommt«, sagte Philipp und strahlte Lotte und Lissy geradezu an. Er freute sich anscheinend wirklich, die beiden zu sehen.

Bei Lotte war die Freude etwas verhaltener. Erstens kannte sie die beiden kaum, und zweitens waren Philipp und Dora das absolut perfekte Paar.

Das war etwas, das Lotte nicht gut ertragen konnte, selbst wenn sie noch mit Carl glücklich verheiratet gewesen wäre. Perfekte Paare, vor allem Paare, die ihr »Paarsein« permanent nach außen darstellten, waren Lotte schon immer ein Graus gewesen.

Dora beendete gerne Philipps Sätze, Philipp stimmte seiner Frau in allem und jedem zu. Dass sie nicht ständig im Partnerlook herumliefen, fand Lotte erstaunlich.

Lotte musterte die beiden.

Philipp trug Jeans und ein weißes Hemd, klassisch schlicht. Es sah echt nicht schlecht aus, aber Dora war mehr auf der sehr bunten Seite unterwegs – ihr Rock war grasgrün, ihre Bluse pink und die Sandalen lila. Da wäre ein Partnerlook wahrscheinlich bei aller zur Schau getragenen Harmonie doch geschmacklich eher schwierig herzustellen.

Lotte hatte vollkommen vergessen, dass natürlich auch die Eltern von Ben zur Hochzeit kommen würden.

Kein Wunder, sie war so damit beschäftigt gewesen, darüber nachzudenken, wie sie zwei Wochen Carl und Isabell überleben sollte, da hatten alle anderen Hochzeitsgäste nur eine Statistenrolle gespielt.

Das war jetzt allerdings vorbei.

Jetzt waren Philipp und Dora da.

Bisher hatte Lotte Philipp und Dora nur zweimal bei einem Abendessen getroffen.

Beim ersten Mal gingen Lotte, Carl, Isabell, Emma, Ben und Philipp und Dora alle zusammen zu einem Italiener. Beim zweiten Mal war Lotte mit Lissy, Emma und Ben bei Philipp und Dora in ihrem perfekten Einfamilienhaus eingeladen.

Lotte konnte ihr Glück nicht fassen.

Zukünftig würde sie nicht nur Carl und Isabell auf Familienfeiern ertragen müssen, nein, jetzt kamen auch noch Dora und Philipp hinzu.

Warum bestand die Welt nicht nur aus Gewächshäusern und Pflanzen und Gräsern und Palmen. Ja, Palmen fand Lotte auch sehr schön. Sie wisperten so speziell im Wind und erzählten die spannendsten Geschichten von Abenteuern und Reisen ins Unbekannte. Leider passten sie meistens nur schwer in ein normales Gewächshaus.

Lotte dachte an die Palmen auf Mallorca und zauberte sich selbst so ein kleines Lächeln in ihr Gesicht.

»Na, das ist ja eine Überraschung, ich wusste auch nicht, dass ihr heute schon ankommt. Wir müssen nicht tauschen, ich kriege das schon hin mit der Schaltung. Ich habe früher einen Käfer und einen Golf mit Schaltung gehabt, aber danke für das Angebot«, sagte Lotte zu Philipp und bemerkte dessen leicht zweifelnden Gesichtsausdruck.

»Wirklich nicht? Mir macht es nichts aus, einen Mini zu fahren.« Dora schien, ihrem Gesichtsausdruck nach zu urteilen, von dem Tauschangebot etwas weniger begeistert. Range Rover gegen Mini war ja auch deutlich ein Downgrading.

»Nein, das passt schon, ich schaff das schon«, versicherte Lotte.

»Davon bin ich überzeugt«, meinte Philipp, und Dora sagte: »Gut, wenn das jetzt geklärt ist, mach doch bitte die ganzen Formalitäten fertig, Schatz. Ich muss noch ein paar Mails schreiben und brauche ein besseres WLAN als dieses schlappe Dings hier am Flughafen.«

Ach ja. Lotte hatte es fast vergessen, aber Dora war immer am Arbeiten. Sie hatte einen unglaublich wichtigen Job. Sie war Dozentin für Soziologie an der Universität, soweit Lotte das verstanden hatte. Auf jeden Fall war Dora ständig dabei, unfassbar wichtige Mails zu schreiben oder zu bekommen. Und es konnte auch schon mal eine Telefonkonferenz während des Abendessens sein. Dora war offensichtlich in ihrem Job unersetzlich. Das wurde Lotte, die von Soziologie erfreulicherweise keinerlei Ahnung hatte, gleich von Anfang an klargemacht. Bei dem ersten Abendessen musste Dora dreimal raus, um zu telefonieren, und bei der zweiten Einladung wurde das Essen von einer Videokonferenz unterbrochen. Da hatte dann Gott sei Dank Philipp gekocht, sonst hätte es damals wohl nichts zu essen gegeben, denn die Videokonferenz dauerte zwei Stunden. Gespräche mit Amerika – die verschiedenen Zeitzonen –, das mussten die Gäste doch einfach verstehen.

Lotte verstand nichts, und es war ihr auch egal. Das Essen war auf jeden Fall sehr gut gewesen – Saltimbocca mit Polenta. Philipp war offensichtlich ein richtig guter Koch, den es wohl nicht störte, dass seine Frau die Hälfte des Abends in ihrem Arbeitszimmer verschwunden war.

»Ich bin sicher, du bekommst dein WLAN möglichst bald. Wir haben hier gleich alles geklärt«, sagte Philipp und legte der Mallorquinerin seine Kreditkarte für die Kaution des Range Rovers auf den Tresen.

Lotte hatte für eine Zehntelsekunde das Gefühl, dass Philipps Lächeln nicht mehr ganz so echt war, wurde aber von einem lauten »Wuff« abgelenkt.

Das »Wuff« kam von ihren Füßen.

Lotte wäre fast einen Meter zur Seite gesprungen. Sie hatte es nicht so mit Hunden. Ganz und gar nicht hatte sie es mit diesen Tieren.

Aber zu ihren Füßen war kein Hund, nur eine Box.

Philipp hatte den Wagenschlüssel in Empfang genommen.

»Zeit, dass Charlie aus der Box kommt«, sagte er.

Philipp beugte sich runter, und erst jetzt sah Lotte, was da für eine Box neben Philipps Füßen stand. Es war so eine Hundetransportbox, und darin war Charlie, Philipps und Doras Hund.

Lotte konnte es nicht fassen. Die beiden hatten tatsächlich ihren Hund nach Mallorca zur Hochzeit mitgenommen! Was sollte der da bitte machen? Trauzeuge werden?

Lotte hatte kein Verständnis für so was. Nahm sie etwa ihre Pflanzen mit in den Urlaub? Und das war ja noch nicht mal richtig Urlaub, sondern eine Hochzeit.

Philipp öffnete die Transportbox und nahm den wild strampelnden Charlie erst mal auf den Arm und versuchte, ihn zu beruhigen.

Charlie war eine waschechte Promenadenmischung mit strubbeligem, wild überall abstehendem braungoldfarbenem Fell und Lottes Heimsuchung. Als sie mit Lissy bei Philipp und Dora zum Essen gewesen war, mussten die beiden den Hund in das obere Stockwerk sperren, so sehr hatte Charlie Lotte verbellt.

Das war leider eine Reaktion, die Lotte sehr oft bei Hunden auslöste. Die Abneigung beruhte auf spontaner Gegenseitigkeit, nur konnte Lotte nicht so laut und anhaltend bellen wie die meisten Hunde.

Meistens bellte Lotte übrigens gar nicht, sondern knurrte nur leise innerlich.

So auch jetzt. Das hatte ihr gerade noch gefehlt. Jetzt würde sie im Hotel ständig diesem Köter aus dem Weg gehen müssen.

Waren Hunde in dem Fincahotel überhaupt erlaubt?

Unfassbar!

In diesem Augenblick sprang Charlie aus den Armen von Philipp, rannte die drei Meter direkt auf Lotte zu, knurrte, bellte und biss ihr schließlich ins linke Hosenbein.

Lotte konnte nichts anderes tun, als für ein paar fürchterliche Schrecksekunden stocksteif still zu stehen, während Charlie an ihrer Hose zerrte, als wollte er sie ihr gleich runterreißen.

Lotte überlegte kurz, ob sie einen angemessenen Slip trug, um gleich ihren Schwippschwiegereltern und der halben Flughafenhalle so gut wie nackt gegenüberzustehen, aber da hatte Philipp die Zähne seines Hundes auch schon aus Lottes Hosenbein gelöst und ihn wieder hoch auf den Arm gehoben.

Philipp hielt Charlie einfach die Schnauze zu, da der immer noch versuchte, sich zu befreien und zu kläffen. Jetzt jedoch mit dem Maulkorb aus Philipps Hand nur noch leise knurrte.

»Grrrrrrr.« Tatsächlich kam eine Art leises Knurren gerade auch aus Lottes Kehle. Sie blickte an ihrer Hose runter. Die war total ruiniert. Das linke Hosenbein nur noch ein Fetzen. Charlie hatte offensichtlich sehr gesunde Zähne.

Philipp war die Zerknirschung in Person.

»Das tut mir unendlich leid. Ich weiß gar nicht, was in ihn gefahren ist. So was hat er echt noch nie gemacht.«

»Wir ersetzen dir natürlich die Hose«, versicherte Dora. Auch sie schien von der Situation leicht überfordert.

»Charlie hat doch hoffentlich nicht auch noch dein Bein erwischt? Blutest du? Tut irgendwas weh?« Philipp beugte sich zu Lottes Knie runter, um nachzusehen. Charlie hatte er immer noch auf dem Arm.

»Nein«, erwiderte Lotte, und das war auch gerade alles, was sie hervorbringen konnte. Sie hatte Angst, dass Charlie sich aus Philipps Arm herauswinden könnte.

»Gott sei Dank!« Philipp richtete sich wieder auf. »Er hat wirklich noch nie jemanden gebissen. Selbst das kleine Kind nicht, das ihn letztes Jahr sehr heftig am Schwanz gezogen hatte. So auszurasten, das ist sonst gar nicht seine Art.« Philipp hielt Charlie immer noch gut fest, der sich aber anscheinend mittlerweile etwas beruhigt hatte und nicht mehr knurrte.

»Hier.« Philipp hielt ihr mit seiner freien Hand seine Kreditkarte hin. »Du kannst gerne meine Kreditkarte haben und gleich nach Palma fahren. Kauf einfach alles, was du willst, ganz egal, was es kostet.«

Philipp war weiterhin völlig erschüttert.

»Mit einem Kleid wäre das wohl nicht passiert«, musste Lissy auch noch ihren Senf dazugeben und erntete dafür einen bösen Blick von Lotte.

Dieser Tag hatte sich offensichtlich gegen sie verschworen. Selbst Carls Bandscheibenvorfall konnte das jetzt stimmungsmäßig gerade nicht mehr so wirklich wettmachen.

Lotte hasste Hunde.

Obwohl, das war falsch. Sie hasste Hunde nicht, sie hatte Angst vor Hunden. Und sie hasste es, dass sie diese Angst hatte und sie nicht loswerden konnte. Außer Lissy wusste auch niemand von dem Vorfall.

Sie musste wohl ungefähr elf Jahre alt gewesen sein, als ein Schäferhund sich von der Leine gerissen und Lissy fast auf dem Spielplatz angefallen hatte. Lotte hatte sich damals todesmutig vor ihre kleine Schwester geworfen, und der Hund hatte sich statt in Lissy in Lottes Arm verbissen.

Es waren ein paar grauenvolle Sekunden voller Todesangst in Lottes Leben gewesen, bis der Besitzer es endlich schaffte, seinen Hund von Lotte loszureißen. Sie hatte ein paar tiefe Bisswunden abbekommen, wurde genäht, gegen Tetanus geimpft, musste jede Menge Antibiotika schlucken, und die Narben konnte man noch heute auf ihrem linken Arm sehen.

Kein Wunder, dass seither ihr Verhältnis zu Hunden mehr als unterkühlt war.

Dabei hatte sie sich damals als Kind sehnlichst Jahr für Jahr einen kleinen Dackel zu Weihnachten gewünscht und den leider nie bekommen. Nur zu einem Goldhamster, der das erste Jahr nicht überlebte, hatte es haustiertechnisch in ihrer Kindheit gereicht. Ihre Eltern fanden, sie hatten mit den Kindern und der Gärtnerei genügend Arbeit. Und nach diesem Vorfall hatte Lotte sowieso von Tieren die Nase voll und wandte sich den Pflanzen zu. Die waren pflegeleichter, und die wenigsten konnten beißen.

Schon ihr Zimmer als Jugendliche sah bei Lotte aus wie ein Dschungel. Lotte hatte nicht nur einen grünen Daumen – sie hatte grüne Finger und eine grüne Hand. Bei ihr wuchs und wucherte seither alles, was grün war, in unglaublicher Pracht und Fülle.

»Alles in Ordnung. Mir fehlt nichts«, sagte Lotte schließlich, als sie sich etwas von dem ersten Schock erholt hatte.

»Und ich brauche auch keine Kreditkarte. Ich habe noch ein paar andere Hosen im Koffer. Alles ist gut. Wenn ihr Charlie die nächsten Tage im Hotel und während der Hochzeit an der Leine lassen würdet, wäre ich euch sehr verbunden«, bat Lotte und fand, dass sie den Umständen entsprechend sehr entspannt reagierte. Wer wollte auch gleich die ganzen Feierlichkeiten mit schlechter Stimmung beginnen wegen einer kaputten Hose?

Lotte wollte das im Grunde ihres Herzens, aber sie war klug genug, an sich zu halten. Und Lissys warnender Blick hielt sie zusätzlich davon ab, etwas Lotte-mäßiger zu reagieren.

Aber ein »Ihr könntet aber auch in ein anderes Hotel gehen und nur zu den Feierlichkeiten kommen, falls ihr das Tier doch frei rumlaufen lassen wollt« konnte sie sich dann doch nicht verkneifen.

»Wollen wir nicht. Wir brauchen kein anderes Hotel. Wir wollen bei allen sein und euch alle näher kennenlernen. Wir haben uns total drauf gefreut, schließlich sind wir jetzt alle eine große Familie. Charlie bleibt an der Leine. Fest versprochen. Das kommt nie wieder vor. Wenn wir zurück in Frankfurt sind, geht er noch mal in die Hundeschule. Unfassbar, so ein Benehmen. Es tut mir unglaublich leid. Du wirst Charlie so gut wie nicht zu Gesicht bekommen. Das verspreche ich dir«, sagte Philipp.

Für eine Sekunde blickten sich Lotte und Philipp direkt in die Augen. Lotte versuchte abzuwägen, was sie von diesem Versprechen halten sollte. Und was da grade in Philipps Kopf vorging, war Lotte nicht so ganz klar.

»Und jetzt, glaube ich, sollten wir alle zur Finca fahren. Die Autosituation ist ja geklärt«, unterbrach Dora ungeduldig die beiden.

»Ja, wir sollten los. Charlie muss auch sicher dringend mal Gassi gehen. Wir sehen uns später.« Philipp schnappte sich die Papiere und den Autoschlüssel und nickte Lotte und Lissy noch mal zu.

»Das denke ich auch. Wir sind dann am Pool. Bis später«, sagte Lissy.

Lotte hingegen überlegte, ob sie selbst vielleicht besser die Finca wechseln und nur zu den Feierlichkeiten zu den anderen stoßen sollte, während sie zusah, wie Philipp und Dora Hand in Hand mit Charlie an der Leine und einen Gepäckwagen vor sich her schiebend zu ihrem Mietwagen gingen.

»Ich finde, die beiden sind ein nettes Paar«, meinte Lissy und riss Lotte damit aus ihren Gedanken.

»Und Charlie ist echt süß. So strubbelig. Schade, dass du mit Hunden so gar nicht kannst.«

»Ich finde, die beiden sind etwas zu perfekt für meinen Geschmack. Und Charlie hat mir grade die Hose ruiniert, was daran süß sein soll, erschließt sich mir jetzt nicht. Ich bin froh, dass er mich nicht richtig gebissen hat.«

»Der Hund kann ja nichts dafür, dass du keine Hunde magst, und das merkt er einfach. Du strahlst da so Schwingungen aus. Hunde sind sensible Wesen, der spürt genau, was mit dir los ist. Deshalb hat er so reagiert«, sagte Lissy.

»Lass uns gehen«, sagte Lotte und nahm Lissy den Autoschlüssel aus der Hand. Sie wollte jetzt nicht weiter auf das Thema Hund oder Schwingungen eingehen.

»Wenn wir uns beeilen, sind wir vielleicht noch vor denen am Pool und können uns eine ruhige Ecke aussuchen. Hunde dürfen hoffentlich nicht an den Pool. Zumindest nicht ohne Badehose.«

Eine halbe Stunde später waren Lotte und Lissy dann endlich auf der Autobahn, die vom Flughafen in Richtung Llucmajor auf die Ostseite der Insel führte.

Lotte hatte sich am Anfang ein paarmal kräftig verschaltet, das Getriebe hatte übel geknirscht und gejault, aber jetzt blieb sie einfach im sechsten Gang, und alles war gut.

Der Verkehr hier war deutlich entspannter als in Deutschland. Niemand drängelte, niemand fuhr zu dicht auf.

Lissy hatte das Radio aufgedreht, irgendein Popsong, den beide nicht kannten, erschallte aus den Boxen. Lotte hatte das Dach runtergefahren, der Wind wehte durch ihr halblanges offenes Haar, und die Sonne schien ihr auf die Arme.

Es war großartig.

Lotte hatte ihre kaputte Hose noch an, aber das war egal. Sie hatte ganz vergessen, wie schön Mallorca war. Selbst von der Autobahn aus betrachtet, nahm die Insel sie sofort in Empfang. Sie sah die ersten Windmühlen, und die Luft war selbst mitten auf der Autobahn unglaublich gut.

Hier waren 26 Grad, und in Deutschland hatte es beim Abflug noch geregnet.

In zwei Stunden war sie in einer völlig anderen Welt angekommen. Das Leben war einfach großartig. Zumindest ab und zu.

Lissy schaltete auf einen anderen Sender, und »Havana« von Camila Cabello erklang aus den erstaunlich guten Boxen des Minis. Lissy sang laut und vollkommen falsch mit, und Lotte stimmte mit ein.

Irgendwann war die Autobahn zu Ende, und sie fuhren dank GPS problemlos auf kleineren Straßen weiter. Das Fincahotel lag irgendwo einsam in der Nähe des Meeres.

Lotte musste öfter ganze Kolonnen von Radlern überholen, was bei den engen Straßen nicht immer ganz einfach war. Sie hatte sich früher immer lustig gemacht über die Outfits der sehr ambitionierten Radler auf Mallorca. Manche von den Jungs oder Mädels sahen aus, als kämen sie von einer fernen Galaxie mit ihren futuristisch anmutenden Helmen und spiegelnden Sonnenbrillen. Und diese seltsam auf dem Boden klackenden Fahrradschuhe erst!

Lotte überholte erneut ziemlich waghalsig eine Gruppe von mehr als zwanzig Radlern. Der Wind wuschelte ihre Haare durch, und Lotte bekam plötzlich tatsächlich Lust, selbst ein Rad auszuleihen und mit dem Drahtesel die Insel zu erkunden. Allerdings schwebte Lotte da ein weitaus gemütlicheres Tempo vor als das, was diese Rennradfahrer hier so an den Tag legten.

Es war wunderschön hier.

Wieso war sie eigentlich seit ihrer Scheidung nicht mehr hierhergefahren? Früher war sie fast jedes Jahr einmal mit Carl hergekommen. Als Emma jünger war, in Familienhotels irgendwo am Strand, oder sie hatten manchmal auch eine kleine Finca gemietet, und später, als Emma mit vierzehn plötzlich nicht mehr mitwollte und lieber bei Tante Lissy und ihren Freundinnen blieb, war sie auch einmal mit Carl ein paar Tage allein in Deià, in der Serra de Tramuntana, in einem versteckten kleinen Hotel gewesen.

»Halt an. Du musst anhalten. Sofort«, sagte Lissy plötzlich, und Lotte fuhr rechts ran in einen kleinen Feldweg hinein, für einen Moment in Angst, dass sie doch etwas zu flott die Kurven genommen hatte und Lissy sich übergeben müsste.

Aber das Gegenteil war der Fall. Lissy sprang freudig aus dem Auto und warf jubelnd die Arme in die Luft.

»Schau doch mal. Ist das nicht ein großartiger Anblick?«

Und jetzt sah Lotte, die sich vorher zu sehr auf die Straße und die Radler konzentriert hatte, es auch.

Vor ihnen lag das Meer.

Nur ein paar Kilometer entfernt. Aber von hier auf der ganz leichten Anhöhe hatte man einen großartigen Blick auf die Küste und das Meer.

Blau. Türkis. Petrolfarben.

Es war wohl ziemlich windig. Lotte konnte kleine Schaumkronen auf den Wellen ausmachen.

Sie konnte bis zum Horizont schauen.

Das war etwas, das Lotte am Meer so liebte. Der Blick wurde unendlich weit, und plötzlich erschienen einem die eigenen Wünsche und Träume nicht mehr so völlig unmöglich zu sein.

Ein paar Segelboote tummelten sich auf dem Wasser.

Lottes Herz machte vor Freude einen kleinen Sprung. Wann war sie überhaupt das letzte Mal am Meer gewesen? Lotte musste überlegen. Vor vier Jahren im Urlaub mit Emma in der Toskana.

Sie hatte gar nicht gemerkt, wie sehr sie das große Blau vermisst hatte.

Mein Gott, es war wahrlich kein Wunder, dass Millionen Touristen jedes Jahr auf die Insel strömten und Mallorca mittlerweile bei manchen sogar als das siebzehnte Bundesland galt.

Viele, die Mallorca nicht kannten, brachten die Insel einfach nur mit dem Ballermann in Verbindung. Dabei war das nur ein ganz kurzer Abschnitt bei Palma, wo Leute sich mit Eimern voller Sangria und Bier abschossen.

Lotte selbst war noch nie dort gewesen. Für sie war Mallorca die Insel der Calas, der kleinen Buchten, der verschlafenen Dörfer im Hinterland, der Kathedrale und des Gassengewirrs von Palma und der halbmondförmigen Bucht von Alcúdia oder dem wilden Es-Trenc-Strand.

Lotte hatte eigentlich nur schöne Zeiten hier verbracht. Schöne Zeiten mit Carl und Emma, als Familie. Aber diese Familie gab es in dieser Form ja nicht mehr.

Lotte schüttelte sich innerlich, um die Erinnerungen zu vertreiben.

Das mit Carl war vorbei, Geschichte. Sie hatte auch schon länger nicht mehr über sich und Carl nachgedacht. Nach dem Schmerz und dem daraus resultierenden Gedankenkarussell der ersten Jahre war es wohltuend, nicht mehr ständig an all das denken zu müssen.

Carls Betrug hatte sie damals völlig unvorbereitet getroffen. Wie ihr schien, kam das alles aus heiterem Himmel und hatte sie wirklich erst mal komplett aus der Bahn geworfen.

Sie hatte über drei Jahre gebraucht, um sich überhaupt wieder auf einen neuen Mann einlassen zu können – Jürgen.

Sie hatte Jürgen in der Schule von Emma bei einer Aufführung der höheren Klassen kennengelernt – er war auch frisch geschieden und hatte die Ausstrahlung eines verlassenen Welpen. Das war etwas, das Lotte am Anfang sehr anziehend fand, schließlich war sie selbst verlassen worden. Allerdings hoffte sie, nicht mehr ganz so verloren zu wirken wie Jürgen.

Aber mit Jürgen kam sie über ein halbes Jahr lauwarmer Beziehung nicht hinaus, dann stellte sie fest, dass sie bessere Gespräche mit ihren Pflanzen als mit Jürgen führen konnte, und beendete das Ganze.

Jürgen blickte danach noch trauriger, fand aber schnell eine neue Frau, die ihn adoptierte.

Danach kam für Lotte länger wieder nichts, und dann gab es da irgendwann noch Andreas. Das mit Andreas begann etwas stürmischer als die Geschichte mit Jürgen, aber dann bemerkte Lotte, dass Andreas auch mit über fünfzig noch sehr gerne andere Frauen von der Seitenlinie her anspielte, und beendete auch diese Beziehung nach nur einem Jahr. Noch einmal auf diese Art verletzt werden wollte sie auf keinen Fall, und sie bemerkte, dass sie Andreas schon einen Monat nach der Trennung vollkommen vergessen hatte. Also war alles gut. Oder auch nicht.

Lotte seufzte auf. Lissy blickte kurz zu ihr rüber.

»Echt schön hier«, sagte Lotte, dabei wanderten ihre Gedanken gerade wieder zu nicht ganz so schönen Dingen.

Sie war sich nicht sicher, ob sie jemals noch mal einen Mann richtig lieben konnte. Und vice versa. Vielleicht würde ihr das nie wieder passieren und sie würde sich mit weiteren kurzen Geschichten mit irgendwelchen Jürgens und Andreas zufriedengeben müssen.

Aber wenigstens würde sie keine alte Katzenlady werden, sondern eine alte Pflanzenlady, dachte Lotte und war gar nicht mehr ganz so deprimiert. Und wenn sie dann allein sterben würde, wäre sie von Pflanzen überwuchert, bis man sie finden würde. Sie würde zu einem Dschungel werden oder zu einem Beet oder zu einer Blumenwiese. Das war doch wohl immer noch besser, als von Katzen angeknabbert zu werden, oder etwa nicht?

Dabei war das sowieso alles Quatsch.

Sie war ja gar nicht allein. Da war Emma, und vielleicht kamen ja auch irgendwann Enkelkinder. Vielleicht sogar schon bald, so verliebt, wie Emma und Ben waren, obwohl die beiden noch mitten in ihrem Medizinstudium steckten und das ganz sicher kein guter Zeitpunkt für ein Baby war.

Und Lissy gab es ja auch noch.

Lissy hatte sich damals bei der Scheidung sehr gut und viel um ihre ältere Schwester gekümmert. Lissy selbst war seit zehn Jahren glücklich verheiratet – mit Anton.

Anton war Chefsteward auf diversen Kreuzfahrtschiffen und ständig auf allen sieben Weltmeeren unterwegs. Zurzeit schipperte er irgendwo in der Südsee herum, soweit Lotte wusste.

Lissy und er sahen sich im Jahr nur für ungefähr drei Monate.

Lotte hatte den heimlichen Verdacht, dass diese Ehe vor allem deshalb so gut war, weil die beiden in den letzten zehn Jahren rein zeitlich gesehen quasi immer noch erst im zweiten Jahr ihrer Ehe waren. Aber vielleicht irrte sich Lotte da. Anton war immer braun gebrannt, ziemlich lebenslustig, absolut treu trotz den Tausenden von Versuchungen zu Wasser und zu Land, und sogar Lotte konnte ihn gut länger als ein paar Stunden ertragen. Und das wollte bei ihr echt etwas heißen.

Dadurch, dass Anton so viel unterwegs war, hatte ihre Schwester viel Zeit, sich um die Gärtnerei und um Lotte zu kümmern. Was Lotte, die gut allein sein konnte, manchmal sogar etwas zu viel wurde. Sicher war, dass ihre Schwester sie so gut kannte wie niemand sonst auf dieser Welt und Lotte es nie schaffte, Lissy über einen längeren Zeitraum wirklich etwas vorzumachen.

»Du denkst an Carl«, sagte Lissy auch gerade zu Lotte und riss sie so aus ihren Gedanken.

»Tu ich nicht.«

»Papperlapapp, ich sehe das genau. Immer wenn du an Carl denkst, bekommst du diese Zornesfalte auf der Stirn. Und die ist mittlerweile so tief, da würde auch kein Botox mehr helfen, nur noch Beton. Nicht, dass ich dir Botox empfehlen würde. So ein Gift im Gesicht, das kann nicht gesund sein.«

»Ich hab nicht an Carl gedacht«, verteidigte sich Lotte.

»Schon klar«, erwiderte Lissy und stieg wieder in den Wagen.

»Lass uns weiterfahren. Ich will heute Abend noch an den Strand gehen und meine Füße ins Meer strecken.«

Lotte nickte und setzte sich wieder hinter das Lenkrad. Genug nachgedacht für heute, sagte sie sich und rieb sich zwischen den Augenbrauen, um die Falte, Carl und alle anderen blöden Gedanken zu vertreiben.

Eine halbe Stunde später und gefühlt 500 überholte Fahrradfahrer mehr erreichten Lotte und Lissy endlich die kleine Straße, die zu dem Fincahotel führte, wo sicherlich Emma schon sehnsüchtig auf sie wartete.

Lotte hätte fast die Abzweigung mit dem kleinen Schild übersehen, als Lissy und die freundliche Stimme des GPS sie darauf aufmerksam machten, dass sie jetzt hier abbiegen musste.

Lotte fuhr rechts ab auf eine Schotterpiste, die von kleinen Steinmauern und alten Bäumen gesäumt war.

Und dann lag die Finca endlich vor ihnen.

Das Hotel mit nur etwa dreißig Zimmern war ein wunderschönes altes Herrenhaus mit einem geschmackvollen neuen Anbau.

Es sah aus wie ein Traum, wie es dastand. Ein paar hohe Palmen flüsterten im Hintergrund, und seitlich konnte Lotte schon den kleinen Pool glitzern sehen.

Lotte hatte eine Hochzeit auf Mallorca im ersten Moment als völlig übertrieben abgelehnt, aber Carl war sofort bereit gewesen, für seine einzige Tochter ein kleines Vermögen auszugeben, um Emma nicht nur in Weiß, sondern auch an einem Strand in Weiß zu sehen.

Er hatte Lotte dann mit dem Argument »Emma hätte sich

auch die Malediven oder Bali aussuchen können« schließlich überzeugt.

Lotte hatte später dann auch etwas dazu beigesteuert, und auch von Philipp und Dora war wohl eine großzügige Spende geflossen, sodass das junge Paar sich diese doch etwas opulentere Variante einer Hochzeit leisten konnte. Die Hochzeitsreise ging dann auch noch in die Karibik, aber die beiden hatten auf einem Segelschiff ab Palma als Skipper angeheuert und würden sich die Überfahrt somit verdienen.

Das Hotel war auf Hochzeiten spezialisiert, da sich auf dem Gelände eine kleine hoteleigene Kapelle befand, in der die Zeremonie stattfinden würde. Emma hatte total traditionell auf eine kirchliche Hochzeit bestanden. Und der Strand, an dem es eine Art Nach-Vermählungs-Zeremonie geben sollte, war auch nur ein paar Minuten entfernt.

Lotte rollte die letzten paar Meter sanft vor den Eingang. Eine junge Dame vom Hotelpersonal kam aus der Tür. Sie trug ein Tablett mit zwei Gläsern frisch gepresstem Orangensaft. Das ist wirklich ein netter Empfang, dachte sich Lotte, stieg aus dem Auto und nahm dankbar eines der Gläser.

»Ist das nicht großartig hier?«, sagte Lissy und drehte sich einmal um die eigene Achse. »Schade, dass ich schon verheiratet bin, so was wie das hier könnte mir auch gefallen als Location.«

»Du kannst dich ja scheiden lassen. Dann kannst du auch wieder heiraten«, schlug Lotte vor und betrat das Hotel.

»Nein, danke. Deine Scheidung hat mir gereicht. Ich brauche keine eigene«, gab Lissy zurück und ließ sich von Lotte ihre gute Laune nicht verderben.

Lissy war immer wieder zu begeistern wie ein Kleinkind. Lotte war manchmal genervt davon, aber eigentlich war sie etwas neidisch, dass Lissy sich auch mit über vierzig noch so über Kleinigkeiten freuen konnte wie ein Kind über einen roten Lutscher.

Sie selbst war schon als Kind mit Gefühlsregungen eher zurückhaltend gewesen.

Lotte lief mit dem Drink in der Hand von Lissy gefolgt durch die kleine Empfangshalle zur Rezeption. Alles war sehr geschmackvoll und sehr landestypisch und in diesen schönen Ocker- und Rottönen gehalten. Eine leichte Brise wehte durch die offenen Flügeltüren. Ein Ventilator surrte über ein paar locker zusammenstehenden Rattansesseln. Allein schon der Anblick lud zum Entspannen ein, und das war etwas, das Lotte durchaus guttun würde.

Lotte ging über einen wunderbar dicken Teppich weiter zur Rezeption und fand sich plötzlich Don Juan gegenüber.

Hinter dem Tresen stand einer der schönsten Männer, die sie je gesehen hatte. Ungefähr dreißig, eine Mischung aus dem jungen Johnny Depp und irgendwas von Antonio Banderas. Wieso stand der Mann an einer Rezeption und nicht vor einer Kamera? Lotte guckte auf das Namensschildchen.

Don Juan hieß im richtigen Leben Diego Garcia, und als er »Bienvenida, willkommen, Señoritas« sagte, bemerkte sie, dass er ein bisschen lispelte und leicht schiefe Zähne hatte. Ach, nichts auf dieser Welt war perfekt.

»Guten Tag«, sagte Lotte. »Ich bin Charlotte Schumann, die Mutter der Braut. Und das ist Elisabeth Keller, die Tante. Wir haben zwei Zimmer nebeneinander im Erdgeschoss gebucht, soweit ich weiß.«

Don Juan blickte in den Computer, dann blickte er Lotte an, dann blickte er wieder in den Computer, und dann sagte er etwas verwirrt und daher etwas stärker lispelnd: »Aber Sie haben doch schon eingecheckt, sehe ich hier. Vor drei Stunden, bei meinem Kollegen.«

»Das kann nicht sein. Ich bin doch eben erst angekommen.«

»Sie sind Frau Schumann?«, fragte Don Juan noch mal nach.

»Ja. Soweit ich weiß, bin ich das immer noch.«

»Sie haben eine Suite zusammen mit Carl Schumann, Ihrem Mann.«

Lotte seufzte, ihr wurde klar, was da gerade los war.

Das kannte sie schon. Solche Namensverwechslungen gab es leider häufig. Sie hatte Emma zuliebe auch nach der Scheidung Carls Nachnamen behalten.

Sie hätte eigentlich gerne wieder ihren Mädchennamen angenommen, aber dann würde sie anders als ihre Tochter heißen, was auch wieder blöd wäre und was weder Emma noch sie wollten.

Und Isabell hatte bei der Hochzeit dann auch Carls Nachnamen angenommen und einen Doppelnamen abgelehnt. Jetzt gab es auf dieser Welt zwei Frauen mit dem Nachnamen Schumann. Ach was, wahrscheinlich gab es Millionen Frauen mit dem Nachnamen Schumann, aber die hatten nichts mit Carl Schumann zu tun.

Lotte wandte sich mit so viel Lächeln, wie sie aufbringen konnte, an Don Juan und erklärte: »Ich bin die Ex-Frau von Carl Schumann, dem Vater der Braut, und der ist wieder mit einer neuen Frau verheiratet, die jetzt natürlicherweise auch Schumann heißt. Solche Verwechslungen passieren leider häufig. Ich fürchte, da ist in Ihrem Computer was schiefgelaufen. Mein Ex-Mann kann leider nicht bei der Hochzeit dabei sein. Und seine neue Frau auch nicht. Ein Bandscheibenvorfall. Höhere Gewalt, da kann man nichts machen. Sie können die Reservierung stornieren.«

»Aber ich ...«, wandte Don Juan verwirrt ein. Lotte konnte sehen, wie es in seinem hübschen Köpfchen schwer arbeitete. Das war ja heutzutage auch alles nicht mehr so einfach zu verstehen mit den Männern, Ehemännern und ehemaligen Männern.

»Meine Liebe, da seid ihr ja endlich«, hörte Lotte plötzlich von der Seite her eine sehr bekannte Stimme, und sie hatte einen Augenblick das Gefühl, in einem Traum zu sein. In so einem Albtraum, in dem man nicht mehr unterscheiden kann, ob man jetzt träumt oder wach ist, und daher unbedingt wach werden will. Und wird man dann endlich wach, merkt man aber, dass man irgendwie immer noch weiterträumt, obwohl man doch wach werden will.

»Lissy, meine Liebe, schön, dich zu sehen, wie schade, dass Anton nicht hier bei uns sein kann. Er wird für immer mein liebster Ex-Schwager bleiben. Und auch Emma hat schon gesagt, sie wird ihn auf der Feier sehr vermissen. Niemand mixt so gute Drinks wie er. Auf welchem der Weltmeere treibt sich dein Göttergatte im Moment denn grade rum?«

»Er ist irgendwo bei Tahiti«, antwortete Lissy mit dünner Stimme. Offensichtlich war sie genauso überrascht wie Lotte.

Lotte drehte sich langsam um.

Vor ihr stand Carl. Tatsächlich und leibhaftig.

Carl Schumann. Ihr Ex-Mann.

Lotte war sprachlos.

War das ein Witz?

Gab es hier irgendwo eine versteckte Kamera? War ihr ganzes Leben in den letzten Jahren in irgend so einer Show, in der alle sich darüber amüsierten, wie Lotte sich permanent aufregte?

Carl strahlte Lotte bis über beide Ohren an.

»Du bist hier?« Lotte konnte es immer noch nicht fassen und hoffte, einem Gespenst zu begegnen. Vielleicht war Carl verstorben, und sie hatte es noch nicht erfahren, schließlich war ihr Handy im Flugzeug die ganze Zeit ausgeschaltet gewesen. Wobei, konnte man überhaupt an einem Bandscheibenvorfall sterben?

»Ja, natürlich bin ich hier«, erwiderte Carl und strahlte weiterhin. Lottes Hoffnung auf ein Gespenst schwand. Carl war echt. Sie roch sein Aftershave, das gleiche, das er seit über dreißig Jahren benutzte. Gespenster benutzten wahrscheinlich eher kein Parfüm.

»Was ist mit deinem Bandscheibenvorfall?«, fragte Lotte indigniert.

»Wie weggeblasen. Keine Schmerzen mehr. Isabell war mit mir bei so einem Osteopathen. Eine Stunde Drücken hier und Drücken da, und ich fühlte mich wie neugeboren. Ich bin von seiner Liege quasi runtergesprungen. War wohl doch was anderes, eingeklemmter Nerv oder so.«

Carl führte tatsächlich eine Art kleines Tänzchen hier vor der Rezeption auf, um zu demonstrieren, wie fit er war.

Lotte fühlte sich veräppelt. Von Carl. Vom Schicksal. Von den höheren Mächten. Tanzen hatte Carl erst mit Isabell gelernt. Bei ihr hatte er sich dabei immer angestellt wie der letzte Mensch, war ihr ständig auf die Füße getreten und hatte in dem einzigen Tanzkurs, den sie gemeinsam je besuchten, behauptet, sie versuche ständig, ihn zu führen. Dabei liebte Lotte Tanzen. Ach.

»Ist das nicht großartig? Alle vereint, und das zu so einem wunderbaren Anlass«, sagte Carl und beendete seine Vorführung mit einer Art Verbeugung.

Don Juan klatschte tatsächlich hinter dem Tresen.

Lissy wollte auch gerade klatschen, wurde aber durch Lottes Blick davon abgehalten.

»Du konntest nicht mehr laufen oder stehen! Du hast am Telefon gestöhnt vor Schmerzen und fast geweint, als du gesagt hast, du kannst leider nicht hierherkommen.«

»Du wirkst, als wärst du nicht sehr glücklich darüber, dass es mir wieder gut geht«, meinte Carl.

»Doch. Natürlich bin ich froh, dass es dir wieder gut geht. Ich bin unglaublich glücklich. Aber irgendwie auch unglaublich … überrascht.«

Lotte war nicht überrascht.

Oder doch. Sie war auch überrascht.

Aber vor allem war sie stinksauer. Auf den Himmel. Auf das Schicksal. Auf wen auch immer, der ihr das hier eingebrockt hatte. Hätte sie gewusst, dass Carl doch kommen würde, wäre es vielleicht sie gewesen, die einen Bandscheibenvorfall bekommen hätte. Zumindest einen vorgetäuschten.

»Nun, wenn du überrascht bist, ist mir die Überraschung ja auch wirklich gelungen. Ich habe Emma, die natürlich von meiner Wunderheilung wusste, gebeten, dir nichts zu sagen, damit du dich noch mehr freuen kannst.«

»Großartige Idee. Ganz lieb von dir«, gab Lotte zurück, und irgendetwas in Carls Augen glitzerte verdächtig.

Leider lernt man sich in vielen Jahren einer Ehe sehr gut kennen, und Lotte war sicher, dass Carl sich denken konnte, was sie wirklich dachte.

Carl kam auf sie zu und gab ihr zwei Küsse rechts und links auf die Wange.

Lotte erstarrte. Sie hasste es so sehr, wenn er sie anfasste, fast so sehr, wie sie es früher geliebt hatte, wenn er sie angefasst hatte.

»Ich freue mich wirklich, dass wir alle hier sind, und das solltest du auch. Reiß dich zusammen, wenigstens Emma zuliebe. Das ist ihre große Feier«, flüsterte Carl ihr ins Ohr.

»Das tue ich doch. Ich muss mich überhaupt nicht zusammenreißen. Ich bin total entspannt. So wie nach drei Stunden Yoga ... ach was, drei Stunden. Ich war sozusagen in einem Yoga-Camp die letzten Jahre, so entspannt bin ich«, zischte Lotte zurück

»Du siehst übrigens gut aus, tatsächlich entspannt«, stellte Carl irgendwie überrascht fest.

Anscheinend sah sie sonst nicht gut aus, dachte sich Lotte und antwortete spitz: »Du nicht.«

Das war allerdings eine glatte Lüge.

Carl sah super aus.

Er war für einen Mann seines Alters erstaunlich gut in Form. Und hatte immer noch volles Haar, zwar mit viel Grau, aber auch das stand ihm ausnehmend gut.

Isabell – das wusste Lotte von Emma – hatte Carl strikt auf Diät gesetzt. Keine Kohlenhydrate mehr, kein Brot, keine Pasta, keine Süßigkeiten mehr. Und keinen Alkohol. Dafür musste Carl täglich vor oder nach dem Büro mit Isabell eine halbe Stunde Joggen oder ins Fitnessstudio gehen. Isabell hielt ihren Mann sozusagen in Trab, und das sah man, es stand ihm wirklich gut.

Das musste Lotte leider zugeben und dachte daran, wie gerne Carl früher ihre Spaghetti bolognese mit einem großzügigen Glas guten Rotweins nach Büroschluss gegessen hatte.

Carl nahm die kleine Spitze von Lotte mit einem kleinen Lächeln hin. Er war so was seit der Scheidung mehr als gewohnt und dachte sich wahrscheinlich, dass ein wenig Florett ab und zu besser war als ein ganzer wüster Rosenkrieg, bei dem es, egal wie, nur Verlierer hätte geben können.

»Es gab eine Zeit, da hab ich dir auch gefallen«, meinte Carl, ohne sich aus der Ruhe bringen zu lassen.

»Ich mochte in meiner Jugend auch Bundfaltenhosen, und die finde ich heute absolut gruselig. Die verunstalten einfach jede Figur«, erwiderte Lotte, bereit, sich mit Carl ein längeres Wortgefecht zu liefern. Aber in diesem Augenblick sah Lotte aus dem Augenwinkel, wie etwas Buntes, Elfenhaftes, Honigblondes auf Carl und sie zuschwebte.

Die Elfe war Isabell in einem sicher sündhaft teuren Seidenkaftan. Zu dem Kaftan trug Isabell eine leichte Bronzebräune und Beachwaves, als käme sie gerade vom teuersten Friseur Frankfurts und nicht vom Pool.

Auch das noch.

Isabells Oberarme erschienen Lotte irgendwie noch definierter als früher, falls das überhaupt möglich war. Wahrscheinlich machte sie tatsächlich täglich Yoga, Pilates, Work-outs und Gott weiß was und nicht nur alle zwei Wochen eine halbe Stunde halbherzig Yoga wie Lotte, wenn es mal regnete.

Lotte schwor sich, endlich die Hanteln zu kaufen, die sie schon seit Wochen besorgen wollte, um wenigstens ansatzweise nicht in die völlige Schwabbel-winke-winke-Abteilung zu geraten.

»Lotte! Lissy! Wie schön, dass ihr endlich da seid! Willkommen! Ist das nicht großartig, dass wir jetzt doch alle hier sein können? Der Osteopath hat an Carl ein wahres Wunder vollbracht. Er ist wieder wie neu. Aber in Zukunft müssen wir noch eine halbe Stunde Rückengymnastik in unser Health-Programm einbauen. Wir wollen ja nicht, dass so was wieder passiert, nicht wahr, mein Schatz!«, sagte Isabell und küsste erst Carl auf den Mund und dann Lotte und Lissy jeweils doppelt auf die Wange.

Lotte roch Isabells ausgefallenes Parfüm und erstarrte zu einer Salzsäule. Das tat sie jedes Mal, wenn Isabell sie überschwänglich körperlich begrüßte.

Das überschwängliche körperliche Begrüßen machte Isabell seit Jahren. Merkte Isabell tatsächlich nicht, wie unangenehm ihr das war, oder wollte sie es nicht merken? Lotte wusste es nicht genau, und sie wusste auch nicht, wie sie diese in ihren Augen völlig unangemessene Küsserei abstellen konnte, ohne extrem unhöflich zu werden.

Aber vielleicht war jetzt ein guter Zeitpunkt, um in dieser Hinsicht doch endlich mal unhöflich zu werden.

»Lass diese alberne Küsserei, meine Liebe. Es reicht absolut, dass du ständig meinen Ex-Mann küsst, mich musst du nicht auch noch küssen. Ich steh nicht auf Frauen, und schon gar nicht auf Frauen, die mir meinen Mann ausgespannt haben«, wollte Lotte gerade sagen, als ein Wirbelwind auf sie zurollte, sie umarmte und umherwirbelte.

»Hier bist du ja endlich, Mamutschka! Und Papa ist auch da! Ich bin so glücklich! Ich wollte es dir doch noch schnell sagen, dass Papa schon hier ist, aber dein Handy war aus, da warst du wohl im Flieger. Wirklich ein Wunder, dass er noch kommen konnte! Ich habe es mir so sehr gewünscht, dass wir alle zusammen feiern können, und jetzt geht dieser Wunsch tatsächlich doch noch in Erfüllung. Nur Onkel Anton fehlt leider, aber wir lassen ihn per Skype an der Trauungsfeier teilnehmen. Das habe ich schon mit ihm besprochen, dort ist es dann zwar mitten in der Nacht, aber er wird extra aufstehen, da er das auf keinen Fall verpassen will.«

Emma, der Wirbelwind, ließ ihre Mutter los.

Lotte blickte ihre Tochter an, und ihre schlechte Laune war wie weggeblasen.

Emma war das Beste, was ihr je passiert war, und das Beste, was Carl und sie je zustande gebracht hatten.

Emma hatte die braunen Augen von ihr und die blonden Haare von Carl geerbt. Sie war wirklich sehr hübsch – und das fand nicht nur ihre Mutter – und hatte dabei ein unglaublich einnehmendes und freundliches Wesen. Sie war schon als kleines

Kind ein Strahlemädchen gewesen, und das Strahlen war nur für ein, zwei Jahre während der Scheidung ihrer Eltern etwas gedimmt worden.

Aber jetzt war es Gott sei Dank wieder voll da. Und im Moment gerade ganz besonders, da Emma mehr als verliebt in Ben war. Sie leuchtete regelrecht von innen.

Lotte liebte ihre Tochter mehr, als sie sich selbst liebte. Und dieses Gefühl, das sie seit der Geburt von Emma hatte, hatte ihr geholfen, nach der Scheidung ihre Tochter nicht noch mehr zu verletzen, indem sie sich mit ihrem Vater einen Krieg lieferte. Verdient hätte es der Mistkerl Carl schon, aber Emma war so wunderbar, und sie hatte nur das Beste verdient. Und Eltern, die sich anständig verhielten.

Lotte merkte, dass sie beim Anblick ihrer Tochter einfach lächeln musste. Und sie bemerkte auch, dass Carl lächelte.

Emma ließ von Lotte ab und wirbelte jetzt Lissy herum.

»Und Tante Lissy! Willst du eine meiner Brautjungfern sein? Bitte, bitte!«

Lissy war verblüfft und fragte: »Bin ich da nicht etwas zu alt dafür?«

»Papperlapapp.« Emma strahlte. »Dafür bist du nicht zu alt. Du bist meine Patentante und meine Lieblingstante, und du und Isabell werdet mit zwei Freundinnen aus meinem Studium meine Brautjungfern. Das wird ganz wunderbar – ihr werdet sehen!«

Lotte konnte sehen, dass Lissy das tatsächlich ganz wunderbar fand. In ihrer Schwester steckte, obwohl sie auch schon Mitte vierzig war, immer noch eine kleine Prinzessin, die nur allzu gerne dann und wann nach draußen kam und dabei ein Prinzessinnenkleid und Prinzessinnenschuhe trug.

Lotte musste schmunzeln.

Lissy und Isabell als Brautjungfern nebeneinander. Was hatte sie für ein Glück, dass sie die Mutter der Braut war und daher keine Brautjungfer sein konnte.

Von draußen irgendwo ertönte plötzlich ein lautes Bellen.

Das konnte nur Charlie sein, und Emma sagte auch schon: »Bens Eltern sind auch schon da, ihr habt euch ja wohl schon am Flughafen getroffen. Ben sitzt draußen mit ihnen an der Poolbar und trinkt einen Kaffee. Wir treffen uns alle heute Abend hier im Restaurant zum Abendessen. Bis dahin hat jeder Zeit, erst mal in Ruhe anzukommen und auszupacken.«

»Auspacken ist eine sehr gute Idee«, sagte Lotte schnell und merkte, dass sie tatsächlich von der Reise etwas erschöpft war.

»Auspacken klingt super. Ich habe einen neuen Bikini im Gepäck. Wir hätten die Koffer fast am Flughafen verloren, das muss ich dir später erzählen, aber jetzt will ich schnell an den Pool«, sagte auch Lissy.

»Der Pool ist wunderbar, wir sehen uns dann dort«, verkündete Isabell. »Kommst du, Carl? Mein Rücken muss noch eingecremt werden.«

Carl stieß einen leisen, ganz leisen Seufzer aus, den wohl nur Lotte hörte, da sie Carl immer noch gut, manchmal vielleicht sogar besser als sich selbst kannte.

Carl nickte den beiden Schwestern zu.

»Wir sehen uns dann beim Abendessen.«

»Wir freuen uns«, sagte Lissy schnell, noch bevor Lotte etwas sagen konnte.

Lotte nahm den Zimmerschlüssel von Don Juan entgegen, während Isabell in Richtung Pool entschwebte und Carl einfach hinterherging.

»Ich fass es nicht«, meinte sie zu Lissy, während sie den beiden hinterherblickte. »Und ich hatte mich so über den Bandscheibenvorfall gefreut.«

»Kleine Sünden bestraft der Herr eben sofort«, gab Lissy zurück und marschierte los. »Unsere Zimmer liegen übrigens direkt nebeneinander.«

»Ich bringe Ihnen die Koffer«, erklärte Don Juan und kam hinter der Rezeption hervorgeeilt.

Lotte folgte den beiden. Sie hatte plötzlich das ganz dringende Bedürfnis, eine Palme zu umarmen.

Das Zimmer war wunderschön, wie das ganze Hotel. Das musste Lotte einfach zugeben.

Es war groß, mit einem wundervollen Doppelbett, das Lotte ganz allein benutzen würde, und war ganz in Creme- und Weißtönen gehalten. Ein paar geflochtene Körbe waren fast die einzige Dekoration, und Lotte liebte es auf den ersten Blick. Überdekorierte Zimmer waren ihr schon immer ein Graus gewesen, und Hotelzimmer, in denen grauenvolle Bilder an den Wänden hingen, hasste Lotte geradezu. Manchmal nahm sie auf Reisen extra Schals mit, um diese Verirrungen des Geschmacks wenigstens damit bedecken zu können.

Hier war das nicht nötig. Ganz im Gegenteil. Das Zimmer war schlicht und strahlte eine Ruhe aus, die Lotte in den nächsten Tagen sicher gut gebrauchen konnte. Das Bad war größer als das Bad in ihrer Wohnung in Frankfurt, mit einer großen Regendusche und Handtüchern, die bestimmt drei Zentimeter dick waren.

Lotte war entzückt – auch über die echte Leinenbettwäsche. Sie liebte es, in heißen Sommernächten in echtem Leinen zu schlafen, und hatte sich sogar für Frankfurter Sommernächte teure Bettwäsche aus Leinen gegönnt. Wenn man schon die meiste Zeit allein im Bett lag, sollte man es sich möglichst gut gehen lassen dabei, das war Lottes Motto nach der Trennung gewesen.

Das Zimmer verfügte über eine eigene kleine Terrasse.

Lotte öffnete die Flügeltüren und ging hinaus. Auf der Terrasse standen ein Tisch, zwei Stühle und sogar eine Liege. In der Ferne konnte sie das Tramuntanagebirge erahnen, so klar war gerade die Sicht.

Lotte atmete tief durch.

Sie würde sich einen guten Rioja kaufen und hier abends ALLEIN sitzen und sich den schweren Spanier gönnen, den sie so liebte. Sie hatte sogar richtige Weingläser neben der Minibar entdeckt, und auch an einen Korkenzieher hatten sie hier im Hotel gedacht. Es gab auch eine kleine Kaffeemaschine – im Notfall könnte sie sich hier also einigeln und sich nur gelegentlich bei den anderen blicken lassen.

»Du wirst nicht abreisen, auf gar keinen Fall.«

Lotte zuckte zusammen. Lissy stand plötzlich neben ihr. Ihre beiden Terrassen lagen wie die Zimmer direkt nebeneinander und waren nur durch eine kleine Hecke getrennt.

»Nein, natürlich nicht«, erwiderte Lotte und tat so, als wäre dieser Gedanke völlig absurd. Aber in Wahrheit hatte sie natürlich auf dem Weg zu den Zimmern schon darüber nachgedacht, wieder zurück in ihre Gärtnerei und zu ihren Pflanzen zu flüchten. Sie hatte keine Ahnung, wie sie die nächsten beiden Wochen hier überstehen sollte. Mit Carl. Mit Isabell. Mit Charlie. Mit Philipp und Dora.

Zum Frühstück. Zum Mittagessen. Zum Abendessen. Zum Polterabend. Zur Trauung. Zur Hochzeitsfeier.

Aber Lotte wusste auch genau, eine Abreise würde ihrer Tochter das Herz brechen.

Dann doch lieber, soweit es ging, hier einigeln mit viel Rioja und ab und zu Kaffee.

»Du musst dich einfach nur entspannen, dann wird das hier

wunderbar. Die haben ein Spa, mit Whirlpool, Dampfbad und Sauna. Und den großen Außenpool. Und es gibt Massagen und Gesichtsbehandlungen. Und sie bieten sogar Yoga an. Morgens und abends.«

»Ich könnte sagen, es gab eine Überschwemmung in der Gärtnerei. Oder einen Brand oder einen Hagelschaden an den Gewächshäusern.«

»Du könntest auch einfach jetzt mit an den Pool kommen, dich in die Sonne legen und alle anderen ignorieren.«

»Gute Idee, aber ich packe erst mal aus. Wir sehen uns dann später zum Abendessen. Da werde ich wohl nicht drum herumkommen.«

»Gut. Ich bin am Pool, falls du es dir doch anders überlegst«, sagte Lissy und verschwand wieder hinter der Hecke.

Lotte ging nach drinnen, um endlich auszupacken. Auspacken war gut, wenn erst mal alles ausgepackt war, müsste sie erst alles wieder einpacken, falls sie doch einfach abhauen wollte. Sicher gab es mehrere Flüge am Tag zurück nach Frankfurt. Eine Flucht war sicher jederzeit möglich.

Lotte öffnete den Koffer und hängte die ersten Blusen in den Schrank.

Es tat unglaublich gut.

Lotte hatte nach dem Auspacken beschlossen, dass sie zwar nicht an den Pool wollte, aber dass ein kleiner Spaziergang ins Grüne gerade genau das Richtige für sie wäre. Sie konnte direkt von ihrer Terrasse aus losgehen, ohne irgendjemandem zu begegnen. Überall gab es kleine Wege, die durch die Landschaft führten.

Sie hatte keine Ahnung, wie sie es die nächsten Tage vermeiden sollte, neben Isabells Astralleib am Pool oder am Strand zu liegen. Daran hatte sie nicht wirklich gedacht, als sie die Badeanzüge und sogar einen Bikini eingepackt hatte, aber da hatte sie ja auch noch gedacht, dass Isabell gar nicht hier sein würde. Tja, falsch gedacht.

Strand und Pool waren ja sowieso immer so eine Sache für Frauen ohne den perfekten Körper und ohne das perfekte Selbstwertgefühl. Also ungefähr für 99,9999 Prozent aller Frauen. Alle Isabells dieser Welt waren davon natürlich ausgenommen. Für die war der Pool oder der Strand eine Art Laufsteg, um ihre perfekten Gene und ihr perfektes Work-out perfekt vorzuführen.

Für Lotte wäre es auch so schon nicht einfach gewesen, neben Isabell auf der Liege zu liegen, selbst wenn Isabell eine völlig Fremde gewesen wäre. Aber Isabell war jetzt ja keine Fremde, sondern die neue Frau ihres alten Mannes.

Und sie war die alte Frau ihres alten Mannes, und neben Isabell würde sie sich genau so fühlen.

Obwohl sie für Anfang fünfzig durchaus noch ziemlich gut aussah und in Schuss war. Sie hatte nicht wirklich zugenommen, und die viele körperliche Arbeit in der Gärtnerei hielt sie auch ohne allzu viel Sport ziemlich fit. Sie hatte einen kleinen Bauchansatz, dem man allerdings noch mit Baucheinziehen begegnen konnte, und ihr Busen war nicht mehr so ganz auf der Höhe der Zeit. Wie auch ein paar andere Körperteile, die langsam, aber sicher den Kampf gegen die Schwerkraft verlieren würden – aber da war sozusagen durchaus noch einige Luft nach unten.

Normalerweise mochte Lotte ihren Körper immer noch sehr gern. Er tat, was er sollte, meckerte erstaunlich wenig und fühlte sich meistens stark und kräftig an.

Allerdings lag sie da nicht neben Isabell auf dem Badetuch im Sand.

Lotte seufzte, vielleicht wäre eine Sonnenallergie jetzt gerade das Richtige. Sie könnte den ganzen Tag im abgedunkelten Zimmer sitzen oder vollständig bekleidet im Schatten.

Aber dann fand Lotte sich selbst doof. Sie liebte Wasser, das Meer, den Sand, die Sonne auf der Haut.

Und das wollte sie sich doch nicht von Isabell verderben lassen.

Astralleib hin oder her. Lotte würde einfach die dunkelste Sonnenbrille, die es auf Mallorca gab, aufsetzen und sich in den Sand legen.

Isabell war sowieso die ganze Zeit meistens mit sich selbst beschäftigt und würde keinerlei Gedanken an Lotte verschwenden.

Und Carl kannte ja alles an ihr – bestens. Auch wenn er nicht mehr so ganz auf dem neuesten Stand der Dinge war.

Lotte lief weiter und entschied sich dafür, die nächsten Tage ihren kleinen Bauch selbstbewusst im Badeanzug spazieren zu führen.

Sie war doch kein Teenager mehr, sie war eine erwachsene Frau und sollte sich auch so benehmen. Auch und gerade neben der neuen Frau ihres Ex-Mannes. Und auch vor Carl und vor allem vor Emma.

Lotte verscheuchte alle blöden Gedanken und blickte sich um.

Jetzt im Mai blühte quasi alles auf Mallorca, und alles war wirklich grün und nicht verbrannt wie im Hochsommer. Nur die Mandelblüte war schon lange vorbei.

Lotte lief an Klatschmohnfeldern vorbei, entdeckte Ginsterbüsche, Johannisbrotbäume, und der Weg vom Hotel war von Zypressen gesäumt.

Lotte suchte sich immer kleinere Wege, achtete aber darauf, sich nicht allzu weit vom Hotel zu entfernen oder sich im Gewirr der kleinen Pfade zu verlaufen. Niemand begegnete ihr, um sie herum war nur Natur – wunderbar. Gab es auf Mallorca eigentlich Schlangen?

Lotte verdrängte diesen Gedanken und atmete tief durch. Das war genau das, was sie jetzt brauchte, um Kraft für das Abendessen mit Carl und Isabell und die anderen zu tanken. Viel Grün um sich herum – nichts konnte Lotte mehr entspannen. Natur und Grün hatten immer eine beruhigende Wirkung auf Lotte. Übrigens hatten sie das auch auf fast alle anderen Menschen, das war sogar wissenschaftlich bewiesen.

Lotte taten Menschen leid, die immer nur Beton zu Gesicht bekamen.

Lotte lebte am Stadtrand von Frankfurt direkt neben der Gärtnerei. Mitten in der Stadt würde sie es nie aushalten, obwohl sie Städte durchaus liebte. Aber eben nur für ein paar Stunden, und dann brauchte sie wieder Grün um sich herum.

Lotte entdeckte ein paar Palmen, die in einer kleinen Gruppe mitten auf einer Wiese voller Mohn standen. Es sah fast aus wie in einer Oase und nicht wie auf Mallorca. Wunderschön – fast wie ein Gemälde.

Lotte ging spontan auf die Palmen zu – das waren entweder echte Dattelpalmen oder kanarische Dattelpalmen. Bei Palmen kannte sich Lotte nicht wirklich aus. Überhaupt gab es hier auf Mallorca einige Pflanzen, die ihr gänzlich unbekannt waren. Lotte ärgerte sich, sie hätte ein Bestimmungsbuch kaufen sollen, aber vielleicht würde sie wenigstens ein englischsprachiges Buch irgendwo in Palma finden.

Lotte umarmte spontan die größte der Palmen.

Das hatte sie schon als Kind in Deutschland gerne getan: Bäume umarmen. Die konnten einen natürlich nicht wirklich zurückumarmen, aber dennoch fühlte es sich für Lotte so an, als würden auch die Bäume sie in die Arme nehmen, wenn sie so dastand, den Baum umschlungen, und hoch in die Wipfel schaute. Mit einer Palme hatte sie das noch nie gemacht. Es fühlte sich großartig an, der Stamm war von der Sonne ganz warm und rau. Lotte blickte nach oben. Die Palmwedel säuselten im Wind, und Lotte legte den Kopf in den Nacken, sah nur Grün und Himmel. Wie wunderbar. Alles fiel von ihr ab.

In diesem Augenblick kläffte sie von hinten etwas sehr lautstark an.

Charlie.

Lotte brauchte sich überhaupt nicht umzudrehen. Sie war sicher, dass das Charlie war. Und wo Charlie war, da war auch Philipp.

Und sie stand hier mitten in der Pampa und umarmte eine Palme.

Aus dem Augenwinkel konnte sie tatsächlich Philipp sehen,

der langsam auf sie und Charlie zumarschierte. Und Lotte stand immer noch da, ihre Arme um die Palme geschlungen.

Sie wollte jetzt nicht wirklich darüber nachdenken, was Philipp gerade über sie dachte.

Vollmeise? Komplett durchgeknallt? Ökotussi? Oder »Ich glaube, ich rufe jetzt mal sicherheitshalber die Polizei«. Oder aber auch »Mein armer Junge – bekommt eine völlig Irre als Schwiegermutter«.

Lotte ließ langsam die Palme los und drehte sich um.

Charlie stand einen Meter von ihr entfernt und war vollkommen außer sich. Dass ein so kleiner Hund so laut kläffen konnte. Unfassbar.

»Charlie! Sofort hierher!«, schrie Philipp, und zu Lottes Überraschung folgte Charlie seinem Herrchen tatsächlich aufs Wort.

Er hörte auf zu bellen und rannte zu Philipp.

Philipp nahm Charlie an die Leine und ging direkt auf Lotte zu.

O nein!

Hatte man hier nirgendwo seine Ruhe!

Musste Philipp mitten in der Pampa mit Charlie Gassi gehen? Ausgerechnet da, wo sie auch ging?

»Hallo.«

»Hallo.«

Philipp stand vor ihr und hielt Charlie an der kurzen Leine, der ganz leise knurrte.

»Das tut mir wirklich leid. Jetzt hat er dich schon zweimal an diesem Tag verbellt. Aber ich konnte wirklich nicht ahnen, dass du gerade auch hier unterwegs bist. Ich dachte, du bist mit den anderen am Pool.«

»Nun, ähm, kein Problem. Ich war nur ein bisschen spazieren, und ich schätze, auch der Hund muss viel spazieren gehen.«

»Das muss er. Charlie braucht viel Auslauf. Aber wenn du mir sagst, wann und wo du unterwegs bist, verspreche ich, wir beide werden uns andere Wege suchen.«

»Ach, ich glaube, das ist nicht nötig, hier gibt es viele Wege. Wir werden uns sicher nicht wieder begegnen.«

Philipp schaute etwas irritiert drein.

»Also hier im Freien, meine ich, nicht im Hotel, da werden wir uns natürlich begegnen, also das ist doch klar.« Lotte spürte den warmen Stamm der Palme hinter sich und fand, dass sie gerade vollkommenen Unsinn redete.

Charlie ließ weiterhin ein leises Knurren aus seiner Kehle.

»Weißt du, Charlie hat einfach Angst vor dir, deshalb bellt er dich so an«, sagte Philipp.

»Angst vor mir?« Lotte war total erstaunt. Sie war noch nie auf den Gedanken gekommen, dass irgendein Hund Angst vor ihr haben könnte. Es war doch genau umgekehrt. Sie hatte Angst vor diesen unberechenbaren und gemeingefährlichen Viechern.

»Ja, er hat Angst. Er merkt, dass du ihn nicht magst, und er hat Angst, du könntest ihm was tun. Und deshalb führt er sich so auf. Reines Machogehabe. Oder Angriff ist die beste Verteidigung, wenn du es so sehen willst.«

»So habe ich das noch nie gesehen.«

»Solltest du aber. Vielleicht beruhigt er sich, wenn er merkt, dass von dir keine Gefahr ausgeht.«

»Nun, ich werde ihn sicher nicht beißen. Von mir geht ganz sicher keine Gefahr aus. Das kannst du ihm gerne sagen.«

Lotte beäugte Charlie misstrauisch.

Um Philipps Mund spielte ein amüsiertes Lächeln.

»Ich glaube, das solltest du ihm besser selbst sagen.«

»Ich kann kein Hündisch.«

»Du kannst ihn streicheln.«

Lotte blickte Charlie an, der aufgehört hatte, leise zu knurren, und sie mit seinen fast bernsteinfarbenen Augen anblickte.

»Besser nicht«, sagte Lotte entschieden. »Ich glaube, ich muss jetzt zurück zum Hotel, will vor dem Abendessen auch noch kurz in den Pool springen.«

Lotte log, ohne mit der Wimper zu zucken.

»Wollen wir zusammen zurückgehen?«, fragte Philipp. »Ich lasse Charlie auch an der Leine.«

»Ich glaube, das ist keine so gute Idee«, meinte Lotte mit Blick auf den Hund. »Geht ihr nur vor. Ich warte hier noch etwas, dann kannst du ihn auch wieder frei laufen lassen.«

Philipp nickte.

»Ich verstehe. Wir sehen uns dann beim Abendessen.«

Philipp ging zu Lottes Erleichterung langsam mit Charlie davon. Nach ein paar Metern drehte er sich allerdings noch einmal zu ihr um. »Ich habe früher auch gerne einen Baum umarmt. Die alte Linde im Garten meiner Eltern. Das war ein Gefühl, wie einen guten Freund zu umarmen. Ist wirklich schön. Man hat direkt das Gefühl, der Baum umarmt einen zurück.« Philipp grinste Lotte an.

Lotte machte nur »Mmmmhhhh«.

»Nun denn, wir sehen uns später«, sagte Philipp noch einmal und ging endgültig davon.

Lotte wartete noch ein paar Minuten, bis sie sicher war, nicht mehr hinterrücks von einem wuscheligen Raubtier angefallen zu werden, und dann ging auch sie langsam zurück zum Hotel.

Das Abendessen war wirklich lecker. Emma, die mit Ben schon zwei Tage vor allen anderen hier angekommen war, hatte erzählt, dass die Mutter des Hotelbesitzers in der Küche das Regiment führte. Und so schmeckte es auch. Großartig. Hausgemacht. Frisch und typisch mallorquinisch.

Es gab Tapas in allen Varianten und eine Paella zum Niederknien.

Sie saßen alle zusammen draußen auf der Terrasse an einem großen runden Holztisch unter einer Pergola, nur Charlie musste zu Lottes Erleichterung auf dem Zimmer bleiben. Emma und Ben, die beiden Turteltäubchen, saßen mittendrin. Lotte saß direkt neben Emma, und Lissy und Carl und Isabell waren auf der anderen Seite des glücklich verliebten Paares platziert.

Lotte war zufrieden, solange sie nicht direkt neben Isabell sitzen musste. Philipp und Dora machten auf der gegenüberliegenden Seite die Runde perfekt. Dora war ständig an ihrem Handy. Lotte verspürte das dringende Bedürfnis, ihr das Ding einfach abzunehmen wie einem ungezogenen Kleinkind. Philipp allerdings schien das nicht zu stören, er unterhielt sich angeregt mit Lissy, und Lotte unterhielt sich angeregt mit ihrem Rotwein.

Alle besprachen die Pläne für die nächsten Tage. Es sollte gemeinsame Ausflüge und Unternehmungen geben (o Graus, dachte Lotte und genehmigte sich noch einen großen Schluck von dem Wein), aber auch genügend Zeit, damit jeder machen konnte, was er wollte (wie schön, fand Lotte und trank auch darauf einen Schluck Wein). Die Trauung und die eigentliche Hochzeitsfeier würden erst am Ende der zweiten Woche stattfinden.

Der Wein tat seine Wirkung, und Lotte blickte schon viel zuversichtlicher auf die nächsten Tage.

Sie verabschiedete sich als Erste und fiel tatsächlich kurz darauf direkt ins Bett. Wie wunderbar – ein ganzes Bett für sich allein. Sie vermisste zwar manchmal eine Beziehung, aber grundsätzlich schlief sie besser allein.

Die Leinenbettwäsche duftete nach Lavendel, und Lotte dachte, dass das alles doch nicht so schlimm werden würde wie gedacht. Sie musste das einfach als Ferien mit der erweiterten Familie betrachten. Hauptsache, Emma war glücklich, auch wenn sie sich viel zu früh in eine Ehe stürzte.

Lotte würde das alles locker überstehen – alles gar kein Problem.

Und mit diesen Gedanken schlief Lotte tief und fest ein.

Lotte blieb das Frühstücksei im Hals stecken, obwohl es ein perfekt gekochtes, weiches Vier-Minuten-Ei war.

Sie hatte also doch ein Problem.

Emma hatte gerade verkündet, sie wolle mit allen heute Nachmittag zum Es-Trenc-Strand und dort Picknick machen.

Strand ... Badeanzug ... Bikini ... Isabell ...

In Lottes Kopf ratterte es, und ihre guten Vorsätze von gestern, sich souverän und erwachsen zu benehmen, auch wenn sie und andere nur halb bekleidet sein würden, lösten sich auf wie Schokolade in der Sonne.

Lotte schluckte das Ei schnell runter, bevor sie noch daran erstickte.

Sie frühstückten gerade alle auf der Terrasse – außer Carl und Isabell, die wohl noch länger schliefen und die Lotte jetzt nicht weiter vermisste.

Das Frühstück war wie das Abendessen einfach großartig. Es gab alles, was man sich nur wünschen konnte – Eier in allen Variationen, jede Menge Obst, iberischen Schinken, frisch gebackenes Brot und sogar Birchermüsli. Aber Lotte war gerade der Appetit vergangen.

Vielleicht sollte sie doch mit einer Sonnenallergie daherkommen. Das Blöde war nur, Emma studierte im siebten Semester Medizin und Ben schon im neunten. Lotte hatte den leisen Verdacht, sie würde mit einer erfundenen Krankheit bei den beiden nicht unbedingt weiterkommen. Auf jeden Fall würde Emma darauf bestehen, ihre Mutter gründlichst zu untersuchen, und darauf konnte Lotte dankend verzichten. Und schon gleich gar nicht wollte sie von ihrem zukünftigen Schwiegersohn medizinisch behandelt werden. Das würde Lotte nur bei einem akuten Herzinfarkt ertragen können.

Also Sonnenbrille auf und durch, dachte sich Lotte gerade und biss in ihr Toastbrot, als es neben ihr klick, klick, klick machte. Das typische Geräusch von Fahrradschuhen auf Steinboden. Lotte blickte auf und traute ihren Augen kaum.

Vor ihr stand Carl. Carl, die Fliege.

Carl hatte eine unglaublich große, spiegelnde Fahrradfahrersonnenbrille auf der Nase, die ihn aussehen ließ wie eine überdimensionierte Stubenfliege.

Er trug dazu passend eine komplette Profi-Fahrradmontur. Extrem eng anliegende Hosen, die der Fantasie keinerlei Spielraum mehr ließen, aber dafür ein hübsch aufgepolstertes Hinterteil hatten, und ein ebenso eng anliegendes T-Shirt mit einem bunten Aufdruck.

Neben ihm stand Isabell genauso herausgeputzt, quasi im Partnerlook, nur sah das Outfit an ihr unglaublich sexy und sportlich und lifestylemäßig aus. Sie hatte die honigblonden Haare zu einem Pferdeschwanz hochgebunden und würde sicher gleich die Tour de Mallorca gewinnen.

Lotte wünschte sich eine Fliegenklatsche herbei – vielleicht könnte sie die beiden damit verscheuchen.

Isabell strahlte in die Runde. »Na, ihr Schlafmützen, endlich auch alle wach? Wir waren schon eine halbe Stunde im Gym, wollten jetzt nur schnell ein Müsli essen, und dann geht's auf nach Santanyí. Die haben hier richtig tolle Rennräder zum Ausleihen, kann ich jedem nur empfehlen. Ich habe uns eine kleine Runde geplant, nix Großes, nur so dreißig Kilometer. Das schaffen wir locker bis zur Mittagszeit, und natürlich kommen wir dann noch rechtzeitig mit an den Strand, Liebes«, sagte Isabell beruhigend zu Emma, holte ihr Handy aus der kleinen Bauchtasche und warf sich für ein paar Selfies neben Carl vor dem Frühstücksbüfett in Pose.

Carl schaltete automatisch auf Lächeln.

Er war das Prozedere offensichtlich schon so gewohnt, dass seine Mundwinkel automatisch nach oben gingen, sobald Isabell ihr Handy zückte.

Lotte rückte aus dem Bild – sie wollte auf gar keinen Fall irgendwo im Hintergrund sein –, verdrehte die Augen und hoffte, dass das jetzt niemand von den anderen gesehen hatte.

Lotte interessierte sich im Internet hauptsächlich für unkomplizierten Mailempfang und war daher ziemlich unbeeindruckt von Isabells Internetberühmtheit.

Das war die offizielle Version.

Die inoffizielle war: Natürlich klebte Lotte heimlich viel öfter, als sie zugeben wollte, auf den Internetseiten von Isabells Blog und wusste daher mehr, als ihr lieb war, über das wundervolle neue Leben ihres Ex-Mannes mit seiner wundervollen neuen Frau.

Also im Grunde genommen wusste sie alles.

Sie konnte das einfach nicht lassen, sosehr sie es auch versuchte. Dieser verdammte Blog war wie eine Sucht für Lotte, die sie auch noch, wie es sich für eine anständige Sucht gehörte, streng vor allen anderen verheimlichte.

Es wäre zu peinlich, wenn das jemand rausbekommen würde. Niemand wusste davon, noch nicht mal ihre Schwester.

Die sprang jetzt gerade auf, um ihre Hilfe anzubieten.

»Soll ich vielleicht mal?«, fragte Lissy Isabell.

»Aber gerne doch«, antwortete Isabell und übereichte Lissy das Handy.

»Aber pass bitte auf. Schieß das Foto nicht so sehr von unten, sonst sieht man mein Doppelkinn.«

Welches Doppelkinn? Frauen wie Isabell hatten doch noch nicht mal ein Einfachkinn. Zumindest keins, das blöd auf irgendeinem Foto aussehen würde, egal, aus welchem Winkel man das Foto schießen sollte.

Lotte verdrehte die Augen. Was war nur in ihre Schwester gefahren?

Lissy machte ein paar Fotos und gab das Handy dann wieder an Isabell zurück.

»Danke«, hauchte die. »Das war sehr lieb von dir.«

Sie verstaute das Handy wieder und holte zwei Becher mit Birchermüsli vom Büfett, während Carl sich erschöpft neben Lotte plumpsen ließ und die Sonnenbrille auf die Stirn schob.

»Guten Morgen«, begrüßte Carl sie. »Gut geschlafen?«

»Bestens«, sagte Lotte und blickte Carl direkt in die Augen.

Und dann schob sie sich genüsslich ein Stück Ibérico-Schinken in den Mund.

Sie wusste, wie sehr Carl ein ausgiebiges Hotelfrühstück früher geliebt hatte. Und einen gemütlichen Start in den Tag. Schließlich hatte er ja zu Hause in der Firma wirklich immer viel Arbeit, stand jeden Morgen früh auf und machte jede Menge Überstunden.

Isabell setzte sich neben Carl und schob ihm sein Müsli zu. Carl begann hastig zu löffeln. Vielleicht hatte er Angst, dass Isabell ihm auch das wieder wegnehmen würde.

Lotte biss in ihr kleines, sehr krosses Croissant.

Carl neben ihr versuchte krampfhaft, nicht auf Lottes Mund

zu blicken, in dem das leckere Teilchen gerade ganz langsam verschwand.

Lotte legte extra noch ein Stückchen Butter darauf, gerade so, als hätte sie noch nie etwas von Cholesterin gehört.

Sie schob sich alles genüsslich kauend in den Mund und hatte die Befürchtung, dass das eben nicht mehr jungendfrei sein könnte. Gott sei Dank war Emma dabei, mit Ben und Dora über irgendein Detail der Tischdekoration für die Hochzeit zu sprechen, und viel zu beschäftigt, um mitzubekommen, was ihre Mutter da trieb, und Lissy stand mit Philipp unschlüssig am Büfett herum.

Nie im Leben hätte Lotte vor Jahren inmitten der Scheidung daran gedacht, dass eine kleine Rache an Carl für die Demütigung wegen des Betrugs mal ein Buttercroissant und echter iberischer Schinken sein würden.

Carl konnte die Augen nicht von Lottes Mund lassen.

Sie hatte Probleme zu kauen und dabei nicht gleichzeitig bis über beide Ohren zu grinsen.

»Paps, ich finde das total klasse, dass du jetzt so sportlich bist«, ließ Emma sich plötzlich vernehmen, die wohl das Dekoproblem gelöst hatte, und unterbrach damit abrupt Lottes Foodporn.

»Danke, Liebes, was tut man nicht alles für die Gesundheit und um fit zu bleiben«, sagte Carl, löste endlich den Blick von Lottes Mund und meinte dann zu seiner Frau: »Meine Liebe, wir müssen los. Die Kilometer fahren sich nicht von alleine. Viel Spaß euch allen noch, wir sehen uns später am Strand.«

Lotte nickte, den Mund noch voller Croissantkrümel. Die anderen verabschiedeten die Sportlichen und frühstückten in aller Ruhe weiter.

Carl klickte mit Isabell neben sich davon über den Steinboden. Sicher wird es lange, lange Fahrradkilometer nichts mehr für ihn zu essen geben, dachte Lotte schadenfroh.

»Also, ich mache ja gerne Sport, aber übertreiben die beiden es nicht gerade etwas?«, fragte Philipp, der plötzlich neben Lotte saß.

»Nun, wer so fit und so jung wie seine Frau sein will, muss leiden«, erwiderte Lotte und sah, wie Philipp versuchte, sich ein Grinsen zu verkneifen.

»Nun, ich will auch fit bleiben. Also gehe ich jetzt erst mal mit Charlie Gassi – das hält auch in Form. Vielleicht doch Lust mitzukommen?« Philipp blickte sie fragend an.

Lotte war überrascht. Wieso wollte er schon wieder mit ihr und Charlie zusammen spazieren gehen? Und dann sah sie Dora mal wieder über ihrem Frühstück am Handy hängen.

»Dora muss den Vormittag leider arbeiten, wenn sie heute Nachmittag mit uns an den Strand will. Sie hat die beiden Wochen nicht wirklich Urlaub nehmen können und wird von hier aus arbeiten müssen. Sonst hätte sie gar nicht mit zur Hochzeit kommen können«, sagte Philipp entschuldigend mit Blick auf Dora.

»Vielleicht ein andermal. Wir sind ja noch ein paar Tage da«, log Lotte schon wieder, ohne rot zu werden. »Ich wollte heute Vormittag in Ruhe auf meiner Terrasse liegen und ein Buch weiterlesen, das ich schon im Flieger angefangen habe.«

»Nun dann«, sagte Philipp mit einem leisen Bedauern in der Stimme. »Aber ich hoffe, es liegt weder an Charlie noch an mir, dass du nicht mitwillst.«

Lotte schüttelte den Kopf. »Nein. Liegt es nicht.«

Lotte tat es einen Moment plötzlich leid, dass sie nicht einfach zugesagt hatte, mit den beiden spazieren zu gehen. Philipp wirkte, wenn er nicht mit Dora zusammen als ein Teil des perfekten Paares unterwegs war, gar nicht so unangenehm.

Wenig später lag Lotte dann tatsächlich auf ihrer Terrasse und langweilte sich furchtbar mit einem Buch. Es war ein Krimi, den sie schnell noch am Flughafen gekauft hatte, und sie wusste schon seit Seite elf, wer der Mörder war.

Lotte traute sich aber nicht, jetzt doch noch allein loszuspazieren. Es wäre dann doch zu peinlich, sollte sie dabei auf Charlie und Philipp stoßen. Und bei ihrem Glück in letzter Zeit war so ein Treffen wohl garantiert.

Lotte klappte das Buch zu. Sie hörte Lissy nebenan durch die offene Terrassentür mit Anton skypen und rief rüber: »Liebste Grüße von mir an meinen liebsten Schwager. So schade, dass er nicht hier sein kann. Ich könnte ein paar gute Drinks vertragen.«

Lissy rief zurück: »Er sagt, es tut ihm auch furchtbar leid. Du sollst einfach für ihn mittrinken. Die haben hier ja eine Hotelbar, und du darfst jetzt schon damit anfangen. Bei ihm ist es gerade kurz vor Mitternacht.«

Lotte lachte und ging in ihr Zimmer zurück.

In zwei Stunden würden alle an den Strand fahren.

Lotte holte ihre Badeanzüge aus dem Schrank und blickte nicht sehr überzeugt auf die Teile.

Hatten die hier im Hotel nicht so eine kleine Boutique um die Ecke bei der Rezeption?

Der Sand unter Lottes Füßen war brüllend heiß. Genau so, wie Lotte es liebte, das konnte sie sogar durch die Flipflops hindurch spüren.

Vor ihr lag die wilde Schönheit des Es-Trenc-Strandes.

Sie hatte mit Lissy gerade ihr Cabrio neben den Autos der anderen geparkt. Und jetzt marschierte die ganze Gruppe mit Handtüchern, Sonnenschirmen und Picknickkörben bewaffnet den Strand entlang auf der Suche nach einem ruhigen Plätzchen.

Charlie war auch dabei.

Er lief sogar frei herum, war aber durch diese Freiheit und die Vorfreude anscheinend so abgelenkt, dass er Lotte nur einmal mit einem kurzen »Wuff« bedacht hatte, und ansonsten hatten die beiden beschlossen, einfach erst mal gebührenden Abstand voneinander zu wahren.

Ein ruhiges Plätzchen, zumindest nicht allzu weit von den Parkplätzen entfernt, zu finden, war gar nicht so einfach.

Es war für Mitte Mai bereits ziemlich heiß, und der Strand war dementsprechend ziemlich voll.

Lotte war den Mallorquinern unendlich dankbar, dass sie diesen Strandabschnitt von Es Trenc nicht mit Hotelburgen vollgestellt hatten.

So etwas gab es ja kaum noch in Spanien oder auch anderswo. Überall, wo es schön war, entstanden viel zu schnell viel zu viele Hotels. Der Tourismus zerstörte das, was er so dringend suchte, dabei oft selbst.

Aber nicht hier. Hier stand der Strand unter Naturschutz, und die Bucht lag vor ihnen wie schon vor hundert Jahren. Kaum zu fassen, dass vor nicht allzu langer Zeit sicher alle Strände hier und überall auf der Welt so gewesen waren.

Das Wasser war unglaublich türkisfarben und ging dann langsam ins Petrolfarbene über. Der Sand leuchtete weiß, nur ab und zu unterbrochen von braunen Flecken – angeschwemmten Algen.

Das Wasser war glasklar, und es wehte nur ein leichter Wind. Lotte wäre am liebsten sofort ins Meer gesprungen, aber sie stapfte weiter durch den heißen Sand, bis Emma nach ein paar Hundert Metern einen Sonnenschirm in den Sand bohrte und ihn öffnete, so wie man eine Flagge in einem neuen Land hisst, das man für sich reklamiert.

»Hier bleiben wir! Ist es nicht großartig?«

Emma blickte aufs Meer. Ben umarmte seine zukünftige Frau.

»Du bist einfach großartig. Du und deine Idee, hier am Meer zu heiraten. Das ist auch großartig.«

Die beiden küssten sich, verliebt bis über beide Ohren.

Lotte fiel es manchmal schwer, sich daran zu erinnern: Waren Carl und sie auch mal so gewesen, als sie jung waren? So unglaublich verliebt? So verliebt, dass man alles am anderen toll fand? Auch die ganzen Dinge, die man später nervig finden würde?

Lotte konnte sich an das Verliebtsein mit Carl schon noch erinnern – aber es war wie ein ferner Lichtstreif am Horizont, überschattet von den Wolken, die später kamen.

Und auch wenn Lotte dachte, dass Emma mit der frühen Hochzeit einen Fehler machte, so hoffte sie doch, dass sie sich irrte und dass die beiden noch lange so glücklich an den Stränden der Welt stehen würden, ohne dunkle Wolken, nur die echten am Horizont.

»Hilfst du mir mal bitte und stehst nicht einfach so in der Gegend rum?« Lissy versuchte vergeblich, auch ihren Sonnenschirm in den Sand zu bohren.

Lissy hatte die blonden Haare ihrer Mutter und auch ihre helle Haut geerbt. Direkte Mittelmeermittagssonne konnte sie nicht so gut vertragen.

Lotte kam mit ihren braunen Augen, braunen Haaren und dem dunklen Teint mehr nach ihrem Vater und vertrug Sonne bestens. Sie konnte sich überhaupt nicht daran erinnern, jemals einen Sonnenbrand gehabt zu haben. Vielleicht als Kind.

Lotte ließ ihre Strandtasche in den Sand fallen und machte sich daran, mit Lissy ein tiefes Loch zu bohren und den Sonnenschirm sicher aufzustellen.

Bei Carl und Isabell übernahm natürlich Carl diese Aufgabe,

während Isabell nur ein unglaublich schönes Strandtuch sorgfältig auf dem Sand ausbreitete.

Lotte legte ihr Handtuch einfach hin und begann sich auszuziehen.

Sie fühlte sich dank ihres nigelnagelneuen und unfassbar teuren Badeanzugs, den sie vor knapp einer Stunde schnell noch in der Hotelboutique erstanden hatte, wie eine Göttin. Wenigstens für die nächsten fünf Minuten.

Das Teil hatte ein Vermögen gekostet, war aber in der erstaunlichen Lage, gewisse Röllchen wie von Zauberhand verschwinden zu lassen.

Dabei hatte Lotte sich jede ihrer kleinen Rollen eigentlich redlich verdient. Und einige davon hatte sie ja auch Emma zu verdanken. Wenn mal ein Baby den Bauch zu einem riesigen Ballon aufgeblasen hat, ist es schwierig, wieder zur alten Form zu finden. Das machen normale Luftballons ja schließlich auch nicht, dachte Lotte. Die platzen oder sind danach etwas schrumpelig. Lotte zog das Schrumpeln dem Platzen eindeutig vor.

Lotte legte sich auf das Strandtuch, stieß einen kleinen Seufzer aus und schloss für einen Moment die Augen. Der Badeanzug war jeden Cent wert, wenn sie sich etwas selbstsicherer damit fühlte.

»Ommmmm«, summte sie leise vor sich hin.

Carl war ihr egal. Isabell war ihr egal. Alles war ihr egal. Sie lag hier, und hier zählten nur das Meer, die Sonne, der Sand. Der Rest war Unsinn.

Emma und Ben tobten ins Wasser wie Kleinkinder. Lotte blinzelte hinter ihrer Sonnenbrille. Lissy hatte es sich im Schatten des Sonnenschirms bequem gemacht und fing an, sich einzucremen.

Emma hatte so eine riesige pinkfarbene Luftmatratze ins Wasser mitgenommen, und sie und Ben versuchten, das Teil wie ein

Paddelboot zu benutzen, und kenterten dabei ständig unter lautem Gelächter und Gepruste.

Lotte richtete sich etwas auf. Ihre Sonnenbrille war riesig und dunkel, fast schwarz. Sie war sicher, sie konnte so wunderbar alle und alles beobachten, ohne dass die anderen es bemerkten.

Auch dieser kleine Kauf neben dem neuen Badeanzug hatte sich gelohnt. Lotte hatte einfach das dunkelste Modell aus dem Ständer mit den Brillen gegriffen und gehofft, dass die Gläser so dunkel waren, dass sie das Preisschild gar nicht erst lesen konnte.

Dora saß im Schatten von zwei Sonnenschirmen und cremte sich überall mit Lichtschutzfaktor 50 ein. Sie und Philipp lagen etwas abseits, da Philipp wegen Charlie Rücksicht auf Lotte nehmen wollte. Das war wirklich nett.

Charlie hechelte neben Dora unter den Sonnenschirmen. Lotte hatte das Gefühl, der Hund wusste, dass das hier im Grunde genommen etwas zu heiß für ihn war. Gab es dafür nicht den wunderbaren Begriff Hundstage? Charlies Zunge hing beinahe im Sand. Lotte hatte fast Mitleid mit ihm. Aber nur fast.

Philipp hatte einen fetten Rucksack und ein Kiteboard mitgeschleppt, aber für Kitesurfen war es dann doch zu windstill hier. Statt zu surfen, saß Philipp einfach auf dem Rucksack und schaute nachdenklich aufs Meer. Vielleicht versuchte er, so Wind und Wellen herbeizurufen. Also war mit dem Hund spazieren zu gehen anscheinend doch nicht Philipps einziges Fitnessprogramm.

Lissy war in ihr neues Buch vertieft und griff nebenher ständig in die Kühltasche mit Obst und Chips. Wobei mehr Chips als Obst in Lissys Mund landeten.

Lotte merkte, dass sie tatsächlich anfing, sich zu entspannen.

Es war viel zu heiß, als dass irgendjemand im Moment mehr

wollte, als einfach nur zu existieren. Und diejenigen, denen es nicht so ging, trieben sich wie Emma und Ben im Wasser herum.

Plötzlich sprang Isabell von ihrem Handtuch auf. Sie trug einen winzigen weißen Bikini, der gerade so das Nötigste verdeckte.

Lotte hinter ihrer schwarzen Sonnenbrille musste leider zugeben, dass Isabell sich das problemlos leisten konnte. Sie war ja auch erst Ende dreißig und hatte nie ein Kind durch ihren Körper gelassen. Lotte sah, dass nicht nur Isabells Arme, sondern auch ihr Bauch unglaublich definiert waren. Oder trainiert oder was auch immer. Das war echt nicht mehr normal. Vielleicht war das alles nicht echt? Was wusste Lotte schon davon, was man heutzutage alles künstlich herstellen konnte. Es gab ja auch schon Po-Erweiterungen aus Silikon, mit denen man sich für den Rest der Tage jegliche Sitzkissen und Sofas sparen konnte, da man sie ja schon direkt implementiert hatte.

Lotte drehte sich um.

Genug, schalt sie sich selbst. Das mit Isabell war ja langsam echt obsessiv.

»Zeit für ein paar Selfies. Das Internet will gefüttert werden. Machst du mit?«, fragte Isabell Carl.

Carl brummte nur und drehte sich vom Rücken auf den Bauch.

»Auch gut. Dann eben erst mal ein paar von mir alleine.«

Isabell griff in die Kühltasche, die neben Carl stand, und zauberte zu Lottes Erstaunen keine Chips hervor – damit hatte Lotte ja auch nicht wirklich gerechnet, aber es war auch kein Obst. Nein, Isabell zauberte gekühlte Wimperntusche und Lidschatten hervor, frischte ihr Gesicht auf und ging mit dem Handy fotografierend ins Meer.

Lotte griff zur Sonnenmilch und begann sich auch einzucremen.

Ach, was waren das für Zeiten, in denen man noch richtig einen Film in einer richtigen Kamera hatte und nicht mit dem Telefon fotografieren musste.

Lotte war leider alt genug, um sich noch daran erinnern zu können. Da hätte man zwar auch endlos Bilder von sich machen können, aber es hätte ein Vermögen gekostet, die alle zu entwickeln. Und außer ein paar Freunden und der Familie hätte sie ja auch niemand zu Gesicht bekommen.

Isabell knipste wie eine Wilde und ging immer weiter ins Meer.

Lotte war für einen Moment sehr froh, dass sie Gärtnerin und nicht Influencerin war. Nicht nur weil sie Pflanzen mehr liebte als Computer, nein, Lotte konnte einfach so ins Meer gehen und den Moment genießen, ohne ihn totzufotografieren. Das würde sie auch tun, sobald Isabell mit dem Rumgeknipse endlich aufhören würde. Auf gar keinen Fall wollte sie irgendwo im Hintergrund auf irgendeinem der Fotos von Isabell auftauchen.

Allerdings sah es nicht so aus, als würde Isabell das Wasser so schnell verlassen.

Mein Gott, wie viele Selfies wollte Isabell denn noch schießen? Und wie viele Posen konnte eine einzige Person vor einer Kamera einnehmen?

Isabell ging weiter ins Meer und fotografierte und fotografierte und …

»Ahhhhhhhhhhhhhhhhh!« Isabell schrie plötzlich wie am Spieß. Lotte konnte sehen, wie ihr Handy in einem weiten Bogen im Meer landete und Isabell sich vor Schmerzen krümmte.

Was war da los?

Isabell schrie immer noch.

Und von einer Sekunde auf die andere waren alle am Stand mehr als wach.

Carl sprang auf und rannte ins Meer, um seine Frau zu retten. Philipp rannte Carl sofort hinterher.

Auch Ben versuchte, möglichst schnell zu Isabell zu kommen.

Emma stand wie erstarrt im Wasser.

Selbst Dora hörte für einen Moment auf, in ihr Handy zu tippen, und verfolgte die Szene.

Auch andere Badegäste wurden mittlerweile durch Isabells Schreie aufgeschreckt. Es sah so aus, als könnte Isabell sich vor Schmerz nicht rühren.

»Ein Hai, ein Hai. Das ist bestimmt ein Hai«, schrie Lissy neben Lotte voller Angst.

»Quatsch«, sagte Lotte. »Sie ist bestimmt nur auf einen Stein oder in einen Seeigel getreten. Vielleicht hat sie auch auf den Fotos einen Pickel entdeckt, so wie sie gerade geschrien hat.« Das konnte sich Lotte jetzt leider nicht verkneifen. Sicher war Isabell nicht wirklich was passiert. Lotte hatte noch nie von einer Hai-Attacke vor Mallorca gehört.

Aber Isabell schrie immer noch wie am Spieß, und jetzt wurde sogar Lotte mulmig zumute.

Was war da bloß los?

Alles wirkte plötzlich so surreal.

Emma war dabei, aus dem Wasser zu kommen. Das war auch sicher besser so, falls da doch irgendwo ein Hai rumschwamm.

Lotte und Lissy waren aufgesprungen und standen etwas hilflos am Ufer herum.

Die drei Männer hatten endlich Isabell erreicht. Carl – der anscheinend wirklich unglaublich gut in Form war – hob seine Frau auf die Arme wie im Film und trug sie an den Strand.

Dort legte er die mittlerweile nur noch leise wimmernde Isabell auf ihrem Strandtuch ab.

Isabell hatte an ihrem rechten Bein rote Streifen, die wie Peitschenhiebe aussahen.

Es sah grauenvoll aus.

Lotte schalt sich innerlich für ihre Gemeinheit von vorhin. Das war sicher kein Stein und sicher kein Seeigel gewesen, aber auch definitiv kein Biss von einem Hai.

Ben und auch Emma hatten sich mittlerweile fachmännisch über Isabell gebeugt.

Wie gut, dachte Lotte, dass die beiden Medizin studierten, so hatte man in der Familie immer direkten Zugriff auf einen Arzt. Das konnte ja mal nicht schaden, wie man jetzt hier sehen konnte.

»Das war eine Qualle. Ich tippe auf eine Portugiesische Galeere. Die sind zwar sehr selten hier vor der Küste von Mallorca, aber ich habe die Dinger beim Kitesurfen schon öfter gesehen. Sie sind wunderschön, solange man ihnen und ihren Tentakeln nicht zu nahe kommt. Gott sei Dank schützt der Neoprenanzug vor den Dingern, denn das tut wirklich unglaublich weh«, erklärte Philipp.

Isabell wimmerte immer noch zur Bestätigung. Carl hielt ihre Hand.

»Das wird schon wieder, meine Liebe, keine Sorge«, versuchte er sie zu beruhigen.

»Ja. Das war eine Qualle. Da hängen ja auch noch ein paar Teile von ihr dran«, bestätigte Ben, der Isabells Bein fachmännisch untersuchte.

»Wir brauchen Essig. Sofort«, sagte Emma und blickte sich etwas hilflos suchend um.

Woher um alles in der Welt sollte man hier jetzt Essig herbekommen, fragte sich Lotte, und dann rannte sie zu ihrer Kühltasche und kam mit einer Box zurück.

»Nimm.« Lotte hielt Emma die Box hin. Emma blickte verständnislos auf die Box.

»Da ist Salat drin. Und da ist Essig drin. Das ist das Beste, was wir im Moment dahaben«, sagte Lotte, da hatte Emma ihr schon die Box aus der Hand genommen, sie geöffnet und begann die Salatsoße auf Isabells Bein zu träufeln.

»Man darf die Reste einer Qualle nicht mit einem Handtuch oder Sand abreiben, sonst reibt man das Gift noch mehr in die Haut. Der Essig hilft, dass sich der Rest ablöst«, erläuterte Ben.

»Ist sie allergisch?«, fragte Emma ihren Vater.

»Keine Ahnung«, antwortete Carl.

Ben richtete sich auf. »Ich glaube, das Schlimmste ist überstanden, die Reste der Qualle lösen sich ab.«

Und Emma meinte: »Wir sollten Isabell auf jeden Fall ins Krankenhaus bringen. Sie braucht Antihistamin und Kortison. Hoffentlich bekommt sie keinen allergischen Schock.«

»Meine Fotos!«, wimmerte Isabell. »Mein Handy! Mein Bein!«

Sie versuchte sich aufzurichten und starrte entsetzt auf ihr Bein, das gerade wirklich kein schöner Anblick war.

»Das wird schon wieder«, beruhigte Emma sie. »Keine Angst, da bleiben keine Narben.«

»Ich fahre sofort mit ihr ins Krankenhaus nach Palma«, sagte Carl.

»Ich komme mit, falls es ihr schlechter geht«, meinte Emma.

»Ihr anderen bleibt hier, Paps und ich haben alles im Griff. Aber es sollte sicherheitshalber niemand mehr ins Wasser gehen oder nur noch ganz nah am Ufer.«

Lotte blickte für einen Moment sehnsüchtig aufs Meer. Mit sich in die Fluten zu stürzen wurde das heute wohl nichts mehr.

Sie war gerade unglaublich stolz auf ihre pragmatische Tochter. Emma würde eine gute Ärztin werden, so wie sie gerade reagiert hatte.

Carl und Ben hoben Isabell gemeinsam hoch, stützten sie auf jeder Seite.

»Geht es so?«

Isabell nickte und versuchte sichtlich, Tränen zu unterdrücken.

Die drei humpelten über den Sand davon.

Lotte und Lissy standen etwas verloren herum und blickten den dreien nach.

»Die Arme. Und das am ersten Urlaubstag«, war plötzlich eine Stimme hinter ihnen zu hören. Dora hatte sich offensichtlich von ihrem Handy gelöst und stand direkt hinter den beiden Schwestern.

Lotte zuckte regelrecht zusammen. Dora konnte sprechen. Das war ja ein Wunder.

»Wenigstens ist es nicht direkt vor der Hochzeit passiert«, meinte Lissy.

»Das wird schon wieder. Ein paar Antihistaminika und ein paar Schmerztabletten. In zwei Tagen ist das ziemlich verheilt, die Streifen wird man allerdings noch länger sehen, fürchte ich«, sagte Philipp. »Also, falls jemand doch noch ins Wasser will, ich hätte da einen Neoprenanzug zu verleihen.«

»Nein, danke«, riefen Lotte, Lissy und Dora gleichzeitig.

Isabell musste die Nacht im Krankenhaus bleiben. Emma hatte Ben angerufen und gesagt, es würde noch etwas dauern, bis sie und Carl zurück ins Hotel kommen würden. Isabell ging es aber schon sehr gut, das Krankenhaus wollte sie nur vorsorglich zur Beobachtung noch diese Nacht dabehalten.

Philipp war mit Lissy zusammen später auch ins Krankenhaus gefahren, um Isabell ein paar Sachen vorbeizubringen.

Heute würde es kein gemeinsames Abendessen geben. Darüber war Lotte jetzt nicht wirklich traurig.

Isabell aber tat ihr wirklich leid. Lotte war fast überrascht, dass dieses Gefühl echt war. Auch wenn sie nicht immer nett über Isabell dachte – so was hatte sie ihr nun wirklich nicht gewünscht. Es war bestimmt nicht schön, die Nacht im Krankenhaus zu verbringen.

Lotte beschloss, zum Sonnenuntergang runter ans Meer zu gehen. Es gab in der Nähe des Hotels wohl eine kleine Cala, eine dieser kleinen Buchten, für die Mallorca so berühmt war, zu der man über eine Treppe runterklettern konnte. Don Juan an der Rezeption hatte ihr das mit einem Augenzwinkern verraten, aber vielleicht war das Augenzwinkern auch nur ein nervöses Zucken gewesen. Lotte war sich da nicht ganz so sicher.

Lotte wollte wenigstens einmal kurz ins Meer tauchen. Sie überlegte einen Moment, Dora nach Philipps Neoprenanzug zu fragen, verwarf den Gedanken dann aber schnell wieder. Schließlich konnten sich hier ja nicht überall Quallen rumtreiben.

Lotte packte ihre Badesachen ein und in letzter Sekunde noch eine Flasche Rioja, ein Glas und einen Korkenzieher.

Der Sonnenuntergang konnte kommen.

Eine halbe Stunde später hatte Lotte die kleine Cala erreicht. Steil gingen ein paar ausgebaute Stufen nach unten. Aber an der Seite war ein Seil angebracht, also kein Problem, da runterzuklettern. Niemand war in der kleinen Bucht, vielleicht war es für die meisten schon zu spät zum Baden.

Lotte stieg vorsichtig nach unten.

Es war wunderschön hier.

Ganz anders als der große breite Es-Trenc-Strand. Hier lag nur wenig Sand, und um sie herum ragten zerklüftete Felsen in den Himmel. Pinien klammerten sich so gut es ging an den steilen Abhängen fest.

Die Cala lag wirklich gut versteckt und von oben fast nicht einsehbar. Lotte fühlte sich wie Robinson Crusoe. Hier würde sie es allein durchaus eine Zeit lang aushalten. Es war wunderbar, wie eine eigene kleine einsame Insel.

Die Sonne stand noch ziemlich hoch. Es würde also noch eine Weile dauern, bis sie im Meer versinken würde.

Lotte liebte Sonnenuntergänge, besonders die am Meer.

Je kitschiger und farbenfroher die Sonne sich verabschiedete, desto besser. Lotte konnte nie genug davon bekommen, und sie war immer wieder fasziniert davon, dass jeder Sonnenuntergang irgendwie anders war.

Lotte breitete ihr Handtuch auf dem warmen Sand aus und legte sich darauf. Sollte sie es wagen, ins Meer zu gehen? Was, wenn sie hier auch auf so eine Qualle treffen würde? So ganz allein? Ohne Erste Hilfe vor Ort? Lotte hatte sich vorsichtshalber eine kleine Flasche Essig aus der Küche des Hotels besorgt. Vorsorge ist besser als Nachsorge, dachte sie sich.

Lotte blickte aufs Meer. Ach, was sollte es. Das ganze Leben war ein Risiko. Sie wollte ja nicht den ganzen Rest des Urlaubs nur am Pool oder am Strand verbringen. Das wäre jetzt wirklich zu blöd.

Lotte stand auf und überlegte kurz. Sie schaute sich um. Weit und breit keine Menschenseele.

Kurz entschlossen zog sie einfach ihren Badeanzug aus. Auch wenn das Teil sauteuer und wirklich schön war – sie fühlte sich gerade irgendwie nach nackt und frei und wild.

Wann hatte sie das letzte Mal nackt im Meer gebadet? Vor dreißig Jahren? Lotte konnte sich nicht mehr daran erinnern, und dann fiel ihr ein Urlaub mit Carl ein, lange bevor Emma auf die Welt gekommen war. Sie waren an einem wilden Strand in Südfrankreich völlig allein und dann nackt ins Meer gesprungen.

Lotte rannte in die leichten Wellen, tauchte ganz unter. Dann schwamm sie mit ein paar kräftigen Zügen weiter raus.

Es war herrlich, sie liebte es.

Das Wasser hatte genau die richtige Temperatur. Nicht zu kalt und nicht zu warm. Lotte schwamm noch etwas weiter, war aber sehr darauf bedacht, sich nicht allzu weit vom Ufer zu entfernen.

Das Wasser war sehr klar, von einer Qualle war Gott sei Dank weit und breit nichts zu sehen.

Lotte schwamm dann aber lieber nach kurzer Zeit zurück, sie wollte ihr Glück jetzt doch nicht herausfordern. Als sie schon wieder festen Boden unter den Füßen hatte, sah sie zu ihrem Entsetzen einen Mann bei ihren Sachen am Strand stehen.

Lotte duckte sich spontan wieder ins Wasser.

Verdammt!

Wieso hatte sie auch ausgerechnet jetzt nackt ins Meer gehen müssen? Sie war doch kein Teenie mehr.

Das würde jetzt eine sehr peinliche Situation werden.

Und dann sah Lotte, dass der Mann Carl war.

Das machte es jetzt nicht wirklich besser.

Das machte die Sache noch peinlicher.

Was um alles in der Welt machte Carl jetzt hier? Sollte er nicht im Krankenhaus bei seiner Frau sein? Oder irgendwo im Hotel?

»Willst du nicht rauskommen?«, rief Carl ihr auch schon in diesem Moment zu.

Lotte wollte gerne rauskommen. Das Wasser war doch etwas frisch mit der Zeit, denn es war ja erst Mitte Mai, und das Mittelmeer war noch nicht von einem langen Sommer aufgeheizt.

»Würde ich gerne«, schrie Lotte zurück. »Aber ich bin nackt.«

»Ja und?«, fragte Carl. »Ich bring dir ein Handtuch.«

Und mit diesen Worten schnappte er sich das Handtuch, das auf Lottes Tasche lag, und kam auf Lotte zu.

Die verharrte noch bis zum Hals im Wasser und blickte sich um.

Aber es gab keinen wirklichen Fluchtweg.

Das war jetzt wirklich grausam. Wenn Carl jetzt einfach nur ein Fremder gewesen wäre, dann hätte sie einfach souverän so tun können, als wäre Nacktbaden das Normalste der Welt für sie, und wäre mit erhobenem Haupt und starrem Blick einfach zu ihren Badesachen marschiert.

Aber Carl so zu begegnen war wirklich blöd.

Lotte fühlte sich ziemlich verunsichert. Aber sie konnte schlecht hier im Wasser bleiben.

»Dreh dich wenigstens um«, rief sie Carl zu.

Carl drehte sich tatsächlich um und hielt das Handtuch nach hinten. Lotte stieg aus dem Wasser.

»Da ist doch nichts, was ich noch nicht gesehen hätte«, meinte er und drehte sich leicht zu Lotte hin.

»Dreh dich sofort wieder um und mach die Augen zu«, verlangte Lotte und wickelte das Handtuch um sich.

Carl gehorchte zu Lottes Überraschung und fing nicht eine seiner beliebten Diskussionen an.

Lotte ging zu ihrer Strandtasche und zog schnell den Badeanzug an, sehr darauf bedacht, dass das Handtuch alle strategischen Stellen bedeckte, auch wenn Carl die Augen geschlossen hatte.

Sie fühlte sich sofort wesentlich wohler, als sie den Badeanzug anhatte. Sie würde nie mehr nackt baden.

»Kann ich die Augen vielleicht wieder aufmachen?! Das ist etwas langweilig sonst«, fragte Carl, der immer noch mit geschlossenen Augen dastand.

»Ja«, sagte Lotte und setzte sich auf ihr Strandtuch.

Carl öffnete die Augen, kam langsam zu ihr und ließ sich neben sie in den Sand plumpsen.

»Was machst du hier?«, wollte Lotte wissen. »Ich dachte, du bist noch im Krankenhaus bei Isabell.«

»Ich wollte mal etwas alleine sein, nach der ganzen Aufregung heute Nachmittag.«

»Wie geht's deiner Frau?«

»Viel besser. Die Ärzte haben ihr ein Antihistaminikum und was gegen die Schmerzen gegeben. Und ich habe ihr in Palma noch schnell ein neues Handy besorgt. Isabell ohne Handy ist ja wie ein Fisch ohne Wasser. Und dann haben Philipp und Lissy ihr ja netterweise noch ein paar von ihren Sachen vorbeigebracht. Also alles bestens. Ich hole sie morgen Vormittag wieder ab. Ich schätze, in zwei Tagen ist sie wieder ganz die Alte.«

»Oder vielmehr ganz die Junge«, meinte Lotte, die mit ihrem Badeanzug ihre spitze Zunge wiedergefunden hatte.

Carl blickte sie für einen Moment nur an. Offensichtlich wollte er das jetzt nicht kommentieren. Es war ja auch eine etwas blöde Bemerkung gewesen, fand Lotte. Warum verdammt noch mal konnte sie das einfach nicht lassen. Und all das einfach vergessen.

Lotte fand es ja selbst manchmal blöd, dass ihr nach all der Zeit immer noch solche Bemerkungen rausrutschten.

»Ich war auch noch nicht im Meer, seit wir hier sind«, sagte Carl, wohl um das Thema zu wechseln.

»Nur zu, trau dich, es ist wunderbar. Ich bin auch keiner Qualle begegnet. Und im Notfall bin ich ja hier, um dich zu retten.«

Carl stand auf und zog sich aus, dann blickte er Lotte noch mal erstaunlich ernst an: »Du hast mich ziemlich oft gerettet, Charlotte, weißt du das eigentlich? Wenn auch nicht vor Quallen.«

Lotte wurde mulmig zumute. Wenn Carl sie Charlotte nannte, war es ernst. Das hatte er von Lissy, die sie auch immer mit vollem Namen ansprach, wenn sie die Wichtigkeit einer Situation unterstreichen wollte.

»Ich glaube, ich komm noch mal mit ins Wasser. War einfach zu schön«, sagte Lotte, und diesmal war sie diejenige, die mehr als gerne das Thema wechseln wollte.

Sie sprang auf. »Wer als Erster im Wasser ist«, rief sie.

Das ließ Carl sich nicht zweimal sagen und rannte hinter ihr her. Aber Lotte war schneller – sie stürzte sich geradezu ins Meer.

Wenig später saßen sie gemeinsam am Strand und trockneten. Die Sonne stand nur noch eine Handbreit über dem Horizont.

»Macht es dir was aus, wenn ich noch etwas hierbleibe und wir schauen gemeinsam der Sonne zu, wie sie wieder ein unglaubliches Theater macht?«, fragte Carl, ungewöhnlich sensibel für ihn.

Normalerweise war er mehr ein Bulldozer, machte einfach, was er wollte, ohne viel zu fragen, was andere denn von seinem Verhalten hielten.

Lotte wäre eigentlich lieber allein hier gewesen, aber scheute sich irgendwie, es Carl zu sagen. Sie konnte ja morgen noch mal herkommen und allein den Sonnenuntergang genießen.

»Nein, bleib nur.«

Carl lachte. »Das heißt jetzt übersetzt: Ja, du nervst, geh bitte.«

Lotte verzog das Gesicht. Sie war wirklich keine besonders gute Lügnerin.

»Ich kenne dich immer noch gut, musst du zugeben.« Carl grinste und machte natürlich keinerlei Anstalten zu gehen.

»Nicht mehr so gut wie früher«, entgegnete Lotte schnippisch.

»Du kannst schon bleiben, wenn du magst, das ist schließlich ein öffentlicher Strand.«

»Danke für die Genehmigung«, sagte Carl und legte sich in den Sand. »Ich wusste, dass es dir unangenehm ist.«

»Nein, schon okay«, erwiderte Lotte, die ihren Ex-Mann genau jetzt in diesem Augenblick zum zweimillionstendreihundertneunundfünfzigtausendsten Mal dahin wünschte, wo der Pfeffer wuchs.

»Nicht dass ich hierbleibe, sondern dass du gerade eben nackt warst.«

»Du hattest ja die Augen zu«, meinte Lotte leichthin, für einen Moment aber unsicher, ob Carl wirklich die Augen geschlossen hatte.

»Ich hätte sie gerne aufgehabt.«

»Du redest Unsinn.«

»Vielleicht.« Carl richtete sich auf.

Die Sonne war gerade dabei, in Orange-Rot-Rosa glühend mit großem Tamtam unterzugehen.

»Ist das nicht immer wieder schön?«

»Und immer wieder anders.«

Beide sahen dem Schauspiel zu, und Carl hielt endlich seinen Mund.

Lotte griff neben sich in die Strandtasche und holte den Wein hervor. Das war der perfekte Moment für einen perfekten Rioja.

Carl starrte fast sprachlos die Flasche an.

»Du bist die Beste.«

»Ich habe nicht gesagt, dass du was abbekommst.«

Carl setzte seinen Welpenblick auf. Das konnte er gut. Seine braunen Augen wurden dabei supergroß, seine Stirn war in Falten gelegt, und er versuchte zusätzlich, mit den Ohren zu wackeln. Damit hatte er sie in der Ehe ein paarmal rumgekriegt. Es sah einfach zu dämlich aus.

Lotte musste lachen. »Nun gut, aber ich habe nur ein Glas.

Und du machst das Ding auf, der Korkenzieher ist so ein blödes Billigteil.«

Carl nickte, wenig später trank er den Wein direkt aus der Flasche, und Lotte hatte das Glas für sich allein.

Der Wein war hervorragend und viel zu schade eigentlich, um ihn direkt aus der Flasche zu trinken. Dunkel und schwer war er, und er tat ziemlich schnell seine Wirkung.

Lotte fiel ein, dass sie ewig nichts mehr gegessen hatte. Ihr Magen knurrte leise in Ermahnung an ein Abendessen.

»Seit wann bist du eigentlich Vegetarier und Frühaufsteher im Urlaub?«, fragte Lotte Carl, ohne den Blick von der untergehenden Sonne zu wenden.

»Ich bin gar kein Vegetarier«, widersprach Carl und nahm noch einen Schluck aus der Flasche. »Ich verrate dir jetzt ein ganz geheimes Geheimnis.« Er grinste Lotte an. »Wenn Isabell nicht hinsieht, esse ich heimlich Leberwurstbrote und Schinken oder Vollmilchschokolade. Sie kann schließlich nicht überall sein. Ich habe ein großes Büro mit einer voll ausgestatteten Küche und bin der Chef, also zumindest im Büro.«

Lotte prustete los vor Lachen.

»Ich wusste es, du betrügst deine Frau.«

»So kann man es sicher auch sehen.«

»Aber du bist trotzdem top in Form.« Das musste Lotte jetzt wirklich neidlos anerkennen.

»Das Leben mit Isabell hält mich fit. Das stimmt. Aber du siehst auch nicht schlecht aus«, sagte Carl, im Versuch, das Kompliment zurückzugeben. Aber Lotte wusste, dass sie dem Vergleich mit Isabell in keiner Weise standhalten konnte.

»Wenn wir zusammengeblieben wären, hätten wir beide sicherlich jetzt ein paar Pfunde mehr auf den Hüften«, meinte Lotte.

»Das könnte durchaus sein.« Carl kicherte.

»Du hast meine Spaghetti bolognese geliebt.«

»Die würde ich immer noch gerne essen. Aber du würdest sie mir nicht mehr kochen. Und bei Isabell gibt es Zucchinispaghetti mit Avocadosoße. Kann man auch essen, aber das ist einfach nicht das Original.«

»Ich wusste gar nicht, dass man aus Zucchini Spaghetti machen kann.« Lotte schüttelte den Kopf.

Carl blickte Lotte für einen Moment ernst an. »Manchmal weiß ich gar nicht, warum wir uns eigentlich getrennt haben«, sagte er und wirkte in diesem Moment tatsächlich selbst etwas verwundert über die Tatsache ihrer Scheidung.

»Also ich weiß das noch sehr gut. Der Grund heißt Isabell und ist jetzt mit dir verheiratet.«

»Du weißt, dass Isabell nicht der Grund war«, gab Carl zurück und glaubte erstaunlicherweise gerade wohl selbst daran.

»Weiß ich nicht«, sagte Lotte. Carl war angeheitert, und er sollte bloß aufhören, nach billigen Entschuldigungen für seinen Fehltritt zu suchen. Er war schon immer gut darin gewesen, sich die Dinge so hinzubiegen, wie sie ihm am besten passten. Und keine Schuld an dem ganzen Fiasko zu haben würde ihm sicherlich sehr gut passen.

Lotte fühlte den alten Groll in sich aufsteigen. Die Stimmung war kurz davor zu kippen. Sie merkte, dass sie in den Kampfhennenmodus ging. Wenn Carl Streit wollte, nun dann konnte er den jederzeit haben. Sie hatte sogar sehr große Lust, mit ihm zu streiten, stellte sie gerade fest.

Carl bemerkte den Stimmungsumschwung wohl auch und sagte: »Lass uns nicht streiten, Lotte, nicht schon wieder. Nicht heute, dafür ist es hier wirklich viel zu schön.«

Lotte seufzte auf. »Nun gut. Lassen wir das. Es führt ja sowieso zu nichts.«

»Ich weiß ja, dass du mich hasst.«

»Ich hasse dich nicht.« Das kam jetzt nicht so ganz überzeugend rüber, das merkte selbst Lotte gerade. Aber Hass war nicht wirklich das Gefühl, das sie Carl gegenüber hatte. Es war viel komplexer, was sie empfand, nicht so negativ, und manchmal wusste sie selbst nicht genau, was es war.

Carl wechselte mal wieder das Thema. »Aber du musst zugeben, unsere Tochter ist gut geworden.«

»Ausgesprochen gut.«

»Sie ist das Beste, was mir je passiert ist.«

»Sie ist der Grund, warum ich noch mit dir rede und hier sitze.«

»Ein wunderbarer Grund. Du hast das echt gut mit Emma gemacht, während und nach der Scheidung. War bestimmt nicht einfach.«

Carl prostete ihr zu, und Lotte trank ihr Glas leer.

Langsam wurde sie etwas misstrauisch. Was sollten all die Komplimente? Ausgerechnet jetzt? Nach all der Zeit?

»Schön, dass du hergekommen bist«, sagte Carl und machte einfach weiter auf dieser Schiene.

»Nicht schön, dass du doch noch kommen konntest. Ich hatte mich sehr über deinen Bandscheibenvorfall gefreut.«

»Das wusste ich genau, und deshalb bin ich extra doch noch hergekommen.« Carl lachte, und dann wurde er gleich darauf wieder ernst. »Für Emma ist es wichtig, dass wir alle zusammen feiern. Es ist ihre Hochzeit, ihr großer Tag.«

»Ich weiß.«

»Und auch wenn du es nicht hören willst, ich habe mich

durchaus gefreut, dich zu sehen. Ich freue mich eigentlich immer, dich zu sehen.«

»Ich denke, es ist Zeit, zurück zum Hotel zu gehen. Ich habe Hunger und mir ist kalt«, erklärte Lotte. Das Gespräch wurde ihr langsam unheimlich. Und außerdem war die Flasche leer, und die Sonne war weg.

»Gut. Gehen wir«, meinte Carl.

Lotte fing an, ihre Sachen zusammenzupacken.

Carl stand auf, zog seine Jacke aus und hängte sie Lotte über die Schultern.

»Lass nur, so kalt ist mir auch nicht.«

»Lass sie an, du warst schon immer verfroren, und mir ist warm genug.«

Carl hatte recht. Ihr war immer leicht kalt, und Carl hatte ihr oft seinen Pullover oder seine Jacke gegeben, ganz der Gentleman, der er nicht wirklich war.

Lotte hatte fertig zusammengepackt und stand etwas unsicher auf. Sie hatte ungefähr die Hälfte der Flasche getrunken und war eben keine zwanzig mehr, auch wenn sie sich ab und zu noch so fühlte.

Carl reichte ihr die Hand.

Lotte ergriff sie, ohne nachzudenken.

Carl zog sie hoch, und für einen Augenblick standen sie unglaublich nah beieinander.

So nah waren sie sich seit Jahren nicht mehr gekommen.

Lotte blickte direkt in Carls Augen. Sie hielt Carls warme Hand in der ihren, sie hatte seine Jacke um die Schultern, sie roch sein vertrautes Parfüm, und sie roch Carl.

Es war wie früher.

Lotte merkte, wie die Zeit sich zusammenzog, hier mitten am Strand. Sie waren nicht getrennt, nicht geschieden, es gab keine

Isabell, das war alles nur ein böser Traum, hervorgerufen durch zu viel Wein und schweres Essen.

Es fühlte sich an, wie nach einer langen, langen Reise endlich nach Hause zu kommen.

Lotte hätte nicht sagen können, wie genau es passierte oder wer von ihnen beiden eigentlich damit angefangen hatte.

Carl zog sie plötzlich noch näher an sich, und im nächsten Augenblick küssten sie sich. Und verdammt noch mal, was war das für ein Kuss!

Lottes ganzer Körper erinnerte sich an Carl. Sie hatten in dieser Hinsicht immer gut zusammengepasst. Zumindest hatte Lotte das gedacht, bevor Carl ihren Körper gegen einen jüngeren und für ihn offensichtlich attraktiveren Körper getauscht hatte.

Dieser Gedanke wurde sofort von Carls fordernden Händen und von Carls Küssen verdrängt.

Lotte konnte an gar nichts mehr denken.

Sie wollte auch an gar nichts mehr denken.

Sie sank mit Carl eng umschlungen wieder auf den immer noch leicht warmen Sand.

Die Sonne war schon lange weg, selbst der Schimmer am Horizont, der bei einem Sonnenuntergang am Meer noch lange zu sehen ist, war längst verschwunden.

Es war dunkel, und das war gut so.

Eine gute halbe Stunde später lag Lotte auf dem Rücken, halb auf dem Strandtuch, halb im Sand, und schaute in den Himmel.

Carl lag neben ihr.

Über ihnen funkelten Tausende von Sternen. Hier am Meer, wo die Umgebung viel dunkler war als in der Stadt, konnte man deutlich mehr von ihnen entdecken als in Frankfurt.

Lotte blickte hoch. Es war wunderschön, eine glitzernde Decke aus Samt, die sich über sie ausbreitete. Lotte sah direkt über sich den Großen Wagen. Das eine und eigentlich auch einzige Sternbild, das sie immer und überall am einfachsten erkennen konnte.

Und dann sah sie da direkt neben dem Großen Wagen noch die Große Idiotin. Das Sternbild, das ab sofort für immer an Lottes Himmel stehen würde. Sie hatte es gerade eben erst entdeckt, aber es strahlte sehr hell. Es war absolut nicht mehr zu übersehen.

Carl seufzte auf.

»Das war unglaublich. Du warst unglaublich.«

»Das hätte nie passieren dürfen«, sagte Lotte und versuchte, im Dunkeln ihre Sachen zu finden, um sich wieder anzuziehen.

»Ich glaube, das war der beste Sex meines Lebens. Verzeih, unseres Lebens.«

»Ich bin verrückt. Völlig verrückt.«

»Du bist wunderbar.«

»Du bist verheiratet«, entgegnete Lotte.

Carl starrte Lotte an, und dann fiel ihm offensichtlich endlich ein, dass er tatsächlich eine Ehefrau hatte.

Und dass das nicht mehr Lotte war.

Carl richtete sich mit einem Ruck auf. Lotte war schon fast angezogen.

»Das ist nie passiert«, sagte Carl, der offensichtlich auf einen Schlag vollkommen nüchtern war und hastig in seine Hose schlüpfte.

»Natürlich nicht«, bestätigte Lotte und versuchte, mit Schütteln den gröbsten Sand aus ihren Haaren zu bekommen, was ihr nicht so wirklich gelingen wollte.

»Das ist doch sicher kein Betrug, wenn man mit seiner Ex-Frau schläft. Du siehst das doch sicher auch so? Schließlich haben wir ja jahrelang miteinander ... also fällt das irgendwie unter ... äh ... also irgendwie ist das dann ...«

Lotte warf sich die Haare aus dem Gesicht und starrte Carl an. Sie konnte es nicht fassen.

Aber sie konnte sich selbst ja gerade auch nicht fassen.

»Das ist männliche Logik. Völlig und absolut daneben. Frag doch einfach mal Isabell, wenn du sie morgen aus dem Krankenhaus abholst, wie sie das findet. Vielleicht denkt sie ja auch, das ist alles gar kein Problem, alles locker, bleibt ja alles irgendwie in der Familie.«

Selbst im Dunkeln konnte Lotte sehen, wie Carl blass wurde.

»Das wird nie wieder passieren.«

»Auf keinen Fall«, sagte Lotte und zog den Reißverschluss ihrer Hose zu.

»Das bleibt unter uns«, sagte Carl und knöpfte sein Hemd zu.

»Ganz sicher.«

»Auf jeden Fall.«

Lotte ging mit schnellen Schritten über den Strand auf die Stufen zu, die zu dem kleinen Feldweg oben führten. Was um alles in der Welt war bloß vorhin in sie gefahren?

Sie war doch keine sechzehn mehr, dass etwas Rotwein und ein Sonnenuntergang sie so aus der Bahn werfen konnten.

Carl eilte hinter ihr her.

»Emma darf das nie erfahren«, sagte Lotte, ohne sich nach ihm umzudrehen.

»Isabell auch nicht.«

»Kein Wort zu Lissy.«

»Das hier ist nie passiert.«

»Ist es auch nicht.«

»Wir sind Freunde«, sagte Carl.

Lotte drehte sich kurz zu ihm um. »Wir sind keine Freunde. Wir sind geschieden.«

Carl sagte nichts mehr.

Und dann kletterten die beiden die steilen Stufen hoch, weg vom Strand, weg von einem etwas zu romantischen Sonnenuntergang.

Lotte rannte fast die letzten Stufen hoch, war sogar schneller als Carl, als könnte sie so ihrem schlechten Gewissen einfach davonlaufen.

Hatte sie tatsächlich vor ein paar Stunden mit Carl am Strand im Sand ...?????????

Lotte wälzte sich seit Stunden in ihrem großen Doppelbett hin und her und war froh, dass sie allein darin lag.

Sie und Carl waren noch vor dem Hotel auf getrennten Wegen zurückgegangen, um niemandem gemeinsam zu begegnen. Lotte wollte eigentlich überhaupt niemandem begegnen. Weder allein noch zusammen mit Carl.

Leider war sie dann doch fast in Philipp reingelaufen, der gerade mit Charlie eine abendliche Runde um das Hotel Gassi ging.

Charlie war Gott sei Dank an der Leine, denn er flippte völlig aus, als er Lotte bemerkte. Kein Wunder, dachte Lotte. Sie sah wahrscheinlich ziemlich derangiert und durcheinander aus. Sie hatte das Gefühl, ihre Haare standen in alle Richtungen ab.

Auch Philipp starrte sie verwundert an.

Lotte murmelte im Vorbeigehen nur kurz angebunden in seine Richtung: »Guten Abend. Ich war baden. Jetzt habe ich Kopfschmerzen, esse auf meinem Zimmer. Wir sehen uns alle morgen«, und huschte dann so schnell sie konnte an ihm und Charlie, der versuchte, der Leine zu entkommen und ihr Hosenbein zu erwischen, vorbei.

Sie konnte Philipps fragende Blicke förmlich in ihrem Rücken spüren. Lauter kleine Fragezeichen, die auf ihren Rücken einhämmerten. Aber da konnte er so viel fragen, wie er wollte, Lotte würde nicht antworten.

Sie verschwand über die Terrassentür, die sie Gott sei Dank offen gelassen hatte, direkt in ihrem Zimmer, zog schon im Gehen die ganzen Klamotten aus, wobei sie eine Sandspur quer durch das Zimmer legte, und ging sofort unter die Dusche.

Und dort stand sie eine Ewigkeit, auch noch als Lissy an ihre Tür klopfte und sie zu einem späten Abendessen abholen wollte.

Lotte entschuldigte sich mit Kopfschmerzen. Sie wollte und konnte jetzt niemandem begegnen. Sie wollte einfach nur allein sein. Wenn sie nur lange genug allein sein konnte, wäre das alles vielleicht wirklich nicht passiert.

Aber leider war es eben doch passiert.

Lotte konnte es immer noch nicht fassen. Was hatte sie da bloß getan? Je länger sie wach lag, desto mehr kam ihr das dann doch wie ein Traum vor.

Sie konnte sich allerdings nicht entscheiden, ob das jetzt ein schöner Traum oder ein Albtraum war, was am Strand passiert war.

Sie entschied sich für Albtraum.

Ja, wenn sie darüber nachdachte: eindeutig ein Albtraum.

Obwohl?

Carl und sie! Sie und Carl nach wie vielen Jahren? Und nach einer Scheidung!

Sie war wahnsinnig!

War sie jetzt eine Ehebrecherin?

Und ganz tief irgendwo in ihrem Herzen versteckt spürte Lotte so eine Art Triumph über Isabell. Jetzt war Isabell mal diejenige, die betrogen worden war.

Lotte schämte sich sofort wegen dieses Gefühls. Sie wusste doch selbst sehr genau aus eigener Erfahrung, wie furchtbar sich das anfühlte, betrogen zu werden. Und Isabell lag auch noch dazu gerade im Krankenhaus. Lotte war moralisch anscheinend vollkommen verkommen.

Aber was war dann Carl?

Der hatte schließlich gleich zwei seiner Frauen betrogen. Erst sie mit Isabell und dann Isabell mit ihr.

Das durfte alles überhaupt nicht wahr sein.

Lotte presste die Augen zu. Sie würde schlafen, und der neue Tag würde alles in neuem Licht erscheinen lassen.

Aber an Schlaf war nicht zu denken.

Lotte blickte auf ihr Handy. Es war schon lange nach Mitternacht.

Lotte versuchte sich abzulenken und griff nach einem Buch, das sie nach einer halben Seite zurück auf den Nachttisch legte. Sie hatte trotz der langen Dusche noch überall Sand, auch an Stellen, von denen sie gar nicht wusste, dass man da überhaupt Sand haben konnte.

Irgendwann so gegen vier schlief sie tatsächlich für einen Moment ein.

Und wurde mit einem Ruck wieder wach.

Für zwei Sekunden war die Welt in Ordnung, und dann fiel Lotte der gestrige Abend wieder ein.

Carl! Sie! Isabell!

Lotte war hellwach, so als hätte sie zwölf Stunden geschlafen.

Die Sonne war schon dabei, wieder aufzugehen. Lotte sah das hellere Licht durch einen Spalt der Verdunkelungsvorhänge.

Sonnenaufgänge liebte sie genauso wie Sonnenuntergänge, bekam sie aber – da sie eher ein Morgenmuffel war – deutlich seltener zu Gesicht. Sonnenaufgang, Sonnenuntergang – Lotte hätte ihr Leben gerade gerne einen Tag zurückgespult, wenn das denn möglich gewesen wäre.

Sie hatte Hunger. Ihr Magen knurrte, das war ja auch kein Wunder. Ihr Abendessen hatte gestern aus ein paar Nüssen und Schokoriegeln aus der Minibar bestanden, da Lotte sich nicht mehr getraut hatte, aus ihrem Zimmer zu gehen. Und Zimmerservice hatte das Hotel leider nicht, dafür war es wohl zu klein.

Lotte beschloss aufzustehen. An Schlaf war sowieso nicht mehr zu denken. Und außerdem fühlte sie sich seltsam wach und lebendig. Und abgesehen von dem schlechten Gewissen war da etwas, das die Nacht gestern ausgelöst hatte, das Lotte noch nicht wirklich einordnen konnte.

Lotte stand auf, sprang noch mal kurz unter die Dusche, um die letzten Sandkörner wegzubekommen. Sie hoffte, dass sie Lissy nebenan mit der frühen Dusche nicht wecken würde. Lotte konnte Lissy nicht lange etwas vormachen, dafür kannten sich die beiden Schwestern viel zu gut. Und sie wollte auf gar keinen Fall mit Lissy über die Sache mit Carl sprechen.

Lissy würde ihr wahrscheinlich eine unglaubliche Moralpredigt halten, und das tat sie ja schon selbst.

Dazu brauchte sie jetzt wirklich nicht ihre Schwester.

Und außerdem war gestern ja nichts passiert.

Darauf hatten sie und Carl sich geeinigt.

Also alles gut. Alles wunderbar.

Lotte schlüpfte in Jeans und T-Shirt und schlich aus ihrem Zimmer.

Sie hoffte, dass das Frühstücksbüfett schon aufgebaut war. Für alle, die es kaum erwarten konnten, im Frühtau auf ein Rennrad zu steigen und Mallorcas Straßen unsicher zu machen oder für alle Ehebrecherinnen, die nicht schlafen konnten.

Lotte ging leise durch das Hotel in den Frühstücksraum. Sie begegnete niemandem, nur an der Rezeption saß die Nachtwache, ein verschlafener älterer Herr, der ihr kurz zunickte und dann wieder hinter seiner Zeitung verschwand.

Lotte hatte Glück.

Tatsächlich stand schon alles da im Speisesaal – Obst, Eier, Brot, Marmelade, Müsli, Schinken und Käse – alles da, was Lottes Herz begehrte.

Es duftete herrlich. Die Croissants waren anscheinend gerade frisch aufgebacken worden, und der Kaffee war auch schon fertig.

Sie schnappte sich einen Teller und begann alles Mögliche aufzuladen. In dem Moment hörte sie hinter sich ein leises Knurren.

Lotte erstarrte.

Das durfte jetzt nicht wahr sein. Das war Charlie, und wo Charlie war, da war Philipp. Oder Dora. Oder Philipp und Dora. Wahrscheinlich waren die beiden so unerträglich gnadenlos gut gelaunte Frühaufsteher.

Lotte drehte sich langsam um.

Da war Charlie, aber nur Charlie.

Von Philipp war weit und breit nichts zu sehen. Lotte wusste jetzt nicht genau, ob sie das besser oder schlechter finden sollte.

Charlies Knurren wurde gerade etwas intensiver, lauter, bedrohlicher.

Es war eindeutig schlechter, dass sonst niemand hier war.

Das war gar keine Frage.

Lotte blickte sich verzweifelt um. Philipp war nicht zu sehen. Und auch sonst keiner. Auch niemand vom Hotel. Keiner hier, der sie vor dieser Bestie retten würde.

Das hatte ihr gerade noch gefehlt.

Das durfte doch alles gar nicht wahr sein.

Lotte blickte auf Charlie, dann blickte sie sich um. Würde sie es bis zum nächsten Tisch schaffen? Sie könnte sich auf einen der

Stühle stellen, bis jemand kam und sie rettete. Oder besser gleich auf den Tisch, der war zwar schon eingedeckt, aber das hier war ja wohl ein echter Notfall. Wenn sie nur auf einem Stuhl stand, würde Charlie sicher noch ihre Hosenbeine erreichen können.

Lotte machte einen Schritt zur Seite. Charlie folgte ihr, versperrte ihr den Weg und fletschte die Zähne. Sie ließ vor Schreck fast den vollgepackten Teller fallen, konnte ihn gerade noch festhalten, aber ein Stückchen feinster Schinken rutschte langsam runter und landete direkt vor Charlies Nase auf dem Boden. Der schnappte sich das Teil mit seinen scharfen Zähnen, schneller, als Lotte zuschauen konnte.

Happs, und der Schinken war weg.

Charlie schluckte. Dann setzte er sich zu Lottes Überraschung auf seinen Po direkt vor Lotte und schaute sie erwartungsvoll an. Er knurrte nicht mehr. Seine Zunge schleckte einmal von rechts und einmal von links genüsslich quer über die Schnauze.

Lotte blickte auf ihren Teller. Da lag noch mehr Schinken.

Charlie schaute sie weiter regungslos an, geradezu hypnotisch war sein Blick.

Lotte konnte nicht anders, nahm ein kleines Stück Schinken und warf es Charlie hin. Der schnappte es sich mit einem Sprung noch in der Luft und setzte sich direkt wieder vor Lotte. Sein Schwanz wedelte leicht. Sogar im Sitzen konnte er wedeln, stellte Lotte erstaunt fest. Das hatte Lotte nicht gewusst, aber ihr Kontakt zu Hunden hatte sich die letzten Jahre auf mindestens zehn Meter Entfernung beschränkt.

Lotte nahm nun ein Stück Käse. Fraßen Hunde Käse? Sie warf es in die Luft. Charlie sprang wieder hoch und schnappte sich den Käse.

Das war geradezu akrobatisch. Lotte war erstaunt und fasziniert.

Charlie setzte sich wieder und blickte sie weiter aufmerksam an, verfolgte geradezu jede ihrer Bewegungen.

So würde sie den Tisch sicher gut erreichen, sagte sich Lotte und machte zwei Schritte auf den Tisch zu.

Charlie folgte ihr sofort, aber er knurrte nicht mehr. Er sah eigentlich sehr hübsch aus, stellte Lotte fest, so wuschelig und kuschelig. Wahrscheinlich konnte man mit ihm sehr gut schmusen und knuddeln. Sie ging weiter. Charlie machte keinerlei Anstalten, ihr ins Bein zu beißen oder zu bellen oder zu knurren, sondern folgte ihr einfach.

Lotte nahm Platz.

Charlie setzte sich neben sie und blickte sie mit seinen bernsteinfarbenen Augen an.

Vielleicht noch ein Stückchen von dem superleckeren Schinken? Bitte, bitte. Der ist ja so unglaublich lecker, sagten seine Augen.

Lotte hielt ein weiteres Stück Schinken in der Hand. Sie wollte es schon auf den Boden werfen, doch da nahm Charlie es ganz vorsichtig direkt aus ihren Fingern.

Lotte konnte es nicht glauben und starrte Charlie verblüfft an.

Der legte seine Pfote auf Lottes Bein. Für einen Moment erstarrte Lotte, doch dann streckte sie zu ihrer eigenen Überraschung die Hand aus und fasste Charlies Schlappohren an. Weich, unfassbar weich waren die.

Lotte fing an zu kraulen. Und Charlie fing fast an zu schnurren.

Offensichtlich machte sie das gut.

»Na, das tut gut, oder? Braver Hund, ganz braver Hund«, sagte Lotte zu Charlie. »Kannst du auch nicht schlafen? Ich habe eine fürchterliche Nacht hinter mir, mein Lieber. Ich habe gestern was gemacht, das ich besser nicht hätte machen sollen. Ich fühle mich grauenvoll. Und auch wieder nicht, ich weiß im Moment eigentlich gar nicht mehr, was ich fühle.«

Charlie hörte aufmerksam zu. Seine Ohren gingen hin und her, zuckten voller Mitgefühl und Zustimmung. Er verstand ganz sicher jedes Wort.

Lotte war fasziniert. Das war ja fast genauso gut, wie einen Baum zu umarmen.

»Da ist er ja! Der Ausreißer! Ich glaube es nicht, einfach so abzuhauen.«

Philipp stand plötzlich im Raum und schaute erstaunt auf Lotte und Charlie, die beide ertappt aufblickten.

Charlie warf Lotte einen entschuldigenden Blick zu und rannte dann schwanzwedelnd zu Philipp.

Der nahm ihn sofort an die Leine.

»Einfach so wegrennen. Das geht gar nicht. Kein braver Hund«, schimpfte Philipp mit Charlie.

Der setzte sich hin und schaute schuldbewusst drein.

»Hat er dir wieder in die Hose gebissen? Hoffentlich nicht. Er ist einfach ausgebüxt, als wir eine frühe Morgenrunde gedreht haben. Ich habe irgendwie nicht so gut geschlafen. Das macht er normalerweise nicht, vielleicht ist das passiert, weil er sich hier in der Gegend nicht auskennt.«

Philipp sah zu Lotte. »Ich hoffe, er hat dir nicht wieder Angst eingejagt.«

»Nein, nein, alles gut. Er ist eigentlich ein sehr netter Hund, wenn man ihn mal näher kennenlernt«, erwiderte Lotte.

Philipp blickte misstrauisch auf Lottes Teller, dann blickte er auf Charlie, der sich mit der Zunge über die Schnauze leckte und auch auf Lottes Teller blickte.

Philipp lachte.

»Jetzt verstehe ich! Ich schätze mal, du hast gerade gemeinsam mit Charlie gefrühstückt. Darf ich raten? Er hat ein paar Scheiben Schinken abbekommen, und jetzt seid ihr beste Freunde.«

»Nun, ich ...«, sagte Lotte, unsicher, ob es okay war, einen fremden Hund zu füttern.

»Kein Problem. Er hat einen ziemlich robusten Magen, sollte aber nicht so betteln und eigentlich nur Hundefutter bekommen. Also das war eine absolute Ausnahme. Aber es freut mich, dass ihr das Kriegsbeil begraben habt. Kannst du ihn bitte mal kurz halten? Ich will mir auch was zum Frühstücken holen.«

Philipp hielt Lotte die Leine hin, und die ergriff sie einfach, so als wäre es das Natürlichste der Welt, mal eben einen Hund zu halten.

Philipp ging zum Büfett.

Charlie setzte sich wieder erwartungsvoll neben Lotte.

Sie hatte wohl wirklich einen neuen Freund gefunden.

Etwas, das sie sicher in nächster Zeit ganz gut gebrauchen konnte.

Heimlich steckte sie Charlie noch ein weiteres Stück Schinken zu.

Lotte hatte noch keine Ahnung, wie sie Carl wieder gegenübertreten sollte. Oder noch schlimmer: Isabell.

Wie sollte sie bloß die nächsten Tage überstehen?

Am besten würde sie sich für immer in ihr Zimmer verkriechen.

Und das wollte sie auch gleich nach dem Frühstück machen.

Sie kraulte ein letztes Mal Charlies weiche Ohren, dann ging sie auf ihr Zimmer, legte sich ins Bett und zog sich die Decke über den Kopf.

Innerhalb von zwei Sekunden war sie eingeschlafen.

Leider war ein Leben unter einer Bettdecke auf die Dauer nicht wirklich möglich.

Lotte wurde um die Mittagszeit von einem sehr energischen Klopfen geweckt. Lissy stand vor der Tür.

»Lotte! Was ist los? Alles in Ordnung? Ich habe dich heute noch gar nicht zu Gesicht bekommen. Ich war die ganze Zeit allein am Pool. Wir wollen alle zusammen mittagessen. Kommst du? Isabell ist zurück aus der Klinik. Carl hat sie heute früh abgeholt. Ihr geht es wieder gut! Wir treffen uns in einer halben Stunde.«

»Bin gleich da«, rief Lotte zu der verschlossenen Tür.

Dann zog sie sich die Decke wieder über den Kopf. Aber nur um sie gleich danach von sich zu werfen.

So ging das nicht weiter, schalt Lotte sich selbst. Sie würde aufstehen, sich anziehen und einfach so tun, als wäre nie etwas passiert. Genauso würde sie das jetzt die nächsten Tage machen. Es war nie etwas passiert. Darauf hatten sie und Carl sich ja schließlich auch geeinigt.

Lotte schnappte sich ihre Kleider und fing an, sich anzuziehen. Und dann fielen ihr Charlie und seine flauschigen Ohren ein. Sie musste lächeln.

Das Lächeln verging ihr allerdings gleich wieder, als sie das Hotelrestaurant betrat. Sie war die Letzte. Alle saßen schon um den großen runden Tisch herum und schnatterten mehr oder weniger aufgeregt miteinander.

Emma begutachtete gerade Isabells Streifen von der Qualle, die schon deutlich besser als am Tag zuvor aussahen. Lissy redete mit Ben und Philipp. Dora hatte statt eines Tellers ihren Laptop vor sich stehen, und Carl starrte Lotte an.

Gott sei Dank war der einzige freie Platz am Tisch nicht neben Carl, sondern zwischen Lissy und Dora. Ihre Schwester hatte ihr den sicher frei gehalten.

Lotte warf nur einen kurzen Blick zu Carl, dann beglückwünschte sie erst mal Isabell, die unglaublich knappe Shorts trug, zu ihrer schnellen Genesung.

»Sieht schon richtig gut aus, die Streifen sieht man kaum noch«, sagte sie zu Isabell.

Das war eine glatte Lüge – wie im Moment gerade alles.

Die Streifen waren noch deutlich zu sehen und auch ziemlich rot. Allerdings sahen sie mittlerweile an Isabells perfekten Beinen eher wie ein interessantes avantgardistisches Muster aus. Wahrscheinlich würde Isabell selbst mit den Pocken im Gesicht noch apart aussehen.

Lotte ließ sich schnell auf ihren Platz plumpsen.

Nun, das war doch gar nicht so schlimm gewesen. Niemand hatte einen scharlachroten Buchstaben an ihr bemerkt oder sie sonst irgendwie komisch angeschaut. Niemand hatte sie überhaupt angeschaut außer Carl. Und den konnte sie ohne Weiteres ignorieren. Im Ignorieren von Carl hatte sie es in den letzten Jahren bis zur Perfektion gebracht.

Lotte schaffte das mit dem Ignorieren auch wirklich locker bis zur Nachspeise, dann allerdings hatte Carl es geschafft, mit Lissy den Platz zu tauschen. Lissy wollte Isabell unbedingt ein paar CBD-Tropfen zur besseren Heilung geben, und Carl setzte sich sofort auf Lissys Platz, neben Lotte.

Lotte versuchte aufzustehen.

Doch Carl hielt sie unter dem Tisch fest. Er drückte mit seiner warmen Hand auf ihren Oberschenkel. Das wiederum löste eine Flut von Gefühlen aus, die Lotte jetzt nicht wirklich einordnen konnte oder wollte. Ihr Körper erinnerte sich plötzlich an letzte Nacht.

»Verdammt! Lass mich los«, zischte Lotte in Richtung Carl und war froh, dass Dora neben ihnen gerade aufgestanden war, um draußen ein unglaublich wichtiges dienstliches Telefonat zu führen.

»Ich muss mit dir reden«, raunte Carl ihr leise zu, während er unschuldig Lissy anlächelte, die Isabell gerade die Tropfen direkt auf die Zunge gab.

»Aber ich nicht mit dir«, raunte Lotte ebenso leise zurück.

»Charlotte, bitte.«

»Auf keinen Fall. Es ist nichts passiert. Das haben wir vereinbart. Ich halte mich daran, du hältst dich daran. Alles ist gut.«

»Nichts ist gut. Ich muss ständig an die letzte Nacht denken. An uns beide.«

»Ich auch. Leider«, zischte Lotte und merkte, dass sie etwas lauter geworden war.

Philipp, der die Nachspeise durch einen Espresso ersetzt hatte, blickte interessiert zu ihr und Carl rüber.

»Charlotte.« Carl schaute ihr tief in die Augen. Dachte er wirklich, sie wäre davon beeindruckt?

Lotte versuchte, klar zu denken. Leider gelang ihr das nicht wirklich. Carls Hand lag unter dem Tisch immer noch auf ihrem Oberschenkel, und ihr Körper war dadurch wie gelähmt.

»Es war wirklich etwas Besonderes, es war, wie nach Hause zu kommen.«

»Ich bin sicher, das hast du damals auch zu Isabell gesagt, als du mich mit ihr betrogen hast.«

»Lotte, bitte glaub mir, ich hatte das nicht geplant. Nicht das mit Isabell damals. Nicht das mit uns beiden gestern. Es ist einfach so passiert.«

»Leider.«

»Du kannst mir nicht erzählen, dass dir das gestern Nacht nichts bedeutet hat«, flüsterte Carl ihr zu, während er Emma, die erstaunt und misstrauisch zu ihnen beiden rüberblickte, lächelnd zunickte. Lotte und Carl saßen normalerweise nie direkt nebeneinander, wenn sich das irgendwie für Lotte vermeiden ließ.

»Es bedeutet, dass du deine Frau betrogen hast und ich jetzt eine Ehebrecherin bin.« Charlotte hätte das am liebsten laut rausgeschrien, um sich Luft zu verschaffen und um sich zu versichern, dass das alles natürlich nichts bedeutet hatte, beherrschte sich aber.

Carls Hand lag warm und vertraut, sehr vertraut auf ihrem Schenkel. Lotte hatte das Gefühl, ihr Körper würde an dieser Stelle einfach schmelzen, wie Schokolade in der Sonne. Das war nicht gut, gar nicht gut, wie gut sich das auch anfühlte.

»Ich wollte später einen Ausflug ans Cap Formentor machen. Will irgendjemand mitfahren?«, fragte Philipp in diesem Augenblick in die Runde.

»Ich komme mit!«, rief Lotte, noch bevor sie überhaupt nachdenken konnte.

Bloß weg hier!

Am liebsten wäre sie ja direkt zum Flughafen gefahren, aber Cap Formentor war für den Anfang, bis sie wieder klar denken konnte, sicher auch nicht schlecht. Vielleicht würde sie ja einfach von den Klippen stürzen, dann würde dieses Drama hier ein würdiges Ende finden.

Philipp strahlte Lotte an.

»Noch jemand, der mit uns fahren will?«, fragte er erneut in die Runde.

Dora, die wieder in das Restaurant zurückgekommen war, schüttelte den Kopf. »Philipp, mein Lieber, du weißt, ich kann heute leider nicht ohne WLAN.«

»Ich verzichte, da gibt es sicher viele Serpentinen, und die vertrage ich nicht so besonders«, meinte Lissy.

Und Carl musste natürlich bei seiner genesenden Frau im Schatten am Pool bleiben, während Emma und Ben noch einen Termin mit der Hochzeitsplanerin im nächsten Dorf hatten.

»Gut. Dann eben nur Lotte und ich. Wir treffen uns in einer Stunde an der Rezeption. Charlie bleibt bei Dora.«

»Alles klar«, sagte Lotte und spürte Carls Hand weiterhin auf ihrem Oberschenkel. Das musste ein Ende haben, egal, was ihr Körper dazu meinte.

Lotte ergriff Carls Hand unter dem Tisch und drückte zu – so fest sie konnte. Und Lotte konnte durchaus sehr fest zudrücken. Schließlich arbeitete sie seit Jahren mit ihren Händen, buddelte Sträucher aus, verschnitt Bäume und grub Erde um. Lottes Hände waren sehr zupackend, wenn sie es denn wollte.

Carl versuchte, keine Miene zu verziehen, zog seine Hand weg und stand ziemlich abrupt auf. Er beugte sich zu Lotte runter und flüsterte ihr ins Ohr: »So einfach ist das alles nicht, meine Liebe, und das weißt du auch.«

Emma stand plötzlich neben ihrem Vater und ihrer Mutter.

»Ihr streitet doch nicht schon wieder! Streiten ist hier verboten – zumindest bis zu meiner Hochzeit. Das hatten wir doch abgemacht!«

»Nein, Liebes, wir streiten doch nicht«, entgegnete Lotte.

»Ganz im Gegenteil, Emma, ganz im Gegenteil. Ich verstehe mich gerade bestens mit deiner Mutter, nicht wahr, Charlotte?«, sagte Carl und zwinkerte Lotte zu.

Lotte blieb nichts anderes übrig, als gute Miene zu machen, und sie lächelte auch.

Emma schaute ihre Eltern argwöhnisch an. Sie hatte damals, noch bevor ihre Eltern ihr etwas gesagt hatten, schon von der Scheidung gewusst.

Emma ist ein sehr kluges Kind, dachte Lotte plötzlich etwas panisch und lächelte weiter.

»Das ist jetzt nicht dein Ernst!«, sagte Lotte etwas später an der Rezeption.

Philipp stand vor ihr und hielt ihr einen feuerroten Motorradhelm hin.

»Ich setze mich doch nicht auf so ein Ding. Das ist lebensgefährlich. Ich habe das schon immer Emma in der Pubertät verboten, da werde ich doch jetzt nicht damit anfangen, mich selbst auf so eine Schleuder zu setzen, um damit in den Tod zu rasen.«

Philipp lächelte und hielt ihr einfach weiter den Helm hin.

»Erstens ist es kein Motorrad, sondern nur ein Elektroroller, fährt kaum schneller als fünfzig. Zweitens bin ich in jungen Jahren viel Motorrad gefahren, und das bis auf einen kleineren ohne Unfall. Drittens ist Cap Formentor für Touristen wegen ständiger Überfüllung für Autos gesperrt, wie mir der freundliche Herr von der Rezeption mitgeteilt hat.«

Philipp beugte sich nun etwas näher zu Lotte und flüsterte ihr zu: »Ich nenne den jungen Mann an der Rezeption übrigens heimlich Don Juan. Sieht er nicht genau so aus, wie man sich so einen Don Juan vorstellt?«

Philipp richtete sich wieder auf und sagte dann laut: »Und das ist die einzige Möglichkeit, ohne den Bus oder ein Fahrrad zu benutzen, wirklich direkt bis ans Cap zu fahren, sonst halten wir einfach vorher irgendwo, die Aussicht wird sicher, egal wie, großartig sein.«

Lotte starrte einfach immer noch den Helm an. Das war verrückt, sich mit einem wildfremden Mann auf so eine Maschine zu setzen.

Sie schüttelte den Kopf.

»Nein, kommt nicht infrage. Ich bleibe hier. Viel Spaß am Cap.« Damit drehte Lotte sich um und wollte zurück in ihr Zimmer.

Ein kleiner Ausflug nach Llucmajor mit ihrem Auto und dort einen Cortado trinken und etwas bummeln wäre sicher auch ganz nett. In diesem Augenblick sah sie hinten Carl auf einem der Sofas in der Lounge sitzen. Er beobachtete sie interessiert. Er sah aus wie ein Leopard auf der Lauer. Und wer das Wild war, das er zu erlegen gedachte, war klar.

Lotte schnappte sich den Helm und ging einfach los, ohne auf Philipp zu warten.

»Fahren wir. Ich hab's mir anders überlegt.«

Lotte hielt sich krampfhaft hinten an dem Motorrollersitz fest und hatte ständig das Gefühl, schon hier, wo es keine Serpentinen gab, gleich von dem Ding zu fallen.

Philipp schrie ihr von vorne etwas zu. Sie verstand ihn erst beim zweiten Mal.

»Es ist einfacher, wenn du dich an mir festhältst, auch für mich. Du bist zu verkrampft, lehnst dich nicht in die Kurven, irgendwann kann ich das nicht mehr ausgleichen«, schrie Philipp erneut durch seinen Helm.

Noch bevor sie darüber nachdenken konnte, wie so ein Rollerunfall auf Mallorca denn ausgehen würde, hatte Lotte schon Philipps Oberköper umklammert.

Sie musste zugeben, es fühlte sich so schon gleich viel sicherer an, wenn auch ziemlich intim.

Philipp roch ganz anders als Carl, und er roch etwas nach Charlie. Das war jetzt nicht unangenehm.

Lotte begann sich langsam zu entspannen. Sie genoss, dass sie nicht selbst fahren und dass sie sich auf nichts konzentrieren musste. Philipp, das musste sie zugeben, war ein guter und sicherer Fahrer.

Das dachte sie so lange, bis sie auf der eigentlichen Straße nach Cap Formentor waren und die ersten Serpentinen kamen.

Lotte klammerte sich an Philipp fest und versuchte, nicht zur Seite zu blicken. Da ging es ziemlich steil bergab.

Sie verfluchte sich selbst. Wenn sie gewusst hätte, auf was sie sich da einlassen würde, hätte sie bestimmt nicht zugesagt.

Lotte versuchte, an ihr Gewächshaus zu denken, an die jungen Bäume, die sie dringend schneiden musste, wenn sie zurückkam, und an die neuen Stauden, die sich hoffentlich auch in ihrer Abwesenheit prächtig entwickelten. Herr Radtke, ihr Angestellter, kümmerte sich in diesen Tagen, in denen Lotte und Lissy nicht da waren, um die Gärtnerei, und normalerweise machte er das auch wirklich gut. Aber die versuchte Ablenkung funktionierte nicht wirklich. Lottes Gedanken wollten verdammt noch mal nicht bei den Pflanzen bleiben. Sie sah entweder ihren Tod in den Klippen neben der Straße oder sie sah sich und Carl gestern Nacht am Strand.

Philipp fuhr plötzlich rechts ran. Er schaltete den Roller aus, setzte den Helm ab. Er drehte sich zu Lotte um und meinte: »Von hier aus kann man schon bis zum Leuchtturm blicken.«

Lotte nickte, stieg mit etwas wackeligen Knien ab und nahm den Helm runter.

Ihre Haare waren wahrscheinlich völlig platt. Was total egal war, da ein ziemlich heftiger Wind ihr sofort durchs Haar fuhr und ihre Frisur vollends ruinierte.

Wie gut, dass Lotte nicht eitel war. Oder vielmehr nicht mehr. Früher, als sie jünger und deutlich hübscher war, hätte sie sich jetzt um ihre Frisur gesorgt. Die war ihr egal, wie vieles andere Unwichtige auch mittlerweile. Das Älterwerden hatte durchaus auch Vorteile.

Lotte machte ein paar Schritte. Vorne an dem kleinen Parkplatz, wo es steil nach unten ging, war ein Gitter angebracht. Der Blick war atemberaubend. Links und rechts gingen Steilklippen hinunter ins Meer. Die östlichsten Ausläufer der Serra de Tramuntana. Lotte ging direkt bis an das Gitter. Unter ihr toste das Meer.

Philipp stand plötzlich lachend neben ihr – er breitete die Arme aus.

»Großartig hier, oder? Da hat sich doch etwas Angst gelohnt.«

»Ich hatte keine Angst«, log Lotte und merkte immer noch, dass zu viel Adrenalin durch ihre Adern pumpte.

»Das hat sich aber etwas anders angefühlt. Ich bin mir nicht sicher, ob meine Rippen noch ganz sind. Du hast dich ziemlich an mir festgehalten«, sagte Philipp und klopfte spielerisch seinen Oberkörper ab.

Lotte konnte seine Lachfalten sehen. Er wollte sie wohl etwas foppen.

»Ich bin nur ewig nicht mehr Roller gefahren. Aber ich habe mal einen Motorradführerschein gemacht. Vor hundert Jahren ungefähr.«

Philipp blickte Lotte erstaunt an. Und auch Lotte war überrascht. Sie hatte es selbst völlig vergessen, dass sie damals mit ihrem Führerschein auch gleichzeitig einen Motorradführerschein gemacht hatte. Sie war danach ja auch nur selten mal gefahren, ab und zu die Maschine von Freunden, aber nun seit Jahrzehnten nicht mehr.

»Nun, wenn das so ist.« Philipp hielt ihr den Schlüssel für den Roller hin. »Dann würde ich sagen, du fährst die letzte Strecke bis vorne hin zum Leuchtturm. Wird Zeit, dass du wieder in den Sattel steigst. Das ist wie Fahrradfahren, das verlernt man nicht.«

Philipp blickte sie herausfordernd an. »Ich vertraue dir mein Leben an.«

Verdammt! Hätte sie das mit dem Motorradführerschein doch bloß nicht erwähnt. Lotte zögerte. Sie hatte Angst. Und zwar verdammt viel.

Bis zum Leuchtturm war es zwar nicht mehr weit, aber es würde sicher noch Serpentinen geben. Sie wollte nicht zusammen mit Philipp ins Meer stürzen. Lotte warf unwillkürlich einen Blick runter auf die Wellen, die sich an den Felsen unter ihr brachen.

Der Wind toste hier so laut, dass es ziemlich schwer war, die Worte des anderen zu verstehen. Er wirbelte ihr Haar weiterhin durcheinander und säuselte ihr etwas ins Ohr. Und Lotte verstand plötzlich, was er ihr sagen wollte.

Sie schnappte sich den Schlüssel aus Philipps Hand. »Dann mal los, wenn du so mutig bist.«

Wenig später fuhr Lotte tatsächlich die Straße entlang, der kleine Elektromotor war nicht zu hören. Das war etwas irritierend, nicht das Brüllen eines Motors unter sich zu haben, aber sie gewöhnte sich von Minute zu Minute mehr daran. Der Roller hatte eine erstaunliche Power. Wenn Lotte beschleunigte, reagierte der Motor sofort.

Philipp hatte recht gehabt, das war wie Fahrradfahren. Sie konnte sich an alles erinnern – auch an das Gefühl von Freiheit, das tatsächlich mit Motorradfahren einherging. Es war zwar etwas unbequem, sich in Motorradkleidung zu zwängen, und auch der Helm hatte Lotte früher oft genervt, aber der direkte Kontakt zur Umwelt ganz ohne Blech und Glas außenrum war das dann ab und zu doch wert.

Lotte legte den kleinen Roller vorsichtig und sanft in die Kurven. Philipp hinter sich spürte sie überhaupt nicht. Er war ein genauso guter Beifahrer wie Fahrer, er hielt sich ganz locker an ihr fest. Anscheinend vertraute er ihr wirklich, dass sie sie beide heil zum Leuchtturm bringen würde.

Sie konzentrierte sich voll auf die Straße. Alles andere war plötzlich vollkommen egal.

Carl. Sie. Isabell – die letzte Nacht war wie weggeblasen.

Lotte fühlte sich wunderbar frei. Und verdammt jung. Wahrscheinlich würde sie sich jetzt zu Hause ein Motorrad kaufen, um damit ihre Midlife-Crisis etwas in Schach zu halten.

Lotte musste innerlich lächeln. Sie hatte wahrscheinlich tatsächlich eine Krise. Ob Midlife oder sonst irgendeine, war ja auch egal. Es fühlte sich auf jeden Fall so an.

Irgendwie fühlte sie sich oft so seltsam durchgeschüttelt und durcheinander. Und das Gefühl hatte Lotte nicht erst, seit sie hier war.

Lotte stoppte schließlich am Parkplatz des Leuchtturms von Cap Formentor. Philipp stieg ab. Lotte setzte den Helm ab.

Dann stieg auch sie von dem Roller und grinste Philipp an.

»Danke.«

»Wofür?«, fragte Philipp verwundert.

»Danke für dein Vertrauen. Nicht jeder hätte mir nach all den Jahren des Nicht-mehr-Fahrens den Schlüssel gegeben. Auch wenn es nur ein Roller ist. Es hat sich großartig angefühlt. Ich habe gerade beschlossen, mir ein Motorrad zu kaufen, wenn ich wieder in Frankfurt bin.«

Philipp lachte. »Du spinnst.«

Lotte lachte auch. »Du hast vollkommen recht. Das finde ich auch. Ich bin gerade total verrückt. Und das ist gut so.«

Philipp blickte sie einen Moment erstaunt an, dann sagte er: »Gehen wir hoch zum Leuchtturm?«

Anscheinend fand er Verrücktsein völlig normal. Lotte war froh, dass er ihr keinen Vortrag hielt zum Thema Alter, Frau, Motorrad, Wahnsinn, Unfall.

»Gerne. Aber zurück ist es mir doch lieber, wenn du fährst.«

Lotte gab Philipp den Schlüssel zurück, und gemeinsam gingen sie hoch zum Leuchtturm, an das so ziemlich östlichste Ende von Mallorca.

Oben angekommen fühlte es sich ein wenig so an wie das Ende der Welt. Lotte blickte ganz in Gedanken versunken auf das weite Meer hinaus, das vor ihnen lag.

Also ein Motorrad. Warum nicht? Das war sicher besser, als eine Affäre mit ihrem Ex-Mann anzufangen.

Philipp stand direkt neben ihr. Und auch er blickte sehr nachdenklich in die Ferne.

Lotte hätte gerne gewusst, an was er gerade dachte, wahrscheinlich nicht an eine Affäre mit seiner Ex-Frau oder sonst jemandem. Philipp hatte gar keine Ex-Frau, und Lotte konnte sich nicht vorstellen, dass er Dora jemals betrügen würde. Dafür waren die beiden ein zu perfektes Paar, auch wenn Dora hier mehr am Computer war als auf Mallorca, aber Philipp war sicher einfach nicht der Typ für so was.

Das hatte sie von sich übrigens auch immer gedacht: dass sie nie jemanden betrügen könnte.

Und ganz früher hätte Lotte auch für Carl die Hand ins Feuer gelegt.

Nun, man sollte wohl wirklich niemals nie sagen, war Lotte überzeugt.

»Wollen wir zurück?«, fragte Lotte und riss damit sich und Philipp aus den Gedanken.

Philipp nickte, und Lotte hatte plötzlich das Gefühl, auch er kam erleichtert aus seiner Gedankenwelt zurück und hatte wohl nichts dagegen, abgelenkt zu werden.

Später, als sie vom Cap Formentor schon länger zurück war, machte Lotte sich für das gemeinsame Abendessen fertig. Falls sie sich nicht die ganzen nächsten Tage von Müsliriegeln und Chips ernähren wollte, musste sie wohl einfach durch all die gemeinsamen Mahlzeiten durch.

Frühstück, Mittagessen, Abendessen – es war wohl kaum möglich, das alles immer zu umgehen, ohne dass allen auffallen würde, dass etwas nicht stimmte. Also Augen auf und durch, dachte sich Lotte, seufzte kurz und trug noch etwas mehr Wimperntusche auf.

Der Ausflug mit Philipp zum Cap Formentor hatte ihr wirklich gutgetan, und sie wollte immer noch ein Motorrad kaufen, wenn sie zurück in Frankfurt war. Sie war von sich selbst etwas überrascht. Ein Motorrad also, auch gut.

Lotte betrachtete sich kritisch im Spiegel – sie sah tatsächlich irgendwie anders aus. Sie hatte schon einen Anflug von Bräune. Das Frankfurter Winterblass wich langsam einem bronzenen Schimmer, und sie bekam ihre ersten Sommersprossen. Früher hatte sie die Sommersprossen gehasst, heute mochte sie deren Anblick gerne.

Sie blickte kritisch auf ihre Fingernägel. Unter ihren Fingernägeln war immer ein kleiner dunkler Rand. Oft kaum mit dem bloßen Auge zu erkennen, aber er war immer da. So als ob ihre Finger sich immer – egal, wo sie war, und egal, wie lange sie in der Badewanne oder im Meer eingeweicht wurden – an dunkle und schwer duftende Erde erinnern würden.

Irgendwann hatte sie sich einfach mit dem dunklen Rand abgefunden. Auch ohne den dunklen Rand würde sie nie die perfekt manikürten Fingernägel von Isabell bekommen. Dafür war Lotte viel zu ungeduldig. Einmal hatten ihr Freundinnen eine Maniküre bei einer Kosmetikerin geschenkt. Sie hatte jede Minute davon gehasst und, als sie wieder aus dem Laden draußen war, den frischen Nagellack förmlich von ihren Fingernägeln abgekratzt.

Es klopfte an der Tür.

»Herein«, rief Lotte in der Erwartung, dass Lissy mit ihr zum Abendessen gehen wollte.

Zu ihrer Überraschung stand Emma in der Tür.

»Hast du kurz Zeit, Mama? Ich muss mit dir reden.«

Ohne eine Antwort überhaupt abzuwarten, setzte sich Emma auf Lottes Bett.

Lotte wurde erst heiß und dann kalt. Emma hatte doch von der ganzen Sache mit ihrem Vater hoffentlich nichts mitbekommen?

Es wäre zu peinlich. Lotte wusste nicht, was sie sagen sollte, und bereitete sich innerlich schon auf eine langatmige Verteidigungsrede (Das kann ja jedem mal passieren!) vor, da sagte Emma: »Du musst ein Kleid tragen.«

»Was???«

Lotte war so überrascht, dass sie sich fast das Auge mit der Wimpernspirale ausstach.

»Bitte, Mama, ich weiß, du hasst Kleider, aber ich hätte gerne, dass alle Frauen bei meiner Hochzeit ein Kleid tragen. Ich habe schon einen Termin mit einer Schneiderin gemacht. Die schneidert auch die Brautjungfernkleider. Hier!«

Emma stand auf und hielt Lotte ihr Handy hin, auf dem das Foto eines Kleides zu sehen war.

»Wie findest du das?«

Lotte blickte etwas entsetzt auf den Entwurf. Das Kleid war rosa oder zumindest sah es rosa aus. Aber Lotte war so erleichtert, dass Emma wohl nichts ahnte, dass sie sagte:

»Kein Problem. Ich liebe Kleider. Sie sind nur in einer Gärtnerei äußerst unpraktisch.«

Emma blickte ihre Mutter erstaunt an. »Echt jetzt? Kein Problem?«

Lotte blickte noch mal auf das Foto. »Könnte ich vielleicht statt dem Rosa etwas weniger Rosafarbenes haben?«

»Mama! Es ist meine Hochzeit, und du musst zu den anderen Gästen passen und kannst auf keinen Fall in Hosen und T-Shirt kommen.«

»Aber rosa!«

»Das ist nicht rosa – das hat die Farbe von Pfingstrosen, deinen Lieblingsblumen.«

Lotte blickte noch mal auf das Bild. Gut. Wenn sie die Augen zusammenkniff, konnte sie sich Pfingstrosen vorstellen. Wunderbar duftende roséfarbene Pfingstrosen.

Sie würde als Pfingstrose verkleidet zur Hochzeit ihrer Tochter gehen.

Alles klar. Alles gut, solange sie es überhaupt bis zur Hochzeit schaffte, ohne einen Skandal auszulösen.

»Jetzt sehe ich es auch. Du hast recht. Das Kleid ist eine Pfingstrose. Wunderschön. Gehen wir zum Abendessen?«

Lotte gab Emma einen Kuss auf die Stirn, und gemeinsam gingen sie ins Restaurant.

Beim Abendessen, das wieder draußen auf der Terrasse stattfand, benutzte Lotte Emma wie einen Schutzschild. Es war abends schon so warm, dass man kaum eine Strickjacke brauchte.

Carl äugte die ganze Zeit zu ihr herüber, anscheinend wartete er nur auf eine Gelegenheit, sie allein zu erwischen.

Aber Lotte wich Emma keine Sekunde von der Seite.

Sogar zum Nachspeisenbüfett ging sie direkt hinter ihrer Tochter her. Das war eigentlich eine ganz wunderbare Idee, dachte Lotte sich. Solange Emma um sie herum war – oder sonst irgendjemand –, würde Carl sich auf keinen Fall trauen, mit alldem wieder von vorne anzufangen. Lotte brauchte einfach nur eine Art Bodyguard ständig um sich herum und könnte so jedem unangenehmen Gespräch mit ihrem Ex-Mann für immer aus dem Weg gehen.

Es war Samstag, und das Hotel hatte heute eine Liveband engagiert, die gar nicht mal so schlecht war. Draußen am Pool war eine Tanzfläche aufgebaut.

Lotte ließ sich einen mallorquinischen Mandelkuchen – ihre Tochter als Schutzschild – schmecken und war froh, dass ganz sicher niemand sie auffordern würde, auf die Tanzfläche zu gehen.

Isabell am anderen Ende des Tisches lachte immer wieder glockenhell auf, ließ natürlich keine Nachspeise an ihre schmalen

Hüften und zog schließlich einen etwas widerstrebenden Carl nach draußen auf die Tanzfläche.

Lotte wollte eigentlich nicht hinschauen, tat es aber verstohlen dann doch.

Die beiden waren tatsächlich ein schönes Paar. Und sie tanzten wirklich gut miteinander, das musste Lotte zugeben. Keine Ahnung, wie Isabell das hinbekam.

Lotte stand auf – es war besser, jetzt ins Bett zu gehen, bevor sie sentimental oder wütend oder irgendetwas anderes wurde.

Lissy stand auch auf und fragte ihre Schwester: »Lust auf einen Absacker an der Bar?«

Lotte wollte gerade den Kopf schütteln, dann sah sie wieder Carl mit Isabell tanzen. Ihre Schwester würde sie sicher ablenken von irgendwelchen blöden Gedanken.

»Warum nicht?«

»Gin Tonic?«, fragte Lissy nach.

Lotte nickte. Gin Tonic war das schwesterliche Geheimrezept gegen alle und alles.

Wenig später saß sie mit Lissy an der Bar und hatte leider immer noch einen freien Blick nach draußen Richtung Pool auf Carl und Isabell, die immer noch tanzten. Rumba oder was auch immer, und es sah immer noch gut aus. Lotte stellte fest, dass auch andere Gäste des Hotels das schöne Paar durchaus bemerkten.

»Wie war es mit Philipp am Cap?«, unterbrach Lissy Lottes Gedanken. Lotte wandte den Blick von ihrem Ex-Mann.

»Schön und ziemlich windig. Du hättest mitkommen sollen. Wir hätten auch ein Auto nehmen können und in Port de Pollença parken, von dort aus fährt ein Shuttlebus bis zum Leuchtturm.«

»Zu viele Serpentinen, und im Bus ist es ganz besonders

schlimm. Wahrscheinlich wäre ich grün und gelb im Gesicht, wenn ich dort ankommen würde.«

»Ich kaufe mir vielleicht ein Motorrad, wenn wir zurück sind.«

»Finde ich klasse. Ich wollte dich schon immer mal in einer wochenlangen Reha besuchen«, erwiderte Lissy.

»Ich weiß ja, es ist irgendwie eine Schnapsidee«, gab Lotte zu.

»Seit wann kann eigentlich Carl tanzen?«, fragte Lissy plötzlich. Sie blickte jetzt auch auf das schönste Paar auf der Tanzfläche. »Dir ist er doch immer auf die Füße getreten, soweit ich mich erinnere.«

»Keine Ahnung. Wahrscheinlich, seit er mit einer unfassbar gut aussehenden Frau zusammen ist, die die trainiertesten Oberarme westlich des Kaukasus ihr Eigen nennt.«

Lissy kicherte und trank noch einen großen Schluck von dem Gin Tonic.

»Auf definierte Oberarme!«

»Auf den Kaukasus!«, sagte Lotte und kippte den Gin Tonic runter wie Limo.

»Oberarme hin, Oberarme her. Das ist ja wohl nicht das Entscheidende in einer Beziehung. Ich verstehe immer noch nicht, wieso er dich verlassen hat.«

Lotte schaute zu dem Paar und seufzte. Carl drehte Isabell gerade im Kreis, und sogar bis hierher war Isabells Lachen zu hören.

»Ich manchmal schon.«

»Ich finde immer noch, du warst das Beste, was ihm je passiert ist. Und ich dachte immer, ihr wärt glücklich.«

»Nun, das hat er offensichtlich nicht so gesehen« gab Lotte zurück und trank ihr Glas aus.

»Männer!«, schnaubte Lissy und trank auch aus. »Sie sind so oft Idioten.«

»Da könntest du recht haben«, meinte Lotte und machte sich mit Lissy langsam auf den Weg in ihre Zimmer.

Und vielleicht war sie ja zurzeit die viel größere Idiotin hier – und dabei war sie ganz sicher kein Mann.

Aber das konnte sie Lissy jetzt schlecht erzählen.

Lotte war so müde von dem wenigen Schlaf der letzten Nacht, von dem Ausflug mit Philipp, von dem Rollerfahren, dem Wind und allem anderen. Und kaum hatte sie sich hingelegt, war sie auch schon tief und fest eingeschlafen.

Nur um wenig später durch ein leises und beständiges Kratzen wieder wach zu werden.

Sie setzte sich verwirrt auf und blickte sich um.

Es war alles dunkel, nur ein wenig Licht fiel durch einen Spalt zwischen den Vorhängen ins Zimmer. Sie konnte nur ein paar Umrisse erkennen.

Nagte hier irgendetwas an irgendetwas? Hier gab es doch sicher keine Ratten? Das Hotel hatte fünf Sterne, da waren Ratten doch hoffentlich eher unwahrscheinlich.

Krrrrrcchhhhhh, krrrrchhhhh.

Da war das Geräusch schon wieder. Gefolgt von einem leisen Klopfen.

Definitiv keine Ratten.

Aber definitiv etwas, das sie auch gerade hier und jetzt nicht gebrauchen konnte.

Und da hörte sie auch schon sehr leise Carl durch die verschlossene Tür: »Lotte! Lotte! Bist du wach? Mach die Tür auf!«

Lotte sah auf ihr Handy, das neben dem Bett lag. Es war kurz vor zwei mitten in der Nacht.

War Carl jetzt vollkommen verrückt geworden? Er würde noch Lissy im Nebenzimmer aufwecken oder am besten gleich das ganze Hotel.

Lotte stieg innerlich fluchend aus dem Bett und ging zur Tür.

Es kratzte wieder.

»Carl! Was willst du hier? Es ist mitten in der Nacht!«, sagte sie, so leise sie nur konnte, durch die geschlossene Tür.

»Ich will dich sehen.«

»Ich dich aber nicht.«

»Isabell hat eine Antihistamintablette genommen und schläft wie ein Murmeltier. Das Teil wirkt anscheinend wie eine Schlaftablette. Wir müssen dringend reden. Mach die Tür auf!«

»Kommt nicht infrage«, sagte Lotte.

»Bitte!«

»Geh sofort zurück ins Zimmer, bevor du noch jemand anders weckst.«

»Lotte, bitte, wir können das nicht einfach so stehen lassen. Ich kann an nichts anderes mehr denken.«

»Ich leider auch nicht.«

»Ich kann nicht aufhören, an dich zu denken ... und an uns und an ...«

»Schhhhhhh«, zischte Lotte durch die geschlossene Tür. Carl klang tatsächlich sehnsüchtig und irgendwie anders als sonst. Nicht so selbstsicher.

Lotte war für einen Moment in Versuchung, die Tür tatsächlich aufzumachen. Sie blickte an sich herunter. Sie trug keinen Slip und nur ein altes verwaschenes T-Shirt, das sie so gerne zum Schlafen anzog, gerade weil es so verwaschen und weich war. Es war sicher keine gute Idee, jetzt mitten in der Nacht Carl die Tür aufzumachen – selbst dann nicht, wenn sie sich den Morgenmantel aus dem Bad schnappen würde.

»Charlotte, bitte!«, kam Carls flehentliche Stimme durch die Tür.

»Geh jetzt, sonst rufe ich Emma an und sage, du hast einen Rückfall und furchtbare Rückenschmerzen.«

»Das würdest du nicht wagen.«

»Willst du mich auf die Probe stellen?«

»Willst du nie wieder mit mir reden?«

»Das wäre eine gute Idee. Das hätte ich schon vor Jahren machen sollen.«

»Und ich ... ich weiß nicht, was ich hätte machen sollen oder was ich jetzt machen soll.«

»Du sollst ins Bett gehen. Ich habe mein Handy schon in der Hand«, sagte Lotte drohend und locker lügend durch die Tür. Ihr Handy lag drüben auf dem Nachttisch.

»Ich bin sicher, Emma ist sofort wach und verarztet ihren Vater gerne auch mitten in der Nacht. Nicht dass du jetzt auch noch ins Krankenhaus musst wegen deinen Rückenschmerzen.«

Sie hörte einen tiefen Seufzer.

»Nun gut. Ich gehe. Aber nur, weil ich wirklich müde bin, habe ja letzte Nacht kaum geschlafen.«

Jetzt war es an Lotte, vor Erleichterung aufzuseufzen. Sie hatte gewonnen. Aber dann sagte Carl noch leise: »So leicht kommst du nicht davon, Lotte, meine Liebe. Ich weiß, dass du auch Gefühle hast, ich kenne dich viel zu gut.«

»Tust du das?«

»Ja«, sagte Carl einfach.

Und Lotte wusste, er hatte recht.

»Gute Nacht. Und süße Träume.« Carl kratzte ein letztes Mal an der Tür. Lotte hörte, wie er sich dann entfernte. Hoffentlich hatte das alles niemand mitbekommen.

Lotte ging wieder ins Bett und schlief erstaunlicherweise sofort ein.

Am nächsten Morgen, noch vor dem Frühstück, war Lotte im Pool und zog ein paar Bahnen. Es war herrlich. Sie hatte das die ganze Zeit schon vorgehabt, einmal vor dem Frühstück in das kühle Wasser zu springen.

Es war noch so früh, dass sie den ganzen Pool nur für sich hatte. Aber natürlich lagen wie immer, wenn Idioten in einem Hotel waren, schon diverse Handtücher als Reservierungsschild auf einigen der Liegen.

Lotte hatte einfach eins davon weggenommen.

Sie liebte es, solche Handtuchliegenspießer heimlich zu ärgern. Manchmal, wenn niemand sie beobachten konnte, tauschte sie auch die trockenen Handtücher gegen nasse aus und klatschte sie auf die so sorgfältig reservierten Liegen. Es war immer wieder ein schönes Gefühl, wenn sie dann die Reservierungssüchtigen beobachtete, wie sie empört vor der feuchten Liege standen und am liebsten jemanden für diese Unverschämtheit lynchen würden.

Lotte war schon ein paar Bahnen geschwommen und hatte das Gefühl, dadurch langsam einen klaren Kopf zu bekommen.

Carl hatte gestern Nacht nicht unrecht gehabt.

Sie mussten wohl oder übel noch mal miteinander sprechen. Sie konnte das alles auch nicht so stehen lassen, auch wenn sie sicher war, dass sie bis ans Ende ihrer Tage so tun würde, als wäre das alles nie passiert.

Nach der zehnten Bahn in dem kleinen Pool war Lotte sich sicher, dass ein klärendes Gespräch mit Carl gar nicht so schlecht wäre. Dann würden endlich Ruhe und Frieden einkehren. Und sie könnte wieder zu »Carl ist mein Ex-Mann und ein Vollidiot« zurückkehren.

Sie wollte gerade aus dem Pool klettern, als sie Isabell mit Carl im Schlepptau auf sie zukommen sah.

Lotte beeilte sich mit dem Rausklettern und schlang dann schnell den Bademantel um sich. Sie wollte nicht halb nackt und nass Carl oder Isabell gegenübertreten.

Eigentlich wollte sie ja den beiden gar nicht gegenübertreten, aber da stand eine strahlende und unglaublich ausgeruht aussehende Isabell schon direkt vor ihr.

»Da bist du ja, meine Liebe. Wir haben dich schon gesucht. Ich bin wieder voll einsatzfähig dank der aufopferungsvollen Pflege meines Mannes.« Isabell gab Carl ein Küsschen, der verzog keine Miene.

»Von daher kann ich das heute Gott sei Dank doch machen, was ich schon länger geplant habe. Ich habe ein Geschenk für das Brautpaar und uns alle. Ich habe ein Boot gemietet für einen privaten Trip rüber nach Menorca. Wir wollen dort baden, hoffentlich ohne Quallen, schnorcheln, Picknick machen und ein bisschen die Insel erkunden. Wir fahren gleich los. Frühstück gibt's auf dem Boot.

Lotte starrte Isabell an, die tatsächlich wieder ganz die Alte war. Oder vielmehr die Junge. Sie trug Shorts, ein passendes Seidenhemd, Espadrilles und hatte einen wunderhübschen kleinen Strohhut in der Hand. Man hätte sie direkt für eine Modezeitschrift fotografieren können. Und das vor neun Uhr morgens.

Und die Streifen von der Portugiesischen Galeere waren auch so gut wie verschwunden.

Lotte stand vor den beiden. Wasser triefte aus ihren Haaren. Sie war ungeschminkt und hatte noch die dämliche Schwimmbrille auf dem Kopf, wie sie gerade merkte. Man hätte sie so direkt auf gar keinen Fall für irgendetwas fotografieren können. Oder vielleicht doch – als abschreckendes Beispiel.

Und diese triefende Frau hatte tatsächlich vorgestern Isabell betrogen.

Quatsch! Carl hatte Isabell betrogen.

Die Gedanken sausten durch Lottes Kopf.

»Das ist eine ganz großartige Idee von dir, Isabell. Ich bin sicher, Ben und Emma finden das ganz wunderbar. Aber ich muss für heute leider passen. Ich werde doch so leicht seekrank, außerdem hab ich ja auch schon gestern einen Ausflug gemacht.«

Sie starrte bei dem Wort »seekrank« Carl direkt in die Augen. Carl wusste genau, dass sie in jungen Jahren in ihrer Zeit noch vor Carl mit ihrem damaligen Freund oft segeln gewesen war.

Carl hielt brav den Mund. Er starrte nur direkt zurück, ohne eine Miene zu verziehen.

»Also, ich glaube, ich mache heute mal einen ruhigen Tag am Pool. Aber ich bin sicher, ihr werdet euch alle sehr gut auch ohne mich amüsieren. Viel Spaß.«

»Das ist aber furchtbar schade. Ich hätte so gerne alle mit dabeigehabt.« Isabell wirkte echt und ehrlich enttäuscht. Sie seufzte auf.

»Nun gut. Es gibt sicher noch viele Gelegenheiten in den nächsten Tagen, zu denen wir alle zusammen etwas unternehmen können. Dann einen schönen Tag dir, meine Liebe.«

Isabell beugte sich zu Lotte vor, ignorierte das Wasser, das immer noch an Lotte runterlief, und gab ihr einen leichten Kuss auf die Wange.

Lotte zuckte nicht zurück. Sie konnte das exquisite Parfüm von Isabell riechen.

»Ich bin so froh, dass du immer so unkompliziert bist.«

Isabell lächelte Lotte an.

»Wir müssen los. Die anderen warten sicher schon an der Rezeption. Willst du dich noch von allen verabschieden?«

Lotte wollte eigentlich nicht, sie wollte nicht so gerne nur mit Bademantel an die Rezeption gehen. Aber sie war sicher, Emma und Lissy waren enttäuscht, dass sie nicht mitfahren würde.

»Gut. Dann sage ich euch allen noch: Leinen los«, verkündete Lotte, schlang sich ein Handtuch um die nassen Haare und ging mit den beiden zur Rezeption.

Na großartig, dachte sie, während sie sich gerade so deplatziert wie ein Fisch an Land vorkam.

Das Furchtbare an Isabell war im Grunde genommen nicht, dass sie unfassbar gut aussah, und das bei so ziemlich jeder Gelegenheit. Das taten auch andere Frauen. Das Allerschlimmste, stellte Lotte gerade insgeheim fest, das Allerschlimmste war, dass Isabell sehr oft einfach nett war und richtig sympathisch.

Das war nun wirklich richtig blöd. Gut aussehend und auch noch nett. Das war einfach drei Nummern zu viel, um das als Ex-Frau verkraften zu können.

Kurz darauf standen alle vor dem Eingang des Hotels und warteten auf den Minibus, der sie zum Hafen bringen sollte. Isabell hatte Picknickkörbe vorbereiten lassen.

Lissy führte ihr neues weißes Kleid aus, und sogar Dora ließ anscheinend für heute die Arbeit ruhen und war mit Charlie und Philipp mit von der Partie.

Lotte kam sich im Bademantel hier vor dem Hotel weiterhin völlig deplatziert vor. Aber in fünf Minuten wären ja dann alle weg, und sie würde herrlicherweise den ganzen Tag und das ganze Hotel nur für sich haben.

War das nicht wunderbar?

Der Minibus fuhr vor.

Lotte küsste Emma und Ben und wünschte allen viel Spaß. Die Picknickkörbe wurden eingeladen, und Lotte freute sich schon – in spätestens fünf Minuten hätte sie ihre Ruhe –, da stöhnte Carl, der gerade dabei war, in den Minibus zu steigen, sehr laut und sehr theatralisch auf.

Carl fasste sich dramatisch ins Kreuz und ging keinen Millimeter weiter.

»Au! Verdammt!!!«

»Papa! Was ist los?«, kam es aus dem Innern des Busses besorgt von Emma.

Carl nahm den Fuß, den er schon in den Bus gesetzt hatte, zurück und verzog schmerzverzerrt das Gesicht.

»Mein Kreuz! Ich glaube, ich habe einen Rückfall. Ich muss mir wohl eben beim Einsteigen was verdreht haben. Es tut echt weh! Wie blöd aber auch!«

Emma stieg sofort aus dem Bus, gefolgt von Ben.

Die beiden drückten und machten an Carls Rückgrat herum.

Carl stöhnte laut und vernehmlich.

Lotte beäugte das Ganze mit äußerstem Misstrauen. Leider würden weder Emma noch Ben Orthopäden werden und waren somit keine Spezialisten für Kreuzschmerzen. Emma neigte der Chirurgie zu, und Ben wollte als Kinderarzt später mal eine eigene Praxis haben.

»Wir bleiben alle hier, wenn es dir so schlecht geht«, meinte Isabell, die schließlich auch aus dem Bus gestiegen war, um ihrem Mann beizustehen.

Carl richtete sich vorsichtig ein bisschen auf.

»Nein, nein, das ist doch nicht nötig. Wirklich nicht. Ich bleibe einfach für heute hier. Ihr solltet euch ohne mich vergnügen. Kein Problem. Ich denke, das Geschunkel auf dem Boot ist gerade nicht so gut für mich, aber ich bin sicher, das mit meinem Rücken, das wird schon wieder. Ein Tag auf der Liege am Pool und eine kleine Massage, und du wirst sehen, morgen bin ich wieder ganz der Alte.«

Emma sah ihren Vater zweifelnd an. Der lächelte zuversichtlich.

»Geht nur, ich komme schon klar. Lasst euch doch von mir altem Herrn nicht den Tag versauen«, sagte Carl, und dann drehte er sich zu Lotte um.

»Und wenn doch was sein sollte, deine Mutter bleibt ja auch hier. Im Notfall kann sie mich sicher versorgen.«

Lotte konnte sehen, wie Carl sich mit aller Gewalt ein breites, fettes Grinsen gerade noch so verkneifen konnte.

Sie wollte am liebsten schreien. Ganz laut.

Stattdessen hörte sie sich selbst sagen: »Ja. Fahrt nur, meine Lieben. Kein Thema. Ich werde Carl versorgen. Ich bin sicher, er wird während meiner Fürsorge nicht sterben.«

Außer ich bringe ihn selbst um, dachte Lotte, die große Lust verspürte, Carl den Hals umzudrehen.

Ben warf noch mal einen kritischen Blick auf seinen zukünftigen Schwiegervater, dann meinte er: »Also lebensgefährlich ist das ja wirklich nicht. Wir können also los, wenn das für deinen Vater okay ist.«

Emma gab ihrem Vater einen kurzen Kuss auf die Wange.

»Alles klar. Wir fahren. Aber du schonst dich.«

Isabell gab Carl auch einen Kuss.

»Soll ich nicht doch lieber hierbleiben, mein Lieber, und dich versorgen? Du hast dich auch so wunderbar um mich gekümmert, und ich finde, ich sollte deine Pflege jetzt nicht deiner Ex-Frau überlassen.«

Carl küsste seine Frau und flötete: »Nein, nein, Liebes, du hattest gerade wahrlich genug mit Krankheit zu tun. Macht ihr euch einen schönen Tag. Wir beide kommen sicher wunderbar klar.«

Carl strahlte Isabell an. Auch Lotte zog die Mundwinkel nach oben.

Alle außer den beiden stiegen schließlich ein und fuhren winkend davon.

Carl und Lotte winkten auch.

»Du hast gar keine Kreuzschmerzen«, sagte Lotte zu Carl, während sie immer noch lächelnd und freudig dem Bus nachwinkte.

»Natürlich nicht«, erwiderte Carl, winkte und lächelte auch.

Eine Stunde später war Lotte mit Carl in dessen Leihwagen, einem fetten BMW, auf dem Weg nach Deià.

Lotte konnte es nicht fassen.

Aber das war wohl im Moment ihr Normalzustand: die Fassungslosigkeit über sich selbst.

Sie steckte wirklich in einer fetten Midlife-Crisis.

Sie schüttelte innerlich den Kopf, das half aber auch nicht wirklich weiter.

Allerdings mussten Carl und sie wohl oder übel doch endlich in Ruhe miteinander sprechen, und warum sollten sie das nicht in Deià tun – bei einem leckeren Mittagessen in diesem einen schönen Restaurant, das sie beide von früher kannten?

Also das war zumindest die unglaublich schlüssige Argumentation von Carl gewesen.

Und Lotte hatte sich nach einer kurzen Diskussion in der Lobby des Hotels dem Ganzen einfach ergeben.

Sie wusste, sie würde mit Carl auf gar keinen Fall einen ruhigen Tag am Pool verbringen können. Don Juan von der Rezeption starrte auch schon die ganze Zeit zu ihnen beiden rüber. Dann besser mit Carl nach Deià fahren und die ganze Sache unterwegs klären.

Trotzdem war Lotte irgendwie total neben sich, als sie jetzt mit Carl in seinem Leihwagen saß. Es fühlte sich unglaublich vertraut an, so als wären die letzten acht Jahre überhaupt nicht passiert.

Das war nun ein Gefühl, das Lotte nicht wollte und sehr misstrauisch beäugte. Sie wollte nichts Vertrautes, nicht jetzt, nicht mit Carl.

Sie wollte mit Carl Schluss machen, obwohl sie gar nicht wirklich etwas mit ihm angefangen hatte. Oder doch – ein ganz klein wenig hatte sie schon was mit ihm angefangen. Oder etwas viel zu viel. Je nachdem, wie man das sehen wollte.

Lotte wollte ihm noch mal klarmachen, dass das nicht hätte passieren dürfen. Es reichte schon, dass sie einmal in ihrem Leben die betrogene Ehefrau gewesen war. Die Geliebte wollte sie jetzt nicht auch noch werden.

Und diese ganzen Lügen! Lotte hasste es.

Die Situation war ja sowieso insgesamt völlig absurd. Sie hätte eigentlich erst gar nicht hierherkommen dürfen. Lotte wünschte sich, sie könnte sich jetzt direkt nach Frankfurt in ihre Gewächshäuser beamen. Zurück zu dunkler Erde und ganz viel Grün. Ein paar Stunden Pflanzen umtopfen, und alles wäre gut.

»Du wärst jetzt gerade gerne in einem deiner Gewächshäuser«, sagte Carl mit einem Seitenblick zu ihr. Sie waren vor fünf Minuten von der Autobahn runtergefahren. Carl hatte sich entschieden, über Valldemossa zu fahren und zurück dann durch den Tunnel, der Sóller mit Palma verband. Eine nette kleine Rundreise, völlig harmlos und entspannt.

»Ja. Durchaus. Ich wäre gerne in einem Gewächshaus, am besten für den Rest meines Lebens«, gab Lotte zurück.

Carl nickte nur.

Und dann schwiegen die beiden erst mal wie ein altes Ehepaar, das sie nicht mehr waren.

In Valldemossa parkte Carl den Wagen, was gar nicht so einfach war, denn Massen von Touristen hatten genau die gleiche Idee. Aber Carl und Lotte waren noch zu früh dran für das Restaurant. Vor zwölf würde es kein Mittagessen geben, und warum sich dann nicht hier in diesem wunderschönen Örtchen die Füße etwas vertreten und auf den Spuren von George Sand und Frédéric Chopin wandeln?

»Ja, warum sich nicht einfach als Paar einen schönen Tag auf Mallorca machen, jetzt wo die Kinder groß und aus dem Haus sind? Und alle anderen übrigens auch«, sagte Lotte etwas bissig und stieg aus dem Auto. Aber im Grunde genommen freute sie sich durchaus, durch den kleinen Ort zu schlendern.

Sie hatte die Dörfer hier oben in der Serra Tramuntana immer sehr geliebt. Die Serra war so anders als die Ebene und die Küste von Mallorca. Die Serra hatte einen ganz eigenen Charme. Kein Wunder, dass hier immer wieder ziemlich viele berühmte und auch weniger berühmte Künstler Zeit verbrachten oder verbracht hatten.

Das war genau das, was Lotte an der Insel so mochte. Auf relativ wenigen Quadratkilometern gab es auf Mallorca die unterschiedlichsten Zonen, und immer konnte man etwas Neues entdecken.

Lotte schlenderte mit Carl durch die kleinen Gassen und fühlte sich tatsächlich für einen Moment einfach nur wie im Urlaub. Der Ort war genauso hübsch, wie sie ihn in Erinnerung hatte. Früher war sie mit Carl und Emma tatsächlich öfter hier gewesen. Nette kleine Läden neben kleinen Restaurants und Cafés. Trotz der ziemlich vielen Touristen war die Stimmung herrlich entspannt. Sogar Lotte merkte, dass sie locker wurde.

»Lust auf einen Cortado?«, fragte Carl. Lotte nickte, und die beiden gingen in ein kleines Café.

Das Café hatte einen wunderschönen Innenhof, der über und über mit Bougainvillea bewachsen war.

Lotte liebte Bougainvilleen und fand es unglaublich schade, dass sie nicht so wirklich in Deutschland gediehen, zumindest nicht im Freien. Die Farben waren ein Rausch. Lotte liebte besonders die magentafarbenen Sträucher, die so wie hier alles überwucherten und einem das Gefühl gaben, in einer einzigen Farbwolke zu sitzen. Was für eine Üppigkeit der Natur! Was für ein Geschenk! Das war genauso gut, wie in einem Gewächshaus zu sitzen. Zumindest solange sie Carl einfach aus dem Bild ausblendete.

Carl nippte an seinem Cortado und blätterte in einer alten deutschen Zeitung, die auf dem Tisch lag. Lotte hatte sich einen Cappuccino bestellt. Die Bedienung hielt sie offensichtlich für ein Ehepaar und hatte Carl einfach die Rechnung hingehalten.

Es könnte vielleicht wieder so sein, du könntest vielleicht wieder Teil eines Ehepaares sein, flüsterte eine kleine Stimme in Lottes Kopf, die sie aber sofort zum Schweigen brachte.

Solche Dinge durfte sie überhaupt nicht denken. War sie völlig verrückt geworden? Wo kam das denn plötzlich her? Sie wusste gar nicht, dass sie solche Gedanken überhaupt haben konnte. Sie war nur aus einem Grund mitgekommen: um die Sache ein für alle Mal zu klären.

»Lass uns gehen«, sagte Lotte abrupt.

Carl blickte erstaunt von seiner Zeitung auf.

»Ich habe Hunger, und wir beide müssen dringend reden.«

»Was du nicht sagst«, erwiderte Carl und legte die Zeitung beiseite.

Ein paar Serpentinen später waren sie dann in Deià und fanden erstaunlicherweise einen Parkplatz direkt neben dem kleinen Restaurant.

Das war wieder eine ihrer wirklich blöden Ideen, hatte Lotte während der Fahrt durch die wunderschöne Landschaft zwischen Valldemossa und Deià festgestellt.

Wer außer einer völligen Idiotin konnte auf den Gedanken kommen, mit seinem Ex-Mann, mit dem man gerade eine sehr komplizierte Beziehung hatte, alte Orte anzufahren, die man zusammen als Paar erlebt hatte? Wie doof konnte man eigentlich sein? Das konnte nicht gut gehen. Das konnte ja nur in einer Katastrophe enden, dachte sich Lotte und stieg aus dem Wagen und ging mit Carl zusammen die paar Stufen hoch in das Restaurant.

Das Essen hier war noch genauso hervorragend wie damals. Einfach, typisch mallorquinisch und ohne touristisches Chichi. Sie teilten sich etwas Pa amb oli, die gerösteten und mit Olivenöl beträufelten Brote, die mit den verschiedensten Tapas belegt wurden, und dann noch eine Sopa mallorquina – ein Gericht aus Paprika, Lauch, Zuckererbsen, Knoblauch, Zwiebel und klein geschnittenem Kohl, unter das noch geröstete Brotwürfel gemischt wurden.

»Das, was da vorgestern passiert ist, das kommt nie wieder

vor. Ich weiß selbst nicht, was da in mich gefahren ist«, erklärte Lotte und legte ein paar Salamischeiben auf das geröstete Brot.

»Das hast du jetzt schon ungefähr hundertmal gesagt. Ich habe das verstanden. Und ich hatte das ja auch nicht geplant.«

»Es ist einfach so passiert.«

»Ist es.«

»Und es wird nie wieder passieren.«

»Wird es natürlich nicht.«

»Aber Charlotte ...« Carl beugte sich etwas näher zu ihr. »Du musst doch zugeben, es war wunderbar.«

Carls Augen funkelten bei dem Gedanken an die gemeinsam verbrachten Stunden. Und Lotte musste es natürlich zugeben, es war tatsächlich wunderbar gewesen. Es war so gewesen, wie es ganz am Anfang mit Carl gewesen war. Und wie es seither mit keinem anderen Mann gewesen war.

Aber das musste sie ja jetzt nicht vor Carl zugeben. Das konnte sie ja kaum vor sich selbst zugeben.

Carl lehnte sich wieder zurück und trank einen Schluck Wasser. Er blickte Lotte ernst an.

»Ich will Isabell nicht verletzen, das will ich wirklich nicht. Es ist nur ... irgendwie, ich weiß auch nicht ...«

Carl blickte versonnen für einen Moment aus dem Fenster, als wäre da draußen die Antwort auf alle Fragen des Lebens und der Affären. »In letzter Zeit klappt es mit Isabell und mir nicht mehr ganz so gut.«

Lotte hörte auf zu essen. Sie legte Messer und Gabel beiseite und blickte Carl direkt in die Augen.

»Carl, bitte erspar mir das. Bitte erspar uns das. Dafür kennen wir uns zu lange und zu gut. Das ist dieser Unsinn, den alle verheirateten Männer zu ihrer Geliebten bezüglich ihrer Ehefrau sagen: Wir verstehen uns nicht mehr. Wir reden nicht mehr. Wir haben seit ewigen Zeiten keinen Sex mehr. Blablablabla. Ehrlich gesagt hoffe ich nicht, dass du mich für so blöd hältst, dass ich etwas auf dieses Geschwätz gebe.«

Lotte hielt kurz inne und fuhr dann fort: »Und ehrlich gesagt sieht es in keiner Weise so aus, als würde Isabell ähnlich über eure Beziehung denken. Ihr seht immer noch wie ein glückliches Paar aus. Wie ein verdammt glückliches Paar, und das kann man ja auch täglich auf Instagram bewundern.« Diese Bemerkung hatte sich Lotte leider nicht verkneifen können.

»Du folgst Isabells Account auf Instagram?«, fragte Carl erstaunt.

»Tue ich nicht. Nur zufällig. Das tut hier nichts zur Sache.« Lotte fühlte sich ertappt.

»Du weißt doch aus eigener Erfahrung, dass wie es aussieht und wie es ist, ein ziemlich großer Unterschied sein kann«, sagte Carl.

»Leider«, erwiderte Lotte und erinnerte sich daran, dass sie ewig nichts von Carls Affäre geahnt hatte und ewig gedacht hatte, sie hätten eine durchaus gute Ehe – zwar mit allen Höhen und Tiefen, aber grundsätzlich glücklich.

»Lotte, noch mal: Es tut mir leid, was ich dir damals angetan habe. Wie oft habe ich dir das schon gesagt? Wie oft habe ich mich dafür schon entschuldigt? Es war unfair und gemein dir gegenüber, und ja ...«

Lotte versuchte gerade, Carl ins Wort zu fallen, aber der ahnte wohl, was da aus Lottes Mund kommen wollte, und kam ihr daher zuvor: »Ja ... ich war ein Schwein. Du hast vollkommen recht. Daran ist nicht zu rütteln, und ich kann nur sagen: Es war damals einfach so. Und du weißt, wir hatten auch unsere Probleme.«

»Weiß ich nicht«, konterte Lotte und nahm sich fast trotzig einen Löffel voll von der Sopa mallorquina.

Carl blickte Lotte scharf an.

»Okay.« Lotte seufzte auf. Wenn das hier schon die Stunde der Beichten war. Bitte sehr, das konnte Carl haben: »Ich gebe zu, es war damals nicht ganz einfach zwischen uns beiden. Ich hatte gerade die Gärtnerei mit Lissy zusammen von meinen Eltern übernommen, Emma war mitten in der Pubertät, und du warst nie zu Hause.«

»Und ich war gerade dabei, meine eigene Firma aufzubauen.«

»Emma war furchtbar, nur noch motzig und nicht mehr ansprechbar.«

»War sie. Und ich habe dich da zu wenig unterstützt. Aber du warst abends auch immer müde und nur mit deinen Pflanzen beschäftigt.«

»Das war noch lange kein Grund, mich einfach zu betrügen.«

»In der Tat.«

Für einen Moment schwiegen sie einfach, jetzt nachdem das zum zweihundertsten Mal geklärt war. Es würde wahrscheinlich nie wirklich geklärt werden – zumindest nicht für Lotte. Dafür war sie damals viel zu tief verletzt worden.

»Manchmal wünsche ich mir, ich hätte das nie getan«, fuhr Carl dann doch versonnen fort. »Ich frage mich, was passiert wäre, wenn wir einfach durchgehalten hätten, so als Paar. Wären wir wieder glücklich? Würden wir dann auch hier so sitzen? Hätten wir dann manchmal so etwas erlebt wie das vorgestern?«

Carl blickte Lotte fragend an.

»Keine Ahnung. Darüber denke ich nie nach«, antwortete Lotte leichthin.

Das war jetzt eine glatte Lüge.

Lotte war seit ein paar Tagen sehr erstaunt über sich selbst. Sie konnte plötzlich wunderbar betrügen und lügen, ohne rot zu werden, und selbst das schlechte Gewissen hielt sich irgendwie erstaunlicherweise in moderaten Grenzen.

Sie machte und dachte lauter Dinge, die sie früher nie für möglich gehalten hätte. Und diese Abgründe würde hoffentlich auch sonst niemand jemals in ihr vermuten.

Vor allem nicht Emma.

Carl lehnte sich zurück. Er war fertig mit dem Essen.

»Ich denke da schon drüber nach. Zumindest ab und zu. Weißt du, die Probleme, die wir damals hatten, die hätten wir jetzt ja nicht mehr. Ich muss keine Karriere mehr machen, der Laden läuft, Emma ist groß, du hast keine Doppelbelastung mehr. Und wie mir scheint, bist du glücklich mit der Gärtnerei ... Wir könnten uns jetzt das Leben einfach schön machen.«

»Es gibt kein Wir. Und mein Leben ist schön«, sagte Lotte besonders nachdrücklich. »Ich habe das Gefühl, dass du dir mit Isabell dein Leben durchaus sehr schön machst. Du bist ständig im Urlaub und beim Essen und sonst wie unterwegs. Hör auf, dich bei mir über deine jetzige Ehe zu beschweren.«

»Ich beschwere mich nicht. Ich denke nur laut nach.«

»Dann denk an was anderes.«

»Was denn?«

»Ist mir doch egal.«

»Das mag ich wirklich an dir, Charlotte, und ich hätte nie gedacht, dass ich das vermissen würde. Du bist so herrlich erfrischend direkt.«

Carl blickte Lotte an, und sie wusste, das war ehrlich gemeint. Er hatte noch nie ein Problem mit ihrer direkten Art gehabt. Und da gehörte er deutlich zu einer Minderheit. Viele andere Menschen empfanden Lotte schnell als zu schroff und unhöflich.

»Und du bist unverbesserlich.«

»Siehst du, genau das meine ich.«

Lotte seufzte auf.

»Freunde?«, fragte Carl, und Lotte war froh, dass er ihr jetzt nicht auch noch die Hand schütteln wollte.

»Geschiedene.«

Jetzt war es an Carl zu seufzen. »Gut. Dann sagen wir, wir sind gut Geschiedene.«

»Nur Emma zuliebe«, sagte Lotte.

»Emma zuliebe.« Carl nickte.

»Du bist eine großartige Mutter, weißt du das eigentlich?«

Lotte seufzte auf.

»Jetzt reicht's. Das wird mir langsam zu viel des Guten. Zahlen bitte. Getrennt«, bat Lotte dann die Bedienung, bevor Carl noch mehr Unsinn blubbern konnte.

Die anderen hatten einen wunderschönen Tag auf Menorca verbracht und waren erst spät mit dem Boot zurückgekehrt.

Emma und Ben waren etwas erstaunt über die erneute Wunderheilung von Carl und den Ausflug, den Emmas Eltern gemacht hatten. Doch Carl gelang es mit ein paar locker-flockigen Sprüchen, jedes Misstrauen zu zerstreuen.

Isabell war wohl vor allem froh, dass es ihrem Mann wieder gut ging. Noch ein Krankenlager wollte sie sicher nicht haben.

Das gemeinsame Abendessen verlief äußerst harmonisch. Lotte fütterte heimlich unter dem Tisch ihren neuen Freund Charlie, der normalerweise zu Füßen von Philipp oder Dora lag und dem Betteln strengstens verboten war.

Aber warum sollte sie die Einzige sein, die Dinge tat, die verboten waren, fand Lotte und gab Charlie etwas von ihrem Huhn ab. Charlie nahm das Fleisch äußerst vorsichtig aus ihren Fingern und schleckte ihr danach dankbar die ganze Hand. Lotte verstand gar nicht mehr, wieso sie jemals Angst vor Charlie gehabt hatte.

Philipp blickte ab und zu etwas prüfend zu ihr hin. Er saß ihr gegenüber, aber Lotte hatte den Unschuldsblick mittlerweile perfektioniert. Wenn sie Emma, Lissy und Isabell problemlos anlügen konnte, dann war Philipp ja wohl eine leichte Übung.

Alle verabschiedeten sich früh in ihre Zimmer. Es war ein langer Tag gewesen.

Lotte war froh, dass sie die Sache mit Carl geklärt hatte.

Sie konnte auch schon wieder ohne Gewissensprobleme in den Spiegel schauen, wie sie mit Befriedigung später in ihrem Badezimmer feststellte.

Lotte machte sich bettfertig, cremte sich vorher noch von Kopf bis Fuß ein und träufelte etwas Lavendelöl auf ihre Handgelenke. Das half ihr immer beim Einschlafen. Alles war gut, alles war wie immer, und jetzt würde sie sich voll und ganz auf die Hochzeit ihrer Tochter konzentrieren. Ein reines Gewissen ist ein gutes Ruhekissen, dachte sie und stieg in das große Doppelbett mit der wunderbaren Leinenbettwäsche. Und auch wenn ihr Gewissen nicht ganz rein war, so war sie doch nicht mehr völlig durcheinander.

Lotte wollte gerade die Augen schließen, da klopfte es an ihre Tür.

»Lotte!«, kam es dumpf durch die Tür.

Carl! Das durfte jetzt nicht wahr sein.

Lotte sprang aus dem Bett und ging zur Tür.

Sie hatten alles geklärt. Was wollte der schon wieder hier?

»Was machst du hier? Ich will schlafen!«, sagte Lotte durch die Tür.

»Ich wollte mich einfach nur für den wunderschönen Tag bedanken.«

»Nun, das hast du jetzt ja getan.«

»Und ich will dir sagen, du musst dir keine Sorgen machen.«

»Ich mach mir keine Sorgen.«

»Na dann, Gute Nacht.«

»Gute Nacht«, sagte Lotte und öffnete die Tür.

Carl stand tatsächlich im Schlafanzug vor ihr.

»Gute Nacht.«

»Das sagtest du schon.«

»Dann sage ich es noch mal.«

Carl blickte Lotte an.

Lotte blickte Carl an.

Zwei Sekunden später war die Tür wieder zu.

Fünf Sekunden später lagen Carl und Lotte in dem großen Doppelbett und zerknitterten das Leinen noch mehr, als es sowieso schon zerknittert war.

»Isabell!« Lotte schreckte einmal noch kurz hoch.

»Die hat noch mal eine Antihistamintablette genommen und schläft wie ein Baby«, beruhigte Carl sie und küsste sie auf den Hals.

»Lissy!«

»Was ist mit Lissy?«

»Die schläft direkt nebenan.«

»Wir sind ganz leise«, versprach Carl und küsste ihre Schlüsselbeine langsam runter bis in ihr Dekolleté, und ab da waren Lotte dann so ziemlich alles und alle anderen auf der Welt egal.

Und sie waren allerdings nicht besonders leise.

Ich habe eine Affäre mit meinem Ex-Mann.

Einatmen. Ausatmen.

Ich habe tatsächlich eine Affäre mit meinem Ex-Mann.

Einatmen. Ausatmen.

Lottes Gedanken hatten sich in einer Spirale verfangen und weigerten sich hartnäckig, die Endlosschleife zu verlassen.

Es war sehr früh am Morgen, und Lotte zog einsam ihre Bahnen in einem verdammt kalten Pool.

Carl hatte sich ungefähr um drei Uhr aus ihrem Zimmer geschlichen und war über den Garten und die Terrassentür in sein Zimmer zurückgestiegen, damit der Nachtportier ihn nicht auf frischer Tat ertappen würde.

Das war wie in einem schlechten Film.

Einem ganz schlechten Film.

Einmal, gut, das kann ja jedem mal passieren. Aber zweimal ist nicht keinmal, sondern Absicht und Betrug.

Lotte wurde ab der fünften Bahn mehr als klar, dass sie die letzten Tage einfach versucht hatte, vor sich selbst zu verleugnen, dass sie tatsächlich eine Affäre mit ihrem Ex hatte.

Das war jetzt nicht mehr möglich. Das war jetzt ganz und gar nicht mehr möglich. Lotte schwamm, als gälte es, einen olympischen Rekord zu brechen.

»Willst du dich für eine Schwimmmannschaft bewerben?«

Lotte war gerade an dem einen Beckenrand angekommen und rückte ihre Schwimmbrille zurecht, als jemand zur ihr in den Pool sprang. Gott sei Dank war es nicht Carl.

Lissy tauchte neben ihr auf.

»Guten Morgen, liebste Schwester. Ich hatte die gleiche Idee. Früh schwimmen ist wunderbar. Allerdings will ich es etwas weniger sportlich angehen.«

»Ich bin schon fertig.«

»Wartest du auf mich? Ich will nur ein paar Bahnen machen.«

Lotte setzte sich, eingehüllt in ein Handtuch, auf eine der Liegen, entfernte wie immer das bereits hingelegte Badelaken und wartete auf Lissy.

Einatmen. Ausatmen. Wenn sie sich daran hielt, konnte nichts schiefgehen, oder?

Als Lissy aus dem Wasser kam, war Lotte fast schwindelig vor lauter Atmen.

»Alles gut mit dir?«, fragte Lissy und blickte ihre Schwester prüfend an.

»Alles bestens, mir ist nur etwas kalt, und ich habe Hunger«, antwortete Lotte in der Hoffnung, dass man ihr die letzte Nacht nicht anmerkte. Lissy schaute sie auch gerade so komisch an.

»Du siehst so anders aus. So strahlend. So erholt. Irgendwie so entspannt.« Lissy kam tatsächlich näher und sah Lotte sehr genau an. Lotte kam sich vor wie bei der Kosmetikerin unter dem Vergrößerungsspiegel.

»Deine Haut? Was hast du mit deiner Haut gemacht? Die glüht ja förmlich von innen. Das sieht besser aus als nach einer Botoxspritze. Also nicht, dass ich wüsste, wie man nach einer Botoxspritze aussieht«, fügte Lissy hinzu.

Dabei wusste Lotte genau, dass Lissy Botox schon einmal heimlich ausprobiert hatte. Für drei Monate war ihre linke Augenbraue nach oben sehr seltsam festgetackert gewesen. Lotte hatte damals so getan, als würde sie das nicht bemerken. Es wäre schön, wenn jetzt Lissy so einiges nicht bemerken würde. Oder wenigstens so tun würde, als würde sie es nicht bemerken.

»Wenn ich dich nicht besser kennen würde, würde ich sagen, du hast eine heiße Nacht mit irgendeinem Kerl hinter dir. Hast du etwa den Don Juan von der Rezeption vernascht?«, fragte Lissy so leichthin.

Lotte starrte Lissy entsetzt an.

»War ein blöder Witz, tut mir leid. Ich kenn dich viel zu gut. Für so eine Nummer warst du noch nie zu haben. Obwohl ich dir schon seit Jahren predige, dass dir das guttun würde. Aber etwas Sonne und Wasser und frische Luft helfen auch. Und die Falte auf deiner Stirn, die ist so gut wie weg.« Lissy richtete sich wieder auf und rubbelte sich trocken. »Du warst anscheinend echt total überarbeitet. Siehst du, ich habe dir doch gesagt, so ein kleiner Urlaub wird dir guttun. Ziehen wir uns an und gehen zum Frühstück? Mal schauen, ob die anderen Schlafmützen schon wach sind.«

Lotte nickte und stand einfach wortlos auf.

Noch mal Glück gehabt, dachte sie irgendwie erleichtert.

Dieses Glück würde allerdings nicht allzu lange anhalten, fürchtete sie und sollte damit durchaus recht behalten.

»Guten Morgen, meine Liebe«, flötete kurz darauf Isabell Lotte am Frühstücksbüfett ins Ohr.

»Guten Morgen, Isabell«, murmelte Lotte und wünschte sich in den Pool, in ihr Zimmer, auf den Mond oder auf den Grund des Meeres. Egal wohin, nur nicht direkt neben Isabell.

»Für mich bitte frischen Orangensaft mit einem Hauch Ingwer zum Detoxen. Das hilft unglaublich, meine Liebe, und es ist richtig gut für den Teint«, sagte Isabell irgendwie gleichzeitig zu der Frau, die heute am Büfett die Saftpresse bediente, und zu Lotte.

Im Hotel wurden jeden Morgen unglaublich leckere Säfte direkt vor den Augen der Gäste zubereitet. Das war etwas, das Lotte normalerweise sehr zu schätzen wusste, nur nicht heute. Das Saftpressen dauerte immer etwas länger, und so ein paar Sekunden neben Isabell fühlten sich im Moment wie eine kleine Ewigkeit an.

»Du siehst übrigens unglaublich erholt aus. Richtig gut und entspannt«, stellte Isabell mit einem Seitenblick auf Lotte fest, während sie auf ihr Glas Orangensaft mit einem Hauch Ingwer wartete.

»Danke dir. Du auch«, sagte Lotte, ohne Isabell anzusehen, und nahm ihr eigenes Glas mit dem gerade frisch gepressten Karottensaft entgegen.

Bloß weg hier, dachte Lotte sich, kam allerdings nicht sehr weit.

Der einzige Platz, der am Familientisch noch frei war, war leider genau der zwischen Isabell und Emma, wie Lotte feststellen musste.

Lotte blieb nichts anderes übrig, als sich zwischen die beiden zu setzen.

Das oder einfach hier und jetzt tot umfallen.

Große Sünden bestraft der Herr eben direkt, dachte sich Lotte und nahm Platz.

Carl blickte sie nur für eine Sekunde von der Seite her an. Dann ließ er sich das Spiegelei schmecken, das Isabell ihm wohl heute genehmigt hatte.

Kein Wunder, dass er so entspannt war, wurde Lotte klar. Er hatte eindeutig mehr Übung im Betrügen als sie selbst.

Sie hatte das Gefühl, sie würde keinen einzigen Bissen runterkriegen, und nahm erst mal einen Schluck von dem Karottensaft.

Ihr Magen fühlte sich irgendwie verknotet an. Wenn das so weiterging, würde sie nur noch Flüssignahrung zu sich nehmen können.

Isabell setzte sich mit einem Tellerchen neben sie und fing an, kleine Häppchen zu essen.

Lotte starrte immer noch ihren Teller mit einem Croissant, Butter und Marmelade an und hielt sich an ihrem Glas Karottensaft fest.

»Mama, alles klar mit dir?« Emma sah ihre Mutter an.

Lotte zwinkerte und kehrte aus ihren Gedanken wieder zurück an den Frühstückstisch.

»Alles bestens, meine Liebe, ich war nur gerade in Gedanken«, sagte sie, lächelte Emma an und zwang sich endlich, von dem Croissant abzubeißen. Etwas Festes im Magen zu haben würde ihr sicherlich guttun.

Gerade hatte Lotte den zweiten Bissen Croissant im Mund, da klopfte Isabell mit der Gabel an ihr Saftglas.

Lotte blickte sie erstaunt an. Was kam jetzt? Sie waren doch noch gar nicht bei der Hochzeitsfeier. Wollte Isabell jetzt schon eine Rede halten? Beim Frühstück? Tage vor der eigentlichen Hochzeitsfeier?

Auch die anderen schauten Isabell erstaunt an.

Isabell wollte anscheinend tatsächlich eine Rede halten. Sie strahlte über das ganze Gesicht. Selbst Lotte war gespannt, was da jetzt kommen würde. Egal wie, es würde sie etwas ablenken.

»Ich wollte euch nur sagen, wie schön ich es finde, dass wir alle heute hier und die nächsten Tage zusammen sind. Ich fühle mich als Teil einer größeren Familie. Das ist das, was ich mir immer schon gewünscht habe. Ich war schließlich ein Einzelkind und habe mir immer so eine große Familie gewünscht, wie wir jetzt eine sind. Und wenn ich schon dabei bin, so möchte ich ganz besonders Lotte danken.«

Isabell wandte sich lächelnd nun direkt an Lotte: »Nicht jede Ex-Frau würde bei so einer Gelegenheit Tage mit ihrem Ex-Mann und seiner neuen Frau verbringen. Das schätze ich an Charlotte ganz besonders, sie ist überhaupt nicht nachtragend, und das macht es Emma leicht, weiterhin beide Elternteile um sich zu haben.«

Lotte hatte Mühe, sich nicht an den Croissantkrümeln in ihrem Mund zu verschlucken, und bemühte sich, in die Runde zu lächeln.

Emma umarmte ihre Mutter kurz dankbar.

Isabell fuhr mit ihrer Rede fort: »Und ich habe noch eine Nachricht für die ganze Familie. Auch Carl und ich hoffen, in Zukunft die Familie vergrößern zu können. Wir wünschen uns nämlich ein Baby und arbeiten bereits eifrig jede Nacht daran …« Isabell kicherte verschämt an dieser Stelle und setzte hinzu: »Ist das nicht großartig?«

Isabell strahlte, alle anderen in der Runde strahlten auch ob dieser wundervollen Nachrichten.

Lissy applaudierte sogar.

Lotte schnappte nach Luft und musste husten. Da hatte sich ein Croissantkrümel wohl in ihre Luftröhre verirrt.

»Das sind ja wunderbare Neuigkeiten«, sagte sie hustend. »Ich habe mich verschluckt, ich muss dringend kurz raus …« Lotte hustete weiter, stand auf und rannte fast aus dem Restaurant.

Sie konnte förmlich spüren, wie alle ihr nachstarrten. Sie hoffte, dass Emma und Ben nicht direkt nachkommen würden, um zu sehen, wie es ihr ging.

Einmal draußen, schaffte sie es nicht bis zur Toilette.

Sie lehnte sich einfach an die nächstbeste Wand. Ihr war schwindelig und schummerig und übel.

Alles drehte sich.

Am liebsten hätte sie sich übergeben. Und das nicht nur im übertragenen Sinne.

Sie versuchte, sich etwas zu beruhigen.

Einatmen. Ausatmen.

Das würde schon wieder werden. Das hier war nur ein schlechter Traum und ganz sicher würde sie gleich aufwachen.

Plötzlich stand Carl neben ihr.

»Du … du … Arschloch«, zischte Lotte ihn an.

Eines der Zimmermädchen, das gerade an ihnen mit einem dieser Wägelchen vorbeiging, blickte die beiden irritiert an.

Carl packte Lotte am Arm, und noch bevor sie registrieren

konnte, was Carl vorhatte, hatte er sie in die nächste Besenkammer gezerrt und die Tür hinter ihnen geschlossen.

Lotte schaute sich um.

Sie fühlte sich immer noch wie in einem Traum. Kein Wunder, sie hatte ja auch fast nicht geschlafen in letzter Zeit.

Die Kammer war winzig, vielleicht so zwei, drei Quadratmeter groß und bis oben vollgestopft mit Regalen voller unzähliger Putzmittel, Handtücher und Bettwäsche. In der Ecke standen ein Staubsauger und ein Eimer.

Eine Besenkammer. Irgendwie kam ihr Boris Becker in den Sinn. Völlig dämlich. Was hatte der jetzt in ihrem Kopf zu suchen?

Lotte schloss für eine Sekunde die Augen und zwickte sich in den Arm. Das hier war kein Traum. Carl stand immer noch direkt vor ihr.

»Lass mich sofort hier raus, sonst schreie ich das ganze Hotel zusammen!«, warnte ihn Lotte, die sich wieder etwas gefangen hatte. Das Zwicken hatte geholfen.

»Lotte, bitte beruhige dich.«

Lotte machte den Mund auf und wollte schreien. Vielleicht »Hilfe«, vielleicht »Du Arschloch«, vielleicht »Ich Idiotin«. Aber Carl hielt ihr einfach den Mund zu.

Lotte biss ihm kurzerhand in die Finger.

»Autsch! Verdammt!!!«

Carl ließ los.

Lotte machte wieder den Mund auf. Carl hielt ihr wieder den Mund zu, diesmal hatte er vorsichtshalber eine Serviette vom Stapel im Regal genommen und sie zwischen seiner Hand und Lottes Mund platziert. Damit war Beißen sinnlos.

Lotte schnaubte und hatte einen Moment das Gefühl, in Ohnmacht zu fallen, da sie viel zu wenig Luft nur durch die Nase bekam.

»Lotte! Es ist nicht so, wie es aussieht. Es ist nicht so, wie Isabell gesagt hat. Ich will gar kein Baby.«

Lotte schnaubte erneut vor Empörung und Wut.

»Isabell will ein Baby«, fuhr Carl fort. »Sie hat sich das in den Kopf gesetzt und setzt mich damit seit Monaten unter Druck. Seit sie 38 geworden ist, dreht sie völlig durch. Dabei hat sie mir früher gesagt, sie will nie und nimmer Kinder. Und jetzt ist plötzlich alles anders. Sie redet nur noch über Babys, und ich kann ihr das nicht ausreden. Egal, was ich sage, es ist ihr vollkommen gleichgültig. Und ich will das alles nicht noch einmal mitmachen. Wir waren uns bei unserer Hochzeit darüber absolut einig, und jetzt ist alles so anders. Lotte, bitte, ich bin verzweifelt ... Ich habe doch schon eine große Tochter. Ich will den Kleinkindwahnsinn nicht noch mal, dafür bin ich viel zu alt ...«, brach es plötzlich aus Carl hervor.

Lotte schüttelte nur den Kopf und starrte Carl an. Es war wirklich unglaublich schade, dass Blicke nicht töten konnten.

»Mhhhh ... achhhchhhschh.« Lotte bekam kaum noch Luft, was Carl jetzt auch endlich mitbekam, denn er nahm ganz vorsichtig die Hand von Lottes Mund.

»Nicht schreien. Bitte nicht schreien. Wir können uns wie vernünftige Erwachsene unterhalten, die wir ja schließlich sind.«

»Du bist nicht erwachsen. Du bist mitten in der Pubertät. Und ein Vollidiot. Und ich mit dazu«, zischte Lotte Carl an. »Das darf doch alles nicht wahr sein. Ihr wollt ein Baby????«

»Isabell will ein Baby, ich nicht. Das habe ich dir doch gerade gesagt.«

»Und hast du das auch Isabell gesagt?«

»Schon hundertmal. Sie hat daraufhin die Pille abgesetzt.«

»Ich dachte, ihr habt überhaupt keinen Sex mehr.«

»Haben wir auch nicht, zumindest nicht, wenn ich es irgendwie vermeiden kann.«

»Was heißt das jetzt?«

»Ich habe schon einen Termin für eine Vasektomie«, sagte Carl und ging nicht weiter auf Lottes Frage ein.

»Weiß Isabell davon?«

Carl schüttelte beschämt den Kopf.

»Kann es sein, dass du und deine neue Frau nicht miteinander redet? Also über die wirklich wichtigen Dinge?«

Carl schaute völlig bedröppelt drein.

Er könnte Lotte fast leidtun – aber nur fast.

»Ich weiß nicht, wie ich mit ihr reden soll. Du weißt, dass Reden nicht so wirklich meine Stärke ist. Und Isabell besteht einfach auf ihrem Babywunsch.«

Lotte seufzte auf. Carl hatte recht. Reden über Konflikte war nicht seine Stärke. Über andere Dinge konnte er allerdings stundenlang labern.

»Du musst ihr einfach klarmachen, dass du kein Kind willst. Das kann man ja nicht einseitig entscheiden in einer Ehe. Vielleicht könnt ihr euch auf einen Hund einigen«, schlug Lotte zu ihrer eigenen Überraschung vor. Machte sie hier etwa gerade eine Eheberatung für ihren Ex-Mann und seine neue Frau?

»Ich will kein Kind. Ich will dich wiederhaben, Lotte. Nur dich. Du bist die wundervollste Frau, die ich kenne. Das ist mir jetzt erst so richtig klar geworden«, gestand Carl.

Die beiden blickten sich für einen Moment stumm in die Augen, dann sagte Lotte: »Ich will dich nie wiedersehen.«

»Ich glaube, das wird nicht möglich sein«, erwiderte Carl ziemlich kleinlaut.

»Das ist mir doch vollkommen egal. Lös dich einfach in Luft auf, wenn du das nächste Mal in meiner Nähe bist.«

»Ich versuche es«, versprach Carl.

Lotte blickte Carl noch einmal kurz an, dann ging sie aus der Besenkammer und machte die Tür hinter sich zu.

Am liebsten hätte sie Carl in diesem Kabuff für immer eingemauert.

Aber das war sicher genauso wenig möglich, wie ihn nie mehr zu sehen.

Dieser Tag würde als einer der furchtbarsten Tage ihres Lebens durchgehen, da war Lotte sich sicher. Aber sie versuchte, sich das auf keinen Fall anmerken zu lassen.

Emma und Ben unternahmen nach dem Frühstück mit Lissy einen Ausflug nach Palma. Carl war wieder als Alien verkleidet und ging mit Isabell Fahrrad fahren. Dora und Philipp wollten einen ruhigen Tag im Hotel verbringen, und Lotte wollte von einer Klippe springen.

Was sie dann auch tat.

Allerdings nur von einer kleinen Klippe in der kleinen Cala in der Nähe des Hotels. Genau die kleine Cala, in der sie und Carl vor zwei Nächten ...

Lotte fühlte sich wie ein Verbrecher, der zwanghaft an den Tatort zurückkehrte. Aber sie wollte einfach allein sein mit sich und dem Meer und ihren wirren Gedanken. Und die kleine Cala lag so versteckt, dass auch jetzt mitten am Tag Gott sei Dank niemand hier war.

Sie legte sich nach dem Schwimmen in den warmen Sand, schloss die Augen und lauschte dem beruhigenden Hin und Her der Wellen.

Zwanzig Sekunden später wurde sie von einem Zungenkuss geweckt.

Eine große, feuchte, warme Zunge schleckte einmal quer über Lottes Gesicht.

Sie schrak auf.

Das war jetzt sicherlich nicht Carl, dem Mundgeruch nach zu urteilen.

Charlie stand vor ihr, bellte sie einmal kurz an, und dann rannte er wie ein Wilder um Charlotte herum, sichtlich erfreut, dass er sie gefunden hatte.

Lotte drehte sich um. Philipp stieg gerade mit einer Strandtasche die steilen Stufen herunter. Das war es wohl mit dem Alleinsein.

Philipp kam direkt auf Lotte zu.

»Hallo. Ich wusste nicht, dass du auch hier bist. Das Hotel hat mir die Bucht als Geheimtipp genannt, wenn man mal seine Ruhe haben will.«

»Nun, offensichtlich ist es ein nicht ganz so geheimer Geheimtipp mehr.«

Philipp blickte Lotte prüfend an. »Schätze, du willst auch mal deine Ruhe haben?«

Lotte nickte.

»Alles klar«, sagte Philipp und pfiff nach Charlie, der mit den Wellen Fangen spielte.

»Charlie! Wir gehen.«

»Nein. Bleib ruhig. Wir können auch gemeinsam unsere Ruhe haben«, hörte Lotte sich spontan sagen und war selbst überrascht, dass Philipps Anwesenheit ihr nicht zu viel war.

»Bist du dir da sicher?«

Lotte nickte.

Philipp breitete daraufhin sein Strandtuch in einiger Entfernung von ihr aus.

Die beiden blickten schweigend aufs Meer.

Nur Charlie umkreiste sie und versuchte, sie zu einem Spiel zu bewegen.

Vergebens.

Lotte tat Charlie zwar leid, aber sie war wirklich nicht in Stimmung.

»Willst du darüber reden?«, fragte Philipp nach ein paar Minuten.

»Ehrlich gesagt nein. Auf keinen Fall«, antwortete Lotte und blickte einfach weiter aufs Meer.

»Wunderbar. Ich auch nicht«, sagte Philipp.

»Dann können wir ja darüber schweigen«, meinte Lotte.

Sie war viel zu sehr mit sich selbst beschäftigt, um darüber nachdenken zu wollen, warum jetzt auch Philipp mal seine Ruhe haben wollte. Vielleicht ging ihm mit der Zeit doch Doras ewige Jobtelefonierererei auf die Nerven.

»Das ist eine ganz hervorragende Idee.«

»Finde ich auch«, sagte Lotte, und das war für den Rest des Nachmittags der letzte Satz.

Lotte ließ sich einfach von ihren Gefühlen treiben. Oder vielmehr von ihren Nichtgefühlen. Sie wusste gar nicht, was sie eigentlich fühlte. Alles war etwas taub in ihr. Sogar ihre Wut auf Carl und auf sich selbst war seltsam stumpf.

Ab und zu ging sie ins Wasser, um sich abzukühlen. Es war ein strahlender Frühsommertag, und die mallorquinische Sonne hatte schon unglaubliche Kraft.

Philipp erbarmte sich irgendwann und spielte mit Charlie mit einem Stück Treibholz Stöckchenfangen.

Lotte kraulte Charlie ab und an die fluffigen Ohren und wurde langsam braun.

Irgendwann legte sie sich in den Schatten der etwas überhängenden Felsen.

Philipp bat sie einmal, auf Charlie aufzupassen, und schwamm dann so weit ins Meer hinaus, dass Lotte fast Angst um ihn bekam, da sie ihn nicht mehr sehen konnte.

Später gingen sie schweigend gemeinsam zurück ins Hotel, jeder hing weiter seinen Gedanken nach, nur Charlie bellte ab und zu laut und rannte glücklich und leinenfrei um sie herum.

In dieser Nacht klopfte, kratzte und jammerte es wieder an Lottes Zimmertür.

Aber diesmal hielt Lotte sich einfach die Ohren zu. Und als das nichts half und sie Carl immer noch durch die Tür hörte, presste sie sich einfach zwei Kopfkissen auf die Ohren.

Sie würde die Tür nicht aufmachen.

Auf gar keinen Fall. Und wenn Carl die ganze Nacht da draußen stehen würde oder das ganze Hotel aufwecken würde.

Nein. Nein. Und nochmals nein.

Irgendwann gab Carl tatsächlich auf.

Das Kratzen und Klopfen hörte auf.

Lotte lauschte noch kurz erleichtert der Stille und schlief dann endlich erschöpft und traumlos ein.

Am nächsten Morgen überlegte sich Lotte, während sie duschte und sich anzog, wie sie an eines der leckeren Croissants kommen könnte, ohne Carl und Isabell zu begegnen. Und vielleicht auch mal so einen Orangen-Ingwer-Saft. Das wäre sicher auch nicht schlecht.

Vielleicht sollte sie einen der Kellner bestechen und sich das alles aufs Zimmer bringen lassen. Lissy könnte sie auch bitten, aber die würde Fragen stellen, und das konnte Lotte im Moment wirklich nicht gebrauchen.

In diesem Augenblick klopfte es an der Tür.

Lotte erstarrte. Sie war gerade dabei, ihre Wimpern zu tuschen, und hätte sich die Bürste mal wieder fast ins Auge gerammt.

Carl! Das durfte doch nicht wahr sein! Jetzt stand er schon am helllichten Tag da draußen.

Lotte beschloss, sich einfach tot zu stellen, doch da hörte sie Lissys Stimme durch die geschlossene Tür.

»Die Luft ist rein. Alle haben schon gefrühstückt außer Emma und Ben. Carl ist mit Isabell schon wieder Rad fahren. Isabell will zu irgendeinem besonderen Platz und dort Fotos für ihren Blog schießen. Du kannst also gefahrlos mit mir zum Frühstücken gehen.«

»Bin gleich da«, rief Lotte zurück und war Lissy dankbar. Ihre

Schwester war einfach ein Schatz. Auch wenn sie nicht auf dem neuesten Stand der Dinge war.

Nach einem sehr entspannten Frühstück beschlossen Lotte und Lissy, eine kleine Wanderung an der Steilküste entlang zu machen. Lissy hatte eine kleine Tour ausbaldowert, die ihrer Meinung nach auch Lotte gefallen könnte. Es waren nur so zwei, drei Stunden, eine Tour, die Lotte sicher auch schaffen konnte.

Lotte hatte es im Gegensatz zu Lissy, die öfter richtige Urlaube in den Bergen machte, nicht ganz so mit dem Wandern, aber etwas Bewegung und Ablenkung wäre super. Außerdem hatte sie fast einen leichten Sonnenbrand von dem Tag gestern am Strand, also wäre es ganz gut, heute mal nicht nur im Sand zu liegen.

Wenig später waren die beiden Schwestern unterwegs.

Es war tatsächlich einfach herrlich, hier an der Küste entlangzulaufen, fand Lotte zu ihrer eigenen Überraschung. Heute wehte ein ziemlich kräftiger Wind, und sie hatte das Gefühl, er würde ihr Gehirn gerade kräftig durchpusten und es ihr dann völlig neu und mit klaren Gedanken gefüllt wieder zurückgeben. Das war natürlich eine Illusion, aber wenigstens eine schöne.

Der Pfad, den sie entlanggingen, war sehr schmal und ab und an durchaus etwas anspruchsvoll. Manchmal führte der Weg gefährlich nah direkt an den Klippen vorbei. Lotte wagte ein paarmal einen Blick nach unten. Dort in der Tiefe toste das Meer. Hier runterzufallen wäre sicherlich keine gute Idee. Wenn man nicht auf die Felsen aufschlug, wäre es wohl die Strömung, der man nicht entkommen konnte. Das Meer um Mallorca hatte also nicht nur liebliche Seiten zu bieten. Auch der Wellengang war heute ziemlich stark.

»Du bist echt etwas komisch heute, meine Liebe«, stellte Lissy fest, die mit schnellen und trittsicheren Schritten vor Lotte herlief.

Lissy hatte einen kleinen Rucksack mit Wasser und Proviant dabei. Lotte war da etwas weniger professionell ausgestattet, aber für ein, zwei Stunden dürfte es reichen.

»Hattest du gestern Streit mit Carl? Sah ganz so aus«, sagte Lissy plötzlich und unvermittelt.

Lotte war nicht begeistert, darüber wollte sie nun wirklich nicht sprechen.

Lissy blieb kurz stehen und drehte sich zu Lotte um.

»Nun, das war natürlich eine Überraschung, das mit dem Baby für Isabell und Carl. Ich war ja auch erstaunt, dass Isabell etwas tun will, was definitiv zumindest für eine ganze Zeit lang ihre Figur ruinieren wird. Und Carl ist echt etwas zu alt für das Ganze. Großvater würde ihm eindeutig besser stehen. Aber Lotte ... du ... du solltest das echt locker sehen und über alldem stehen. Du und Carl, ihr seid seit über acht Jahren getrennt, und ich hatte doch sehr gehofft, du bist endlich über all das hinweg.«

»Bin ich ja auch«, sagte Lotte und wusste, dass Lissy ihr kein Wort davon glaubte.

»Dann verhalte dich gefälligst auch so. Carl hat sich für Isabell entschieden, und das musst du endlich akzeptieren. Es gibt keinen Weg zurück, nur nach vorne. Und nur wenn du das voll und ganz annimmst, wird auch dein Liebesleben wieder weitergehen. Nur dann kannst du einen neuen Mann kennenlernen. Ich habe nämlich das Gefühl, dass du, was das betrifft, seit Jahren ziemlich auf der Stelle trittst.«

»Das Einzige, wo ich auf der Stelle trete, ist gerade im Moment hier und jetzt, und das auch nur, weil du direkt vor mir stehst und nicht weitergehst und mir stattdessen einen endlos langen und sinnlosen Vortrag hältst. Carl ist mir egal. So was von egal. Und

Isabell würde mich auch nerven, wenn sie nicht die neue Frau von Carl wäre.«

Lissy seufzte auf, drehte sich um und ging wieder weiter voraus.

»Vielleicht war es doch keine so gute Idee, dass wir alle zusammen hier auf Mallorca die Hochzeit feiern«, meinte Lissy.

»Könnte sein.«

»Aber du hast dich im Griff?« Lissy blieb wieder stehen. Lotte wäre fast in sie hineingelaufen. Sie nickte. »Hab ich.«

»Und Carl auch? Der hat sich hoffentlich auch im Griff. Ihr werdet doch eurer Tochter nicht alles verderben. Ihre erste und hoffentlich einzige Hochzeit. Sonst würde ich euch beiden die Köpfe einschlagen, wenn ihr das nicht schon gegenseitig immer wieder machen würdet. Emma ist so glücklich.«

»Alles im Griff. Du musst dir keine Sorgen machen«, murmelte Lotte. Das Meer unter ihr tobte und war so ein schönes Sinnbild für Lottes Gemütszustand.

»Dann ist es ja gut«, sagte Lissy und ging weiter.

Irgendwann stellte sich heraus, dass der Weg doch länger und schwieriger als gedacht war, und Lotte verlor langsam die Lust, hier weiterzukraxeln.

Lissy allerdings wollte noch weitergehen, also drehte Lotte um. Sie würde problemlos allein zum Hotel zurückfinden, es ging ja immer nur geradeaus, und es gab ja nur diesen einen schmalen Pfad an der Küste entlang.

»Und wenn es geht, nicht über die Klippen stürzen«, sagte Lissy noch, drückte Lotte eine Wasserflasche in die Hand und lief weiter.

Lotte machte sich auf den Rückmarsch zum Hotel. Sie würde sicher mehr als eine Stunde brauchen.

Als sie schon ein gutes Stück des Weges zurückgelegt hatte,

bog sie um eine Ecke und sah direkt so in hundert Meter Entfernung Philipp mit Dora stehen.

Lotte stoppte abrupt und wäre fast gestolpert. Mit den beiden hatte sie jetzt nicht gerechnet. Sie blickte sich um – von Charlie war weit und breit nichts zu sehen. Den hatten sie komischerweise wohl im Hotel zurückgelassen, dabei war das hier ein geradezu idealer Spaziergang für Hunde.

Lotte wollte gerade auf die beiden zugehen, um Hallo zu sagen, in dem Moment merkte sie jedoch, was da zwischen den beiden los war.

Philipp und Dora waren wohl mitten in einem richtig fetten Ehekrach.

Lotte konnte die lauten Stimmen trotz des Windes und der Wellen unter sich hören. Dora schrie Philipp an. Philipp schrie zurück. Was Lotte allerdings nicht hören konnte, war das, worüber die beiden sich offensichtlich gerade in der Wolle hatten.

Aber es reichte, die beiden aus der Ferne zu betrachten. Die Luft um sie herum vibrierte geradezu vor Wut, Enttäuschung und Aggressivität.

Es erinnerte Lotte an die schlimmsten Szenen, die sie und Carl sich während der Scheidung geliefert hatten.

Damals hatte sie das Wort Rosenkrieg zum ersten Mal verstanden. So ein Ehekrach konnte durchaus in einen Krieg ausarten, und wenn sie Dora und Philipp so sah – da wurden wohl gerade keine Gefangenen gemacht. Die beiden sahen aus wie zwei Kampfhähne, die gleich aufeinander losgehen würden.

Lotte überlegte, was sie tun sollte, denn der einzige schmale Weg zurück zum Hotel führte direkt an Dora und Philipp vorbei. Sonst gab es keine Möglichkeit, außer sie würde umdrehen und kilometerweit in die nächste Ortschaft laufen, um sich dort ein Taxi zurück zu nehmen. Keine so gute Idee, fand Lotte, aber sie wollte auf keinen Fall, dass die beiden dachten, sie hätte sie irgendwie belauscht.

Lotte ging erst mal hinter einem verblühten Ginsterbusch in Deckung. Sie würde einfach so lange hier warten, bis die beiden sich abgeregt hatten und wieder verschwunden waren. Sie könnte ja solange alle Pflanzen in ihrer Sichtweite bestimmen, um sich abzulenken.

So ein fetter Streit verbrauchte unglaublich Energie, und egal, wie wütend man war, ewig konnte man das Gekeife nicht durchhalten. Das wusste Lotte aus eigener schmerzvoller Erfahrung.

Im Moment stritten die beiden immer noch. Dora fuchtelte mit den Armen in der Luft herum. Philipp hatte aufgehört zu schreien und sah jetzt eher aus wie ein begossener Pudel. Lotte wunderte sich etwas, sie hätte Dora nie so viel Temperament zugetraut. Die wirkte sonst eher etwas langatmig auf sie – aber stille Wasser waren ja bekanntlich tief.

Und sowieso hätte Lotte den beiden nie so einen heftigen Streit zugetraut. Die waren doch immer so ein perfektes Paar. Also zumindest sah das immer so aus. Man konnte eben nicht hinter die Fassade blicken, fand Lotte und bewunderte gerade die Zistrosen und Rosmarinsträucher, die hier neben dem Pfad in rauen Mengen wuchsen.

Irgendwann hörte Lotte niemanden mehr schreien.

Entweder waren alle heiser, oder Dora und Philipp waren weg und versöhnten sich irgendwo hoffentlich wieder.

Lotte lugte um die Biegung des Weges.

Die Luft schien rein. Die beiden waren tatsächlich nicht mehr zu sehen.

Lotte machte sich auf den Rückweg und lief in der nächsten Biegung des Weges fast in Philipp rein.

Lotte konnte gerade noch stoppen.

Philipp stand sehr nah an einer Klippe.

Unter ihm toste das Meer.

Lotte blickte vorsichtig zur Seite. Es ging hier locker so acht, zehn Meter in die Tiefe. Wenn man da springen würde, das würde man nicht überleben, selbst wenn man ein superguter Schwimmer war, dachte sich Lotte und merkte, dass sie feuchte Hände bekam.

Philipp wollte doch hoffentlich nicht springen? Was um alles in der Welt hatte Dora wohl zu ihm gesagt?

Was sollte Lotte bloß tun?

In diesem Augenblick machte Philipp eine kleine Bewegung, und noch bevor Lotte nachdachte, war sie zu ihm hingerannt und warf sich mit voller Wucht auf ihn: »Nicht springen! Bitte nicht springen!«

Als Lottes Gehirn wieder einsetzte, stellte sie fest, sie lag quer über dem Pfad auf Philipp, und das in einer sehr intimen Position.

Philipp starrte Lotte an, als wäre sie völlig verrückt geworden. Ihre Gesichter waren nur Zentimeter voneinander entfernt.

»Charlotte?«, kam es gepresst aus ihm heraus. Er hatte etwas Mühe zu sprechen. Lotte lag weiter mit ihrem ganzen Körpergewicht auf ihm.

Dann erhob sich Lotte betont würdevoll von Philipp.

Der stand auch langsam auf und klopfte sich den Staub aus seiner Kleidung.

»Was um alles in der Welt ist in dich gefahren?«, fragte er.

»Du wolltest gar nicht springen?«, hakte Lotte kleinlaut nach. Ihr wurde langsam klar, dass sie hier vielleicht eventuell etwas übertrieben reagiert hatte.

»Wieso sollte ich springen? Da geht es fast sechs Meter runter auf Klippen. Ich bin doch nicht lebensmüde.« Philipp starrte sie verständnislos an.

»Ich … ich … Es tut mir leid, ich war hier mit Lissy spazieren und bin umgedreht, weil mir das hier zu langweilig wurde. Ich bin jetzt nicht so die Wanderin … und da habe ich rein zufällig deinen Streit mit Dora mitbekommen. Also nicht, dass ich euch belauschen wollte in irgendeiner Form, also das ganz und gar nicht, das wäre ja furchtbar peinlich … Aber ich kenne solche Ehestreits jetzt wirklich sehr gut … sie sind absolut grausam und …«

Philipp starrte sie immer noch an, so als überlegte er sich gerade, ob es auf Mallorca neben all den tollen Hotels auch eine gute Psychiatrie gab.

Lotte holte Luft und fuhr fort: »Ich dachte, du willst dich umbringen wegen dem Streit mit deiner Frau. Ich denke, das ist es auf gar keinen Fall wert, egal, wie du dich jetzt fühlst, glaub mir … das wird alles wieder, auch wenn man sich das in diesem Augenblick nicht vorstellen kann. Aber ich weiß das aus eigener Erfahrung, das überlebt man … man glaubt ja gar nicht, was man alles so überlebt …« Lotte machte eine kurze Pause. Sie wusste selbst nicht weiter, und dann fügte sie hinzu: »Aber ich glaube, ich habe mich da eventuell in der Einschätzung der Situation geirrt.«

Mittlerweile spielte ein kleines Lächeln um Philipps Lippen.

»Du hast dich geirrt. Ich wollte nicht springen. Ganz und gar nicht. Aber danke, dass du mir das Leben retten wolltest.«

»Nichts zu danken«, sagte Lotte und kam sich ziemlich dämlich vor.

»Ja, Dora und ich haben uns furchtbar gestritten. Da liegst du schon richtig. Wir werden uns scheiden lassen, das haben wir schon länger beschlossen. Und das war wohl einer unserer heftigeren Streits.«

Jetzt war Lotte völlig baff.

»Ihr wollt euch scheiden lassen? Das geht doch nicht. Ihr seid doch das perfekte Paar. Deswegen fand ich euch ja so doof am Anfang«, brach es aus Lotte heraus.

Irgendwie war sie von der Situation gerade etwas überfordert, normalerweise liebte Lotte es, wenn sie eine Situation im Griff hatte, und normalerweise hatte sie das auch.

Philipp lachte. »Das hat man gemerkt, dass du Dora und mich ziemlich furchtbar fandest.«

»Aber das ist jetzt natürlich nicht mehr so«, beeilte sich Lotte zu versichern.

»Natürlich nicht«, sagte Philipp und konnte sich das Grinsen nicht mehr verkneifen. »Jetzt bist du ja sogar dicke Tinte mit Charlie, weil du ihn heimlich unter dem Tisch fütterst.«

Lotte sagte dazu mal lieber nichts.

»Nein, Dora und ich sind nicht das perfekte Paar. Wir waren es vielleicht nie – oder doch – ganz am Anfang, wie so viele Paare, die am Anfang anscheinend perfekt sind«, meinte Philipp und wirkte dabei sehr nachdenklich.

»Das tut mir leid«, sagte Lotte.

»Dora hat einen anderen Mann, einen Arbeitskollegen. Schon seit über einem Jahr. Wir haben noch versucht, unsere Ehe zu retten mit Paartherapie und dem ganzen anderen Zeug. Aber irgendwann haben wir beide gemerkt: Es ist einfach vorbei. Und für mich ist das auch grundsätzlich gut so. Vorhin ging es nur um Geld, und das ist zwar unangenehm, aber nicht wirklich entscheidend. Wir wollten das mit der Scheidung Ben jetzt nicht vor der Hochzeit sagen, um ihm die Feier und die Freude nicht zu trüben. Er wäre sicher geschockt, auch wenn er schon erwachsen ist. Meine Eltern haben sich scheiden lassen, da war ich dreißig, und selbst ich habe damals wirklich darunter gelitten.«

»Meiner Erfahrung nach wissen Kinder viel mehr, als Eltern so denken, was sie wissen«, meinte Lotte.

»Kann schon sein, dass Ben etwas ahnt«, erwiderte Philipp. »Aber würdest du es bitte niemandem sagen, was ich dir gerade anvertraut habe? Wir erzählen es den beiden nach den Flitterwochen. Bis dahin bin ich auch schon ausgezogen.«

Lotte nickte. »Natürlich. Von mir erfährt niemand etwas. Das ist jetzt wirklich eure Sache, wann ihr wem etwas davon erzählt.«

»Danke«, sagte Philipp.

»Da gibt es nichts zu danken. Das ist selbstverständlich. Ich hätte das sowieso niemandem erzählt, auch nicht von eurem Streit.«

»Wollen wir gemeinsam zurück zum Hotel gehen?«, fragte Philipp sie.

Lotte nickte, und Philipp und sie marschierten los. Lotte lief vorsichtshalber auf dem sehr schmalen Weg hinter Philipp her.

»Es tut mir leid, dass ich dich eben einfach umgerannt habe, aber ich bin sehr froh, dass du nicht vorhattest, dich umzubringen. Aber was um alles in der Welt hast du so nah an der Klippe gemacht? Das sah echt gefährlich aus«, fragte Lotte nach ein paar Metern in Richtung Philipps Rücken. Das interessierte sie jetzt doch.

Philipp drehte sich kurz zu ihr um. »Ich wollte wissen, wie der Wind steht, und habe mir den Wellengang angeschaut. Ich habe für heute Nachmittag ein Segelboot im Hafen von Cala d'Or gemietet. Lust mitzukommen?«

Lotte dachte einen Moment nach.

»Oh, ich habe total vergessen, du wirst ja so leicht seekrank. Du warst ja auch nicht mit auf Menorca«, sagte Philipp.

Jetzt war es an Lotte zu grinsen.

»Das war eine glatte Lüge. Ich liebe Segeln. Ich hatte einfach keine Lust auf diesen blöden Ausflug mit allen. Dora und du seid also nicht die Einzigen hier, die nicht immer so ganz die Wahrheit sagen.«

»Na dann.« Philipp lachte.

Charlies weiche Ohren flatterten geradezu begeistert im Wind.

Der Hund stand wie Kate Winslet in dem Film *Titanic* ganz vorne am Bug des kleinen Segelbootes, das Philipp gechartert hatte, und ließ sich glücklich das Fell von den Böen durchkraulen. Er war es offensichtlich gewohnt, auf einem Segelboot zu sein. Philipp hatte ihn tatsächlich bereits öfter auf Segeltörns mitgenommen. Wie sich herausstellte, war Philipp ein passionierter und sehr versierter Segler.

Das Boot reagierte geschmeidig darauf, wie er es steuerte. Ab und zu rief er Lotte etwas zu, und dann musste sie irgendwelche Leinen halten oder lösen oder sich tief genug bücken, um nicht etwas an den Kopf zu bekommen.

»Ich bin ewig nicht mehr gesegelt, habe ganz vergessen, wie schön das sein kann«, sagte Lotte und blickte auf die Küste, an der sie vorbeizogen. Vom Meer aus sahen die Klippen bei Weitem nicht so bedrohlich aus, wie von oben heute Morgen bei der kleinen Wanderung.

Der Wind hatte jetzt am späteren Nachmittag etwas nachgelassen, und das Boot glitt geschmeidig über die Wellen.

Philipp wollte nur nah an der Küste ein kleines Stück hoch in Richtung Alcúdia segeln und dann wieder umdrehen.

Lotte hatte in einem kleinen Supermarkt am Hafen noch etwas Proviant gekauft, während Philipp die Formalitäten für das

Boot erledigte. Nun schnitt sie etwas von der Melone auf, reichte Philipp, der am Ruder stand, den Teller rüber und öffnete für sich eine Limo.

Philipp schob sich das Melonenstück in den Mund.

»Du bist echt zu gebrauchen. Machst einfach, was der Kapitän dir sagt, und sorgst auch noch für Proviant.«

Lotte lachte. »Die Familie eines Ex-Freundes von mir, lange vor Carl, hatte ein Segelboot an der Nordsee, und wir sind da öfter rumgeschippert. Aber ich war wirklich ewig nicht mehr auf so einem Boot.«

»Willst du auch mal?«, fragte Philipp und nickte in Richtung des Ruders.

Lotte stand auf. »Nur wenn du aufpasst. Ich kann das nicht wirklich und möchte ungerne kentern.«

»Keine Angst, so schnell passiert das nicht«, versicherte Philipp und ließ das Ruder los, damit Lotte es halten konnte.

Das Ruder fühlte sich erstaunlich lebendig an, fand Lotte. Sie hatte fast das Gefühl, ein Lebewesen in der Hand zu halten.

»Dora und ich sind früher viel zusammen gesegelt«, sagte Philipp plötzlich ziemlich unvermittelt.

»Eigentlich hatten wir eine Weltumsegelung geplant, wenn Ben groß sein würde. Aber dazu ist es irgendwie nie gekommen und wird es jetzt ja auch nicht mehr«, erzählte Philipp, und Lotte konnte seinen Schmerz spüren, auch wenn Philipp heute Vormittag so gewirkt hatte, als wäre das alles schon längst überwunden. Aber Lotte hatte ja selbst eine Scheidung mitgemacht und wusste, wie sehr die Gefühle dabei immer wieder auf einer Achterbahn unterwegs waren.

»Eine Scheidung ist immer furchtbar. Aber ich kann dir versprechen, irgendwann wird es wieder besser. Man kann sich das zwar am Anfang nicht vorstellen, es wird nicht mehr so, wie es vorher war. Und die Familie, so wie sie war, gibt es nicht mehr, aber irgendwann will man das vielleicht gar nicht mehr«, versuchte Lotte Philipp zu trösten.

»Ist das so? Ich will dir nicht zu nahe treten, aber es sieht nicht gerade so aus, als würdest du die Sache mit Carl und Isabell immer total auf die leichte Schulter nehmen«, sagte Philipp.

»Nun, es ist wie Achterbahnfahren. Oder wie Segeln. Auf und ab. Sturm und Flaute. Zumindest wenn man gemeinsame Kinder hat und den anderen leider nicht für immer in den Wind schießen kann. Das ist die eigentliche Herausforderung meiner Meinung nach: dass man sich, wenn man Kinder hat, leider immer wieder über den Weg läuft.«

»Es ist sicher gut für Emma, dass du zumindest versuchst, das Beste für sie zu machen. Ich weiß ehrlich gesagt nicht, was ich machen würde, wenn Dora mit ihrem Kollegen jetzt turtelnd hier wäre. Nicht, dass ich Dora noch liebe, ich schlafe die ganze Zeit auf der verdammt unbequemen Ausziehcouch, die bei uns im Hotelzimmer rumsteht, aber es wäre trotzdem irgendwie ein komisches Gefühl. Zumindest stelle ich mir das seltsam vor.«

»Ist es auch. Es ist seltsam und blöd und doof, und manchmal will ich nichts mehr als zurück in eins meiner Gewächshäuser. Und Isabell ist ... nun, Isabell ist ...« Lotte seufzte auf. Sie wollte jetzt nichts wirklich Blödes über Isabell sagen.

Philipp lachte. »Isabell ist einfach Isabell.«

»Das ist sie«, bestätigte Lotte.

Die beiden vertilgten den Rest der Melone. Dann befahl Philipp eine Halse, und das Boot machte sich auf den Weg zurück nach Cala d'Or.

Irgendwann auf dem Rückweg befestigte Philipp das Ruder an einem Seil und setzte sich hinter dem Ruder entspannt auf die kleine Bank. Lotte fand das zwar etwas gewagt, aber Philipp versicherte ihr, das Boot werde ab jetzt den Weg ganz allein zurückfinden – oder zumindest fast.

»Findest du Isabell eigentlich attraktiv?«, fragte Lotte, die sich neben Philipp gesetzt hatte.

Im gleichen Augenblick fand sie die Frage total blöd. Was um alles in der Welt hatte sie sich dabei gedacht? Philipp zu fragen, wie er Isabell so fand als Frau? Aber irgendwie fühlte es sich mittlerweile so an, als würden sie und Philipp sich schon seit Ewigkeiten kennen, freundschaftlich und vertraut.

Lotte kannte wenige Menschen, mit denen sie so gut schweigen konnte wie mit Philipp. Mit einem Mann wie ihm könnte man sicher gut die Welt umsegeln, ohne sich auf den paar Quadratmetern eines Segelbootes unendlich auf die Nerven zu gehen.

Philipp schüttelte den Kopf. »Nein, ich finde, Isabell ist natürlich eine schöne Frau, aber sie ist eine Frau, die mich nicht wirklich interessiert. Dafür fehlen ihr ein paar Ecken und Kanten.«

Lotte seufzte auf. »Ich fühle mich neben Isabell manchmal wie ein Gänseblümchen neben einer Calla«, gestand sie Philipp und war selbst ganz erstaunt, dass sie das vor einem Mann einfach so aussprechen konnte.

»Das solltest du auf keinen Fall. Du bist kein Gänseblümchen, du bist eher so etwas wie eine Silberdistel. Etwas stachelig, aber sehr faszinierend«, sagte Philipp und blickte ihr direkt in die Augen.

»Silberdistel?«, fragte Lotte. Sie war in Philipps Augen also eine Silberdistel. Sie wusste jetzt nicht, ob sie das wirklich als Kompliment auffassen sollte.

»Du bist für mich die bei Weitem interessantere Frau.«

Lotte sah Philipp erstaunt an. Er fand also, sie war die interessantere Frau. Damit hatte sie nun wirklich nicht gerechnet. Aber vielleicht hatte sie es doch ein klein wenig gehofft – ganz tief drinnen.

»Du bist ziemlich attraktiv, du weißt es nur nicht«, sagte Philipp und beugte sich nah zu ihr rüber.

Lotte blickte direkt in seine Augen.

Er hatte unglaublich schöne Augen, stellte Lotte gerade fest. Ein intensives Blau mit einem Hauch Türkis. Und einen unglaublich schönen Mund.

Philipp kam noch ein Stückchen näher, oder Lotte kam Philipp ein Stückchen näher, und in diesem Augenblick fuhr eine unerwartete Bö in das Segel und das Boot machte einen Ruck.

Fast wären die Köpfe der beiden heftig aneinandergeschlagen.

Aber eben nur fast.

Philipp sprang auf, löste das Seil und nahm das Ruder wieder in die Hand.

»Ich denke, ich sollte mich wieder um das Boot kümmern, wenn wir nicht kentern wollen.«

Lotte hielt sich an der Reling fest.

Der Wind hatte tatsächlich wieder aufgefrischt, und der Wellengang wurde heftiger.

Der Moment zwischen Philipp und ihr war vorbei, und Lotte fragte sich den ganzen Rest des Tages, was das denn eigentlich für ein Moment gewesen war.

Wenigstens bekam sie an diesem Abend Carl und Isabell nicht mehr zu Gesicht, da die beiden beschlossen hatten, auswärts auf ihrer Fahrradtour zu Abend zu essen.

Lotte hatte am nächsten Tag das unbestimmte Gefühl, dass alles hier auf Mallorca täglich komplizierter wurde.

Carl gelang es leider doch nicht, sich einfach in Luft aufzulösen, wenn die beiden sich begegneten. Aber wenigstens machte er keinen Versuch mehr, mit Lotte allein zu sein. Genau genommen redete er nicht mehr mit ihr und versuchte jetzt seinerseits, ihr so weit wie möglich aus dem Weg zu gehen.

Nun, Lotte sollte es recht sein.

Philipp und Dora waren wie immer. Niemand, der die beiden so sah, würde auf den Gedanken kommen, sie würden in Scheidung leben. Nur diese ständigen beruflichen Telefonate, für die Dora, wenn irgend möglich, nach draußen ging, um angeblich niemanden zu stören, erschienen Lotte jetzt in einem anderen Licht.

Philipp war so kumpelhaft zu Lotte wie immer. Sie kam zu dem Schluss, dass sie sich diesen seltsamen Moment gestern nur eingebildet hatte.

Philipp hatte wohl einfach nur versucht, nett zu ihr zu sein, wahrscheinlich tat sie ihm einfach leid.

Trotzdem war Lotte froh, dass Emma heute mit ihr, Lissy und Isabell zu einer Schneiderin nach Llucmajor fahren wollte, um die letzten Änderungen am Brautkleid vorzunehmen und die anderen

Kleider anzuprobieren. Ein reiner Mädelstag, selbst mit Isabell im Schlepptau, wäre sicherlich eine gute Abwechslung.

Eine Weile später stand Lotte in einer hübschen kleinen Schneiderei vor einem großen alten, in verschnörkeltem Gold gerahmten Spiegel und war sich nicht sicher, ob diese Frau im Spiegelbild da tatsächlich sie selbst war. Sie trug das rosa – genaugenommen ein Altrosa – Kleid, das Emma für sie zur Hochzeit ausgesucht hatte.

Lotte kam sich völlig verkleidet vor. Sie musste überlegen, wann sie in letzter Zeit ein Kleid getragen hatte. Ihr fiel keine Gelegenheit ein, was daran liegen könnte, dass sie normalerweise keine derartigen Gelegenheiten hatte.

»Du siehst wunderschön aus, Mamutschka«, sagte Emma neben ihr, die in ihrem Brautkleid der schönste Anblick war, den Lotte sich vorstellen konnte.

Emma hatte sich für ein sehr schlichtes weißes Slipdress aus fließender Seide und einen schlichten langen Schleier entschieden, der mit ein paar Spangen und winzigen Schleierkrautblüten in ihrem Haar befestigt werden würde. Damit konnte man problemlos barfuß am Strand heiraten, ohne auszusehen wie eine verirrte Baisertorte, die in der Sonne gleich schmelzen würde.

Lotte fand, dass ihre Tochter einen sehr guten Geschmack hatte, klassisch und stilsicher. Als sie so jung wie Emma gewesen war, neigte sie zu modischen Experimenten, die nicht immer geglückt waren. Wenn sie nur an die Phase mit den bunten Haaren dachte!

Das einzig Üppige und Verschwenderische an Emmas Hochzeitsoutfit würde ein Brautstrauß aus weißen Orchideen und weißem duftendem Jasmin sein, den Lotte für ihre Tochter an ihrem Hochzeitstag frisch binden würde.

Lotte blickte stolz auf Emma.

Wann war ihr kleines Mädchen so erwachsen geworden, dass es jetzt heiratete?

Gestern war sie noch ein Baby gewesen und jetzt das.

Emma so im Brautkleid zu sehen gab Lotte irgendwie einen Stich. Die Zeit verflog so unglaublich schnell.

»Ist sie nicht wunderschön?«, fragte auch Lissy gerade und umarmte ihre Nichte.

Lissy und Isabell trugen ihre Brautjungfernkleider.

Isabell sah in dem Kleid ganz wundervoll aus, das musste Lotte einfach zugeben. Das helle Rosé betonte den Goldton ihrer Haut wunderbar, und die schmalen Spaghettiträger zeigten Schlüsselbeine, die geradezu gemeißelt aussahen. Auch ihre definierten Oberarme kamen dabei sehr gut zur Geltung.

Aber wahrscheinlich konnte Isabell auch einen Sack überziehen und würde dabei noch gut aussehen.

Aber auch Lissy sah ausnehmend gut aus in dem Kleid.

Lotte war froh, dass ihr Kleid sie etwas mehr bedeckte – da war ihre Tochter vorausschauend gewesen.

Was hatte Philipp gestern noch zu ihr gesagt? Er fand, sie sei die attraktivere Frau? Das konnte nur eine nicht ernst gemeinte Schmeichelei gewesen sein, dachte Lotte, als sie heimlich noch einen Blick auf Isabell warf, die schon dabei war, sich wieder umzuziehen.

Was um alles in der Welt hatte sie sich eigentlich dabei gedacht, hier nach Mallorca überhaupt mitzufahren? Warum hatte sie es nicht rundheraus abgelehnt?

»Du bist wirklich wunderschön«, sagte Lotte und umarmte nun ihre Tochter, um sich etwas abzulenken.

Emmas Glück war es doch wert, sich selbst etwas zurückzunehmen, oder etwa nicht? Normalerweise war Lotte davon felsenfest überzeugt, aber im Moment gerieten all ihre Überzeugungen ins Wanken.

Hätte sie – wie viele Ex-Frauen – eine wütende und irgendwann neutrale Distanz zu Carl all die Jahre beibehalten, wäre sie jetzt nicht so in diesem Gefühlschaos. Sie wäre gar nicht hier. Sie hätte nie wieder etwas mit ihrem Ex angefangen. Es wäre ihr vollkommen egal, ob er mit seiner neuen Frau ein neues Baby machen würde. Das alles hier war ein einziges Durcheinander, und Lotte konnte leider niemand anderem die Schuld dafür geben als Carl – Carl und vor allem sich selbst.

»Aber ist diese Hochzeit nicht etwas zu überstürzt?« Das brach jetzt blöderweise einfach so aus Lotte heraus. Wieso konnte sie sich so eine Bemerkung nicht einfach verkneifen?

Sie sah, dass Lissy sie hinter Emmas Rücken böse anblickte.

Ja, sie hatte versprochen, nichts dazu zu sagen. Aber irgendwie hatte Lotte gerade das Gefühl, wenn sie nicht etwas Druck von ihrem Kessel nahm, würde sie einfach platzen.

»Was heißt das jetzt?«, fragte Emma und schüttelte den Arm ihrer Mutter ab.

Mutter und Tochter standen sich gegenüber.

Lissy versuchte, zwischen die beiden zu gehen.

»Wollen wir uns nicht alle hier in Llucmajor auf dem schönen Marktplatz noch in dieses wunderschöne alte Café mit den Jugendstilkacheln setzen und dort einen frisch gepressten Orangensaft trinken?«

Netter Versuch, dachte Lotte, aber Emma war offensichtlich gerade nicht bereit, ihre Mutter mit dieser Bemerkung einfach so davonkommen zu lassen.

»Mach ich gerne mit dir, Tante Lissy, aber erst möchte ich, dass meine Mutter mir ihre Bemerkung von gerade eben erklärt.«

Emma schaute Lotte kampfeslustig an.

Lotte wusste, sie hätte besser den Mund halten sollen.

Emma hatte seit ihrer Pubertät noch nie eine Auseinandersetzung mit ihrer Mutter gescheut. Ganz im Gegenteil. Jahrelang hatte sie es geradezu geliebt, sich ausführlich mit Lotte zu fetzen.

Lotte hatte das damals hingenommen.

Sie war ja mitten in der Scheidung, und ihre Tochter brauchte ein Ventil für all die aufgestaute Wut, die das Zerbrechen der Familie in dem Teenager auslöste. Und dann war ja auch noch Lotte selbst ständig wütend wegen der Scheidung – auch das brauchte ein Ventil. Und so flogen damals die Fetzen zwischen Mutter und Tochter manchmal so schlimm, dass Lissy aus ihrer Dachgeschosswohnung in die Wohnung von Lotte und Emma runterkam und drohte, die Polizei zu rufen.

Aber sie versöhnten sich auch immer wieder, und komischerweise hatten all die Streitereien das Band zwischen Mutter und Tochter eher enger werden lassen.

Aber im Moment standen die Zeichen eindeutig auf Krawall und nicht auf Versöhnung.

»Wie lange bist du schon mit Ben zusammen?«, fragte Lotte herausfordernd, dabei wusste sie es natürlich ganz genau.

»Ein Jahr und drei Monate und zwei Wochen und fünf Tage«, gab Emma zurück und reckte das Kinn.

»Das ist eine sehr lange und ganz wunderbare Zeit«, meinte Lissy, die immer noch zwischen den beiden Kampfhennen stand.

»Das ist viel zu kurz, um heutzutage gleich zu heiraten«, behauptete Lotte.

»Du kanntest Papa viel kürzer, bevor ihr geheiratet habt.«

»Eben. Es wäre vielleicht besser gewesen, wir hätten da gewartet, dann hätten wir uns vielleicht nicht scheiden lassen müssen.«

»Vielleicht hättet ihr zwei euch besser gar nicht erst getroffen.«

»Dann würde es dich nicht geben.«

»Auch schön. Dann müsste ich mir jetzt nicht die überflüssigen Bemerkungen meiner Mutter anhören. Ich bin alt genug, um über mein Leben selbst zu entscheiden, und ich liebe Ben.«

»Ich will dich doch nur vor einer Dummheit bewahren«, erklärte Lotte in dem Versuch, jetzt doch etwas zurückzurudern.

»Ist das jetzt drei Tage vor der Hochzeit vielleicht nicht etwas zu spät für so ein Gespräch?«, wandte plötzlich Isabell ein, die gerade aus der kleinen Umkleidekabine kam und die die drei komplett vergessen hatten.

»Klappe«, sagten Emma und Lotte gleichzeitig zu Isabell.

Lissy sagte lieber gar nichts. Sie wusste aus langer Erfahrung mit den beiden Kampfhennen, wann sie am besten ihren Mund hielt.

»Wenn ihr meint«, erwiderte Isabell nur und zuckte mit den Schultern. »Dann gehe ich schon mal vor in das Café. Wir sehen uns später. Falls ihr drei das überlebt.«

Mit diesen Worten warf Isabell sich ihre teure Dior-Designertasche über die Schulter und schwebte aus der Schneiderei.

Das war ja eben für Isabells Verhältnisse eine richtig witzige Bemerkung gewesen, fand Lotte. Dann konzentrierte sie sich wieder auf den Streit mit ihrer Tochter. Wenigstens hier konnte sie mal sagen, was sie so dachte.

»Ich will nur nicht, dass du später dann eine Scheidung mitmachen musst, so wie ich. Das ist nämlich nicht ganz so vergnüglich wie eine Hochzeit«, sagte Lotte jetzt wieder zu Emma.

»Ich habe kein Problem mit einer Scheidung. Ich kann ja dann wieder heiraten und noch mal Scheidung und noch mal Heiraten und das Ganze wieder von vorne et cetera pp. Man muss nach einer Scheidung nicht so versauern und alle Männer hassen so wie du.«

»Ich hasse keine Männer«, widersprach Lotte getroffen. Dachte Emma wirklich, dass sie Männer hassen würde?

»Dass du Ben nicht magst, war doch von Anfang an klar. Und Philipp und Dora, seine Eltern findest du auch total blöd.«

»Ich mag Ben, bin mir nur nicht sicher, ob Ben der Richtige ist für dich.«

»Aber ich bin mir sicher. Und das reicht. Du musst mir immer alles madig machen. Das hast du schon früher immer bestens gekonnt«, sagte Emma. »Und du kannst eigentlich überhaupt niemanden leiden, wenn du ehrlich bist.«

»Das stimmt nicht, Emma, ich liebe dich und ... und ...« Lotte fiel gerade blöderweise niemand anders mehr ein, den sie liebte. »Und Carl« konnte sie ja jetzt schlecht sagen, da wusste sie ja auch gar nicht, ob das wirklich so stimmte.

»Und ... ich liebe Lissy und ...«, stammelte Lotte weiter.

»Und ich hasse dich«, sagte Emma einfach und rannte noch im Brautkleid raus. Dabei rammte sie fast die Schneiderin, die den ganzen Streit mit einem Mund voller Stecknadeln fasziniert beobachtet hatte und wahrscheinlich kaum ein Wort davon verstanden hatte.

Die Tür krachte hinter Emma ins Schloss.

Für einen Augenblick herrschte Stille in dem kleinen Raum.

»Du bist furchtbar«, sagte Lissy in die Stille hinein. Und Lotte wusste: Lissy hatte vollkommen recht.

»Schau, dass du das wieder geradebiegst«, meinte Lissy noch.

»Ich versuche es«, versprach Lotte und ging Emma hinterher.

Auf dem kleinen Platz gleich um die Ecke im Schatten eines sicher uralten Olivenbaums saß ihre Tochter in ihrem wunderschönen Brautkleid auf einer Bank und weinte.

Und das Weinen war Lottes Werk.

Sie hasste sich dafür. Warum konnte sie nicht an sich halten? Einfach mal die Klappe halten. Ihre Tochter hatte nun wirklich das Recht darauf, ihre eigenen Fehler zu machen.

Und Lotte hatte nicht das Recht, ihre emotionalen Verwirrungen und ihre schlechte Laune deswegen an ihrer Tochter auszulassen.

Langsam ging sie auf die Bank zu, setzte sich dann einfach neben Emma in der Hoffnung, dass ihre Tochter jetzt nicht gleich aufstehen und weinend oder schreiend davonrennen würde.

Emma blieb sitzen.

Gott sei Dank.

Das hieß, sie war grundsätzlich bereit, mit ihrer Mutter zu reden.

Lotte hatte mehr Glück, als sie verdiente. Sie hatte sich vorhin wirklich blöd benommen. Gerade sie sollte sich im Moment, was das Thema Liebe betraf, zurückhalten. Wenn Emma herausbekommen würde, was ihre Mutter und ihr Vater vor ein paar Tagen getan hatten ... Lotte war sicher, Emma wäre mehr als empört darüber. Und das sicherlich zu Recht. Schließlich war ihr Vater neu verheiratet. Und Emma mochte Isabell. Auch wenn es Lotte schleierhaft war, warum.

Die beiden schwiegen erst mal eine Weile.

Lotte suchte nach einem Taschentuch für die Tränen ihrer Tochter, aber fand natürlich in dem schicken Kleid keins. Ihre Tasche lag noch oben in der Schneiderei.

Schließlich beruhigte sich Emma und wischte sich die Tränen mit den Händen ab.

»Es tut mir leid«, sagte Lotte.

»Hau ab!«, erwiderte Emma.

»Ich sollte nicht von deinem Vater und mir auf dich und Ben schließen.«

Von Emma kam dazu nur ein missbilligendes Schnauben.

»Und ich sollte mich aus deinem Leben raushalten.«

Emma schnaubte wieder. Vielleicht war auch nur ihre Nase vom Weinen verstopft, und ihr fehlte immer noch ein Taschentuch.

»Du bist schließlich erwachsen«, fügte Lotte hinzu.

»Gut, dass du das auch mal merkst. Noch schöner wäre es, wenn du das auch mal akzeptieren könntest«, sagte Emma.

Jetzt war es an Lotte zu seufzen. Vielleicht würde sie es nie wirklich akzeptieren können. Emma würde für immer irgendwie ihr kleines Mädchen bleiben. Aber es war besser, das jetzt nicht zu erwähnen.

»Kannst du mir verzeihen?«, fragte Lotte, und das kam aus tiefstem Herzen. »Ich will dir deine Hochzeit nicht madig machen, sondern ich will sie mit dir und allen anderen feiern.«

»Ich versuche es«, erklärte Emma. »Aber du trägst das Kleid?«

»Ich trage das Kleid.« Lotte nickte, auch wenn sie sich in dem Kleid weiterhin irgendwie verkleidet fühlte. Dann legte sie noch mal den Arm um ihre Tochter, und Emma ließ es geschehen.

Alles wieder gut fürs Erste, dachte Lotte. Und sie dachte mal besser nicht weiter.

Der frische Organgensaft in dem kleinen Jugendstilcafé in Llucmajor schmeckte den vier Frauen ganz wunderbar, auch wenn Isabell offensichtlich erstaunt war, dass Emma und Lotte sich so schnell wieder versöhnt hatten.

Emma fuhr wenig später mit Isabell in dem fetten Leihwagen von Carl zurück ins Hotel.

Lotte wollte gerade in das Mini-Cabrio steigen, als Lissy sich mit einer ausgestreckten Hand fordernd vor sie hinstellte.

»Was ist?«

»Ich fahre. Gib mir den Autoschlüssel.«

»Wieso? Ich habe nur einen Orangensaft getrunken«, sagte Lotte irritiert.

»Du bist zurzeit emotional irgendwie instabil, und das ist kein guter Zustand, um so Auto zu fahren. Ich habe mal gelesen, dass aufgewühlte Gefühle beim Autofahren ähnlich gefährlich sind wie ein paar Promille. Also her damit.«

Lissy wollte anscheinend tatsächlich unbedingt den Autoschlüssel haben.

»Du bist eine schlechte Autofahrerin und hasst es, im Ausland einen fremden Wagen zu steuern«, entgegnete Lotte und dachte nicht daran, Lissy den Autoschlüssel zu geben. Aber Lissy wich keinen Millimeter zur Seite und weigerte sich, auf die Beifahrerseite zu gehen.

»Also gut, wenn du unbedingt hier auf Mallorca einen Unfall bauen willst – deine Schuld. Ich habe dich gewarnt«, meinte Lotte schließlich, rückte den Autoschlüssel raus und setzte sich auf den Beifahrersitz.

Lissy würgte gleich den Motor zweimal ab und ging dann etwas sehr langsam in die Kurven, aber im Großen und Ganzen war Lotte erstaunt, dass Lissy den Wagen halbwegs sicher steuerte. Und zum Hotel waren es ja nur ein paar Kilometer, die würden sie schon überleben. Lotte versuchte, sich zu entspannen und nicht jedes Mal heimlich auf das nicht vorhandene Gaspedal auf ihrer Seite zu treten.

»Was um alles in der Welt ist eigentlich los mit dir?«, fragte Lissy gerade und störte sich nicht daran, dass sie von fast allen Fahrzeugen, die hinter ihnen fuhren, überholt wurde.

Ab und an warfen ihr die anderen Fahrer böse Blicke zu, so langsam schlich Lissy über die kleinen Straßen zurück zum Hotel. Gott sei Dank war es schon etwas später, und es waren fast keine Fahrradfahrer unterwegs. Lissy wäre sonst sicher den ganzen Weg hinter allen Fahrrädern von Mallorca hergefahren, ohne auch nur ein einziges zu überholen.

»Du bist schon im Normalfall schwierig und zickig und ab und zu auch einfach unmöglich. Ich kann mir ja durchaus vorstellen, dass das alles hier mit Carl und Isabell auch emotional ziemlich herausfordernd ist, aber im Moment erreicht dein Verhalten nicht nur für mich langsam die Alarmstufe Rot«, sagte Lissy und schaltete so, dass das Getriebe des Minis gequält aufjaulte.

»Also, was ist los?«, fragte sie und warf einen kurzen Seitenblick auf Lotte, bevor sie sich wieder auf die Straße konzentrierte.

»Nichts ist los«, antwortete Lotte.

»Wenn ich dich nicht besser kennen würde, dann würde ich dir das glauben. Du siehst nämlich irgendwie tatsächlich sehr entspannt aus, aber dein Verhalten ist alles andere als entspannt.«

»Ich bin so entspannt, wie es eben geht, wenn man mit seinem Ex-Mann und seiner neuen Frau die völlig verfrühte Hochzeit seiner einzigen Tochter auf Mallorca feiert.«

»Das ist nicht der Grund. Es ist irgendwas anderes, und du sagst mir jetzt, was es ist.«

»Ich habe dir schon gesagt, es ist nichts.«

Lissy fuhr plötzlich rechts ran in einen kleinen Feldweg, und das, ohne den Blinker bereits Hunderte von Metern vorher zu setzen.

Lotte hatte die vage Ahnung, ihrer Schwester nicht so schnell entkommen zu können.

Lissy würgte den Motor ab und drehte sich zu Lotte um.

»Also? Ich habe alle Zeit der Welt. Wir können gerne hier ewig so sitzen.«

»Fahr weiter«, bat Lotte.

Lissy schüttelte den Kopf. »Ich denke, es ist besser, wir reden, bevor du doch noch die ganze Hochzeit deiner einzigen Tochter versaust – was du dir im Übrigen nie verzeihen würdest. Und ich dir auch nicht. Von Emma und allen anderen will ich erst gar nicht reden.«

Lotte seufzte und sagte unvermittelt: »Ich hatte eine Affäre. Also ich denke, ich hatte eine Affäre. Glaube, das nennt man so, ich kenne mich damit ja nicht so wirklich aus, denn ich hatte ja so was noch nie.« Das platzte jetzt einfach so aus ihr heraus.

Lissy würde sowieso nie Ruhe geben, und im Grunde genommen sehnte sich Lotte danach, mit ihr über all das zu sprechen. Schon als sie Kinder waren, war Lissy nicht nur ihre kleine Schwester, sondern oft genug auch ihre beste Freundin gewesen.

Lissy klappte die Kinnlade runter – sprichwörtlich. Ihr Mund stand leicht offen, und sie sog hörbar die Luft ein.

»Ich wusste, dass was im Busch ist. Ich fasse es nicht. Meine brave Schwester hat eine unmoralische Affäre. Das ist ja großartig. Auch wenn ich das nie von dir gedacht hätte.«

Lissy schüttelte den Kopf und strahlte geradezu.

Sie war wirklich überrascht, fand Lotte.

Hielt ihre Schwester sie für eine solche Spießerin, dass sie ihr keine Affäre zutraute? Heutzutage waren Affären doch wohl das Normalste der Welt, wenn man den diversen Frauenzeitschriften Glauben schenken durfte. Das machte man einfach in der Mittagspause, wie sich einen Coffee to go holen oder sich ein wenig Botox spritzen lassen. Alles gar kein Problem mehr, alles easy, oder etwa nicht?

»Wer ist der Glückliche oder soll ich sagen der Unglückliche?«, hakte Lissy neugierig nach.

Und Lotte wurde heiß und kalt. Jetzt ging es ans Eingemachte.

»Es ist jemand aus Frankfurt.«

Lissy bekam Blumenkohlohren. Lotte konnte förmlich sehen, wie ihre Ohrmuscheln anwuchsen, um ja alles genau mitzubekommen.

»Kenne ich ihn?«

»Ähm ... ich will da jetzt wirklich nicht weiter darüber sprechen.«

»Spinnst du?«, sagte Lissy empört.

»Wieso?«

»Das ist gemein, so Andeutungen zu machen und dann nicht rauszurücken mit der Sprache. Du bist doof.«

»Du wirst es schon noch früh genug erfahren.«

»Ich will es jetzt wissen. Oder ich werde dich so lange nerven, bis du mir seinen Namen sagst.«

Lissy blickte Lotte auffordernd an.

Lotte kannte ihre Schwester gut genug, um zu wissen, sie würde keine Ruhe geben, bis sie den Namen wusste. Sie konnte froh sein, wenn sie Lissy nicht jedes Detail erzählen musste. Und sie hoffte, dass ihr ein Stein oder wenigstens ein Steinchen vom

Herzen fiel, wenn sie endlich jemandem die Wahrheit sagen konnte.

»Gut. Ich sage dir, wer es ist. Aber du schwörst: zu niemandem ein Wort.«

»Ich schweige wie ein Grab.«

»Sonst bringe ich dich ins Grab. Es ist mir wirklich ernst«, warnte Lotte und blickte ihre Schwester streng an.

»Ich verstehe. Du hast mein Ehrenwort«, versprach Lissy und verschloss ihren Mund wie einen Reißverschluss und warf den imaginären Schlüssel in hohem Bogen nach hinten. Das hatten sie schon als Kinder so gehandhabt, wenn sie sich gegenseitig Geheimisse anvertraut hatten.

»Es ist Carl«, gestand Lotte.

Lissy fing an zu schreien, zu lachen und mit beiden Händen aufs Lenkrad zu trommeln. Sie sah aus, als wäre sie in Sekundenbruchteilen völlig verrückt geworden.

Lotte blickte sie entsetzt an.

Lissy hielt kurz inne und sah ihre Schwester an.

»Sag das noch mal.«

»Es ist Carl.«

»Du bist völlig verrückt«, sagte Lissy, war jetzt aber wieder gefasst.

»Ich hatte vor ein paar Tagen oder besser Nächten eine nicht ganz jugendfreie Begegnung mit Carl. Seitdem bin ich völlig durcheinander. Und wenn Isabell oder Emma das jemals erfahren, weiß ich nicht, was passieren wird ...«

»Du hattest Sex mit deinem Ex!!!!«

»So könnte man das auch nennen.«

Lissy war immer noch völlig fassungslos.

»Du bist eine Schlampe!«, sagte Lissy und drückte ihre Schwester, bis die fast keine Luft mehr bekam.

»Das müssen wir feiern! Wir müssen uns betrinken. Jetzt sofort! Endlich kommst du aus deiner Erstarrung raus. Endlich kommt Bewegung in das Ganze, endlich kommt Leben in die Bude und in das Liebesleben meiner Schwester.«

Lissy holte tief Luft.

Lotte konnte förmlich sehen, wie es im Gehirn ihrer Schwester ruckelte und ratterte.

»Wobei, du hast dir dafür jetzt wirklich den schlechtesten Mann ausgesucht, den ich mir für so was vorstellen kann. Vielleicht gehst du gerade nicht nach vorne, sondern machst eigentlich fünf Schritte zurück.«

»Es fühlt sich nach zurück an und ist ja auch zurück, also mehr als zurück geht ja wohl nicht mehr, wenn man mit seinem Ex etwas anfängt. Und er ist neu verheiratet, das macht es nicht besser«, gab Lotte ziemlich kleinlaut zurück.

»Egal. Hauptsache, es bewegt sich was. Vielleicht hilft dir auch ein Rückfall, um endlich clean zu werden«, dachte Lissy gerade weiter laut nach.

»Du findest es nicht unmöglich? Du findest mich nicht völlig unmoralisch?« Lotte war erleichtert, dass ihre Schwester sie nicht einfach nur verurteilte. Das tat sie ja schon selbst genug.

»Doch. Finde ich schon. Das ist unmöglich. Man betrügt niemanden. Man schläft auch nicht mit verheirateten Männern. Man rächt sich nicht an der neuen Frau seines Ex, falls du das überhaupt vorhattest. Aber solche Dinge passieren nun mal. Kannst du dich noch an die Geschichte von meinem früheren Chef und dessen Geliebter erinnern, als seine Frau damals ...«

»Das war eine einmalige Angelegenheit bei mir, und das wird auch nie wieder passieren«, unterbrach Lotte ihre Schwester. Die Geschichte von Lissys früherem Chef kannte sie in- und auswendig und wollte sie jetzt nicht noch mal hören. Wenn Lissy mal mit dieser Story angefangen hatte, war sie nicht mehr zu bremsen.

»Und ich bin nicht wie dein früherer Chef. Oder wie dessen Frau. Oder wie dessen Geliebte«, widersprach Lotte.

»Na, dann ist es ja gut«, sagte Lissy und ließ tatsächlich davon ab, die Geschichte mit ihrem Ex-Chef noch mal zu erzählen.

»Aber zu keinem ein Wort. Das ist alles nie passiert. Ich habe dir das nie erzählt.« Lotte sah Lissy beschwörend an.

Lissy nickte. »Zu niemandem. Ich bin doch nicht verrückt. Wenn das rauskommt ... Ich will mir gar nicht vorstellen, was dann passieren würde ...«

Lissy startete den Motor, den sie sogleich wieder abwürgte.

»Soll ich nicht doch lieber fahren?«, fragte Lotte vorsichtshalber.

Lissy schüttelte den Kopf.

»Auf keinen Fall, du bist emotional viel zu instabil im Moment mit deiner Affäre. Du bleibst schön auf dem Beifahrersitz.«

Lissy fuhr los, sie verschaltete sich mehrfach, der Motor jaulte auf. Sie schüttelte während der ganzen Fahrt zurück zum Hotel den Kopf und blickte ihre Schwester ab und zu fast bewundernd von der Seite an.

Lotte war froh, als sie schließlich heil am Hotel ankamen. Sie war emotional aufgewühlt immer noch eine bessere Autofahrerin als Lissy nach einem Wochenende im Wellness-Spa und mit einer Flasche CBD-Öl intus.

Als Lotte in ihr Zimmer ging, fühlte sie sich nach ihrer Beichte etwas erleichtert, aber nicht erlöst.

Sie war ja noch ein paar Tage hier im Hotel. Mit Carl. Mit Isabell. Mit Philipp und all den anderen. Und Freunde von Emma und Ben würden die nächsten Tage auch noch zur Feier anreisen, auch wenn die nicht alle hier im Hotel übernachteten.

Am nächsten Tag war die Generalprobe für das Hochzeitsfest.

Lotte würde es heute ganz sicher nicht gelingen, sich irgendwie vor einer Begegnung mit Carl zu drücken.

Sie verstand nicht so wirklich, wieso man eine Hochzeit vorher proben musste, aber die mallorquinische Hochzeitsplanerin hatte darauf bestanden.

Alle würden nach dem Frühstück den Ablauf der Zeremonie am Strand mit Emma und Ben proben.

Carl würde seine Tochter zu einem blumengeschmückten Pavillon führen, und Lotte würde lächelnd dabeistehen. Isabell und Lissy würden als Brautjungfern hinter Carl und Emma herlaufen. Das war ja wirklich nicht so schwierig, dass man da eine Generalprobe machen musste, fand Lotte und fluchte innerlich. Die Hochzeitsplanerin war so teuer, wahrscheinlich wollte sie einfach beweisen, dass sie ihr Geld wert war.

Emma und Ben würden quasi zweimal heiraten.

Einmal kirchlich in der kleinen Kapelle des Hotels und dann informell unten am Strand mit jeweils einem selbst geschriebenen Ehegelübde. Lotte fand das etwas übertrieben, aber vielleicht hielt doppelt gemoppelt da wirklich besser.

Und jetzt eben auch noch eine Generalprobe.

Das war ja fast wie dreimal heiraten, wobei sie die kirchliche

Zeremonie nicht proben würden, das hatte der Priester dann doch rundheraus abgelehnt.

Gott sei Dank!

Der Priester sprach übrigens kein Wort Deutsch, nur Spanisch. Die ganze kirchliche Zeremonie würde also auf Spanisch stattfinden, vielleicht war es schon allein deshalb doch gar keine so schlechte Idee, das Ganze noch mal auf Deutsch zu wiederholen. Damit Emma und Ben und alle anderen auch sicher wussten, dass sie garantiert verheiratet waren.

Lotte schüttelte innerlich den Kopf.

Emma feilte bereits seit Wochen an ihrem Ehegelübde und hatte Lotte damit schon mehrfach in den Wahnsinn getrieben.

Solange die beiden sich dann nicht auch zweimal scheiden lassen müssten, war Lotte ja grundsätzlich bereit, alles mitzumachen. Auch wenn das hieß, fast den ganzen Tag neben Carl am Strand zu stehen.

Wenigstens konnte sie das heute noch in einer leichten Leinenhose und einem weiten Hemd und musste sich nicht in das zwar hübsche, aber unbequeme Kleid quetschen.

Lotte seufzte auf, warf einen letzten Blick in den Spiegel und holte Lissy im Zimmer nebenan ab.

Sie würden alle mit ihren Autos zur Generalprobe fahren.

Der Strand für die Hochzeitszeremonie lag in einer der größeren Calas und Gott sei Dank nicht in der kleinen Bucht in der Nähe des Hotels. Darüber war Lotte mehr als froh. Nicht auszudenken, wenn Emma sich ausgerechnet diese eine kleine Bucht ausgesucht hätte.

Lissy überließ Lotte heute wieder anstandslos die Autoschlüssel. Seit gestern hatten die beiden Schwestern nicht mehr über Lottes Geheimnis gesprochen. Sie war sich sicher, dass Lissy den Mund halten würde. Lissy war schon von Natur aus keine Ratschtante und wusste ja selbst sehr gut, was auf dem Spiel stand, wenn das alles rauskam.

Wenig später erreichten Lissy und Lotte in ihrem kleinen Cabrio die Bucht.

Es gab einen großen Parkplatz, der um diese frühe Zeit noch nicht belegt war, das kleine Strandrestaurant jedoch hatte schon geöffnet. Sie würden später alle hier gemeinsam zu Mittag essen, mit einer grandiosen Aussicht auf das Meer.

Lotte parkte den Mini und stieg aus. Emmas und Bens Wagen stand schon da, und Philipp und Dora parkten gerade ein. Carl und Isabell waren anscheinend noch nicht da. Lotte blieb also noch etwas Galgenfrist.

Lotte hatte mit Carl seit Tagen kein Wort mehr gewechselt, aber anscheinend schien das niemandem irgendwie aufzufallen.

Sie ging die paar Schritte zum Meer.

Die Bucht war geradezu perfekt halbmondförmig, der Sand war fein und hell, das Wasser schimmerte türkisfarben bis tintenblau. Umgeben war das alles – für mallorquinische Verhältnisse – von wenigen Häusern, und ein größeres Hotel gab es hier erstaunlicherweise überhaupt nicht.

Ein wirklich schöner Ort, um zu heiraten.

Die Hochzeitsagentur hatte provisorisch zwei Palmwedel aufgestellt, wo später der blumengeschmückte Pavillon stehen würde.

»Ein wirklich schöner Ort für unsere Tochter, um zu heiraten«, war plötzlich eine Stimme hinter ihr zu hören. Lotte drehte sich um. Carl stand vor ihr. Wo kam der denn so plötzlich her?

»Lös dich einfach in Luft auf!«, sagte Lotte zu ihm, als sie sah, dass niemand von den anderen in der Nähe war.

»Das wäre heute keine so gute Idee. Ich denke, Emma würde ihren Vater vermissen.«

»Dann geh zu Isabell, wo du hingehörst.«

»Isabell ist nicht hier. Sie ist nach Palma gefahren, wollte sich noch etwas für die Hochzeitsfeier aufhübschen lassen. Nägel machen lassen und so Zeug, was weiß ich. Ich bin mit Emma und Ben hierhergekommen.«

»Nun, hinter dem Brautpaar herzulaufen wird Isabell sicherlich auch ohne Generalprobe hinbekommen, und hübsch genug ist sie ja sowieso schon. Vielleicht wollte sie dich auch mal einfach nur für ein paar Stunden loswerden«, sagte Lotte schnippisch und ließ Carl einfach stehen.

Sie ging zu Philipp und Dora, die etwas weiter weg standen und auch den Eindruck erweckten, die Generalprobe einer Hochzeit etwas überflüssig zu finden. Dora tippte in ihr Smartphone, und Philipp spielte mit Charlie.

»Guten Morgen. Ein wunderschöner Ort, um zu heiraten, stimmt's?«, meinte Lotte zu Philipp und Dora, als sie die beiden erreichte.

Charlie begrüßte Lotte enthusiastisch. Sein Schwanz wedelte wie verrückt, und er versuchte, an Lotte hochzuspringen, obwohl Philipp ihm das strengstens verboten hatte.

Lotte war mittlerweile geradezu in Charlie verliebt. Es war einfach großartig, wie der Hund sich freute, wenn er sie sah. Sie konnte sich überhaupt nicht mehr vorstellen, dass sie jemals Angst vor dem entzückenden Kerl gehabt hatte. Vielleicht könnte sie Charlie in Frankfurt ab und zu zum Gassigehen ausleihen? Und zum Knuddeln natürlich. Das wäre sicher sehr schön. Und Charlie konnte sicher Trost gebrauchen, denn er wäre dann ja auch irgendwann ein Scheidungshund. Hunde hatten es sicherlich ähnlich schwer wie Scheidungskinder, fand Lotte.

»Ja. Wunderschön«, stimmte Philipp zu und warf ein Stöckchen für Charlie, der damit von Lotte abgelenkt wurde. Dora nickte nur und blickte weiter angestrengt auf ihr Handy.

Lotte fluchte immer noch innerlich. Seit sie von den Scheidungsplänen wusste, konnte sie mit den beiden nicht mehr wirklich unbefangen umgehen.

Ach verdammt, alles hier war schräg.

Außer ihrer Tochter und Ben. Die beiden waren so glücklich und verliebt. Sie standen bei den Palmwedeln und besprachen etwas mit der Hochzeitsplanerin. Emma hatte Spanisch als dritte Fremdsprache in der Schule gehabt und schlug sich tapfer. Ben streichelte ihr den Rücken und verstand nur Bahnhof. Die beiden sahen verdammt glücklich aus.

In diesem Augenblick klatschte die Hochzeitsplanerin in die Hände und dirigierte alle auf ihre Plätze.

Es ging los.

Lotte stellte sich bei den Palmwedeln auf und kam sich seltsam dämlich vor.

Aber die Hochzeitsplanerin hatte an alles gedacht. Nach dem ersten Durchlauf gab es eisgekühlten Cava und frisches Obst. Langsam kam etwas Schwung in die Sache.

Carl geleitete Emma mindestens fünfmal zum fiktiven Altar. Emma verhaspelte sich immer wieder mit ihrem Ehegelübde, und Ben schwor, er würde sie auch heiraten, wenn Emma das Ehegelübde summen oder stottern würde.

Lotte spürte, wie ihr plötzlich Tränen in die Augen stiegen. Verdammt! Das durfte doch nicht wahr sein. Wieso musste sie jetzt weinen? Das hier war doch noch überhaupt nicht die Hochzeit.

Wieso war ihr ausgerechnet jetzt zum Weinen zumute?

Später saßen alle beim Mittagessen in der hübschen kleinen Strandbar an alten Holztischen auf wackeligen Stühlen. Es gab frittierte Calamari, fangfrische Muscheln, gegrillten Fisch und gegrilltes Gemüse. Alles war hervorragend. Am Strand schmeckte einfach alles doppelt so gut. Lotte hatte das Gefühl, als hätte sie noch nie in ihrem Leben so guten Fisch gegessen, und fütterte mit den Resten mal wieder heimlich unter dem Tisch Charlie, dem Fisch offensichtlich auch gut schmeckte.

Es gab leicht gekühlte Sangria dazu, und Lotte merkte, dass ihr der Alkohol zu Kopf stieg. Sie war es nicht gewohnt, tagsüber schon etwas zu trinken.

Aber Lotte saß direkt neben Carl, und mit etwas Cava und Sangria im Blut war das und alles andere durchaus leichter zu ertragen. Lissy musste später den Mini zurück zum Hotel fahren, die hatte sich für Wasser entschieden.

Emma saß mit Ben direkt neben Lotte, und die beiden konnten die Finger nicht voneinander lassen.

Emma leuchtete geradezu vor Glück.

Lotte versuchte, sich an ihre eigene Hochzeit zu erinnern. Sie und Carl hatten damals wenig Geld gehabt. An eine Hochzeit am Strand war nicht zu denken gewesen, und die Flitterwochen bestanden aus einer Woche Zelten am Gardasee. Auf dieser Hochzeitsreise hatte es fünf Tage lang geregnet, und das Zelt war durchgeweicht, alles war mehr oder weniger nass gewesen. Lotte hatte diese Tage als mit die besten ihres Lebens in Erinnerung. Sie und Carl waren sich damals selbst genug, die Welt war ihnen egal gewesen.

Lotte reichte Charlie unter dem Tisch ein weiteres Stück Fisch. Philipp blickte sie von der anderen Seite her streng an. Lotte lächelte ihn unschuldig an. Charlie schleckte ihr dankbar die Finger ab.

Carl beugte sich zu Lotte rüber und flüsterte: »Läuft da eigentlich etwas zwischen Philipp und dir? Ich hab gesehen, wie ihr euch anschaut. Und seit wann magst du Hunde?«

Lotte wandte sich erstaunt ihrem Ex-Mann zu. War er etwa eifersüchtig?

»Da läuft nichts, bist du verrückt? Und wenn ich dich erinnern darf, du bist derjenige, der verheiratet ist.«

Das ist Philipp auch, dachte Lotte, sagte das aber nicht laut.

Emma drehte sich zu ihrer Mutter hin. »Ist das heute nicht ein herrlicher Tag? Die Hochzeit kann gar nicht schöner werden.«

Lotte nickte, dann sah sie, dass jetzt auch Emma feuchte Augen bekam.

Lotte beugte sich zu ihrer Tochter. »Was ist los, Liebes, du warst doch eben noch so glücklich.«

Emma nickte und fasste sich auch gleich wieder.

»Es ist nur ... es ist heute irgendwie so, als hättet ihr euch überhaupt nie getrennt ... vielleicht, weil Isabell nicht hier ist ...«, flüsterte Emma ihrer Mutter zu. Und erst jetzt fiel auch Lotte auf, dass es seit der Scheidung so ziemlich das erste Mal war, dass sie mit Carl und Emma ohne Isabell Zeit verbrachte.

»Du weißt, ich mag Isabell, sogar sehr ...«, sagte Emma schnell, bevor ihre Mutter einhaken konnte, » ... aber es ist so schade, dass ihr euch getrennt habt. Wir waren eine so wundervolle Familie, und auf einmal ... auf einmal war irgendwie alles kaputt.«

Als Antwort nahm Lotte ihre Tochter einfach in den Arm. Manchmal war das besser als hundert Worte.

»Ben kann sich das nicht vorstellen, wie schwer es manchmal ist, wenn die Eltern geschieden sind, auch wenn man schon erwachsen ist«, fügte Emma leise hinzu.

»Aber ich weiß, wie das ist, es ist für alle nicht einfach.« Lotte drückte ihre Tochter und seufzte leicht.

Ben würde sich das bald sehr gut selbst vorstellen können, wie es war mit geschiedenen Eltern, dachte Lotte, und das machte sie tatsächlich auch traurig.

Emma löste sich wieder aus der Umarmung ihrer Mutter, lächelte ihr noch einmal zu und wandte sich wieder Ben zu, der unbedingt noch etwas von dem Nachtisch haben wollte.

Carl rückte etwas näher an Lotte heran.

»Es könnte wieder wie früher werden. Wir könnten wieder eine glückliche Familie werden, du musst es nur wollen«, raunte er Lotte ins Ohr.

»Du bist verrückt«, zischte Lotte ihm zu.

Anscheinend hatte er alles gehört, was Emma zu ihr gesagt hatte.

»Ganz im Gegenteil«, widersprach Carl. »Ich habe das Gefühl, ich bin zum ersten Mal seit langer Zeit ganz klar. Wir waren großartig als Familie. Wie konnte ich das nur vergessen? Ich war ein Idiot. Ein totaler Idiot.«

»Da muss ich dir ausnahmsweise mal recht geben«, meinte Lotte und lächelte harmlos zu Lissy hinüber, die sie und Carl mit Argusaugen beobachtete.

»Ich werde mich von Isabell scheiden lassen«, sagte Carl unvermittelt.

Lotte fiel die Gabel klappernd auf den Boden. Carl beugte sich höflich nach unten, um sie aufzuheben, und reichte dann Lotte lächelnd ein frisches Besteck.

»Nichts passiert, meine Liebe.«

Lotte blickte Carl entsetzt an.

»Das wirst du nicht tun«, zischelte Lotte ihn an.

Carl blickte ihr als Antwort nur tief in die Augen und ließ sich von der Bedienung einen Cortado zum Abschluss des Mittagessens bringen.

Lotte wurde irgendwie schummerig. Sie hatte plötzlich das Gefühl, das Lokal wäre auf Treibsand gebaut, alles bewegte sich leicht. Sie hatte eindeutig zu viel Alkohol getrunken.

Keine gute Idee. Gar keine gute Idee.

Den Rest des Tages verbrachten alle zusammen am Pool. Isabell war mit frisch lackierten Nägeln und frisch blondierten Haaren aus Palma zurück, und wenn Lotte nicht alles täuschte, hatte sie schnell noch zwei neue Bikinis gekauft.

Lotte sprang jedes Mal, wenn Carl sich ihr nähern wollte, einfach in den Pool.

Das ruinierte zwar ihre Frisur, aber wenigstens nicht ihr Leben. Oder das Leben von anderen.

Lotte ging mit anmutigen Schritten barfuß den Strand entlang in Richtung des mit weißen Lilien und Rosen geschmückten Pavillons.

Carl ging neben ihr und hielt ihre Hand warm und zuversichtlich in der seinen.

Es war ein strahlender Sommertag, keine einzige Wolke stand am Himmel, und ein leichter Wind wehte. Im Grunde genommen war das gerade ganz fantastisches Segelwetter, fand Lotte seltsamerweise völlig aus dem Zusammenhang gerissen.

Sie trug ein sehr kitschiges Hochzeitskleid, das über und über mit Rüschen besetzt war. Wer um alles in der Welt hatte dieses grauenvolle Ding nur ausgesucht? Das Kleid war nicht nur scheußlich, sondern auch noch unglaublich unbequem.

Aber egal, Carl neben ihr in Shorts und Hemd ging zielstrebig weiter zum Pavillon, an der versammelten Hochzeitsgesellschaft vorbei, wo schon ein streng blickender Priester auf sie wartete.

Kaum waren sie angekommen, reichte Emma ihrem Vater ein kleines Samtkissen, auf dem ein glitzernder Ring lag.

Carl ließ Lottes Hand los und drehte sich zu ihr.

»Meine Liebe, hiermit nehme ich dich wieder zu meiner Frau und verspreche, dich nur hin und wieder zu betrügen, aber auch nur, wenn du es garantiert nicht merkst«, sagte Carl und steckte

Lotte den fetten, über und über mit Diamanten besetzten Ring an den Finger.

»Wollen Sie Ihren Ex-Mann jetzt auch wieder heiraten, dann antworten Sie mit Ja«, sagte der Priester, der anscheinend nur auf sein Stichwort gewartet hatte.

Lotte starrte Carl an.

Der Priester starrte Lotte an.

Lotte wurde heiß.

Kein Wunder, die Sonne knallte unbarmherzig auf den Strand. Es war Mittagszeit, und es war eine Schnapsidee, um die Mittagszeit am Strand zu heiraten. Wie war sie nur darauf gekommen?

Carl blickte sie immer noch auffordernd an.

»Was ist jetzt? Ja oder Nein? Ich habe nicht ewig Zeit, ich muss gleich noch zu einer Beerdigung«, sagte der Priester ungeduldig.

Lotte drehte sich um, hinter ihnen stand die versammelte Hochzeitsgesellschaft.

Isabell war auch da. Sie trug nur einen goldglitzernden Bikini, der ihre Figur ausnehmend gut zur Geltung brachte. Ihre Haare waren perfekt frisiert. Emma war mit Ben da, und Lissy in ihrem roséfarbenen Brautjungfernkleid nickte Lotte aufmunternd zu.

Ja. Sie würde einfach Ja sagen, dachte sich Lotte, dann wäre alles wieder gut.

In diesem Augenblick zerrte etwas an ihrem Kleid.

Lotte blickte nach unten.

Charlie hatte einen Zipfel ihres Hochzeitskleides im Maul und zerrte wie wild an ihr. Zwischendurch ließ er kurz los, bellte Lotte auffordernd an, dann verbiss er sich wieder in die Rüschen.

Lotte schaute auf den glitzernden Ring an ihrem Finger, dann auf Carl und dann auf Charlie, und dann raffte sie das Kleid und rannte einfach los, den Strand entlang. Charlie rannte glücklich bellend neben ihr her, und die beiden liefen direkt in das türkisfarbene Wasser, sodass die Gischt nur so spritzte ...

In diesem Augenblick wurde Lotte mit einem Ruck wach.

Sie setzte sich in ihrem Bett auf.

Sie lag im Hotelzimmer. Die Leinenbettwäsche war vollkommen zerwühlt.

Lotte brauchte einen Moment, um in der Realität anzukommen. War das jetzt nur einfach so ein Traum oder war das ein Albtraum gewesen?

Und wie um alles in der Welt sollte sie diesen Traum deuten?

Lotte schaute auf die Uhr. Es war kurz vor halb fünf, die Sonne würde in zehn Minuten aufgehen. An Schlaf war jetzt wohl nicht mehr zu denken.

Lotte sprang auf und schlüpfte nach einer Katzenwäsche in Jeans und ein T-Shirt. Der Traum hing wirr in ihrem Kopf fest. Sie hatte Lust auf einen Sonnenaufgang. Um ein paar Runden im Pool zu schwimmen, war es definitiv zu früh, das Wasser dürfte noch ziemlich kühl sein. Aber ein paar Schritte laufen und dabei der Sonne zuschauen, wie sie sich für den Tag hübsch machte, das wäre im Moment sicher auch nicht das Schlechteste.

Lotte schlich über ihre Terrasse leise aus dem Hotel. Alles war ruhig, alle schliefen mit gutem Gewissen. Sicherlich auch Carl, dachte sich Lotte. Nun, wer kein Gewissen hat, hat damit dann auch keine Probleme. Und sie ging los in die rosafarbene Morgendämmerung.

Wo war noch mal diese Palmengruppe gewesen?

Wenig später hatte Lotte tatsächlich die Palmen wiedergefunden. Sie standen da, völlig unerschüttert, und begrüßten Lotte mit leichtem Wedeln der Blätter.

Lotte lehnte den Kopf an den rauen Stamm der Palme und hielt ihr Gesicht in die ersten Strahlen der Sonne, die gerade hinter dem Horizont auftauchte und noch etwas verschlafen hervorblinzelte.

Sie würde Carl nicht noch einmal heiraten. Weder im Traum noch in der Realität. Weder an einem Strand noch irgendwo sonst. So viel stand fest, dachte sich Lotte. Zweimal würde sie nicht den gleichen Fehler machen. Es gab etwas, das sie immer mit Carl verbinden würde, und das war nicht nur Emma. Aber noch mal heiraten? Nein! Sie war doch nicht verrückt! Oder?

Sie war verrückt.

Natürlich war sie verrückt, flüsterten die Palmwedel über ihr im Wind.

In diesem Augenblick zerrte etwas an ihrem Hosenbein, fast so wie im Traum. Lotte blickte irritiert nach unten. Träumte sie etwa doch noch?

Sie träumte nicht.

Charlie zerrte an ihrem Hosenbein, und er ließ los, als er realisierte, dass Lotte ihn bemerkte. Dann sprang er schwanzwedelnd und sich vor Freude fast überschlagend an ihr hoch.

Er bellte zweimal laut.

Lotte wusste genau, was das heißen sollte: »Hier ist sie. Ich hab sie gefunden.«

Lotte hoffte, dass jetzt nicht Dora um die Ecke kommen würde. Es war dann tatsächlich Philipp, der in Jogginghosen um die Ecke bog.

Er schien nicht besonders überrascht, Lotte um diese Zeit hier wieder bei den Palmen zu finden.

»Guten Morgen.«

»Guten Morgen.«

»Auch schon wach?«, fragte Philipp, etwas außer Atmen.

»Nicht wirklich«, antwortete Lotte.

»Was machst du so früh schon hier?«

»Ich bin ab und zu gerne so früh unterwegs«, sagte Lotte.

Philipp blickte sie kurz mit hochgezogener Augenbraue an.

»Gut. Ich stehe nicht gerne früh auf, konnte nur nicht länger schlafen. So eine Art Albtraum«, gab Lotte zu.

»Ich kann auch nicht länger schlafen. So eine Art Scheidung«, murmelte Philipp. »Wir können ja gemeinsam eine Runde zu früh aufstehen. Hast du Lust, mit mir und Charlie noch etwas zu laufen? Keine Angst, nicht joggen, das reicht mir für heute. Und dann zurück zum Hotel für ein frühes, ungestörtes Frühstück? Ohne Carl und ohne Dora?«

»Das klingt wunderbar«, sagte Lotte und war selbst überrascht, dass sie das genau so meinte.

Philipp hatte sich hier auf Mallorca in eine Art Freund verwandelt. Etwas, mit dem sie nie gerechnet hätte. Lotte fühlte sich einfach wohl in seiner Gegenwart. Obwohl er mitten in einer Scheidung steckte, strahlte er für Lotte eine Ruhe aus, die sie sich nicht erklären konnte. Sie musste neben ihm nicht reden, musste nichts erklären. Sie konnte sein, wie sie wollte. Und das Beste war: Philipp wollte nichts von ihr. Er hatte keinerlei Erwartungen.

Lotte fand das gerade ziemlich großartig.

Gemeinsam gingen sie schweigend nebeneinander die kleinen Feldwege entlang. Lotte entspannte sich langsam. Der Traum von vorhin war nur noch ein wirklich blöder Traum.

Charlie rannte schnüffelnd um sie herum, und die Sonne wurde langsam wärmer. Das Licht war wunderbar, ganz mild und rosig.

»Manchmal ist es doch schön, wenn man zu früh wach wird, finde ich, wenn der Tag noch neu und völlig unverbraucht ist. Man hat das Gefühl, alles ist möglich und man könnte alles auf null stellen«, sagte Philipp in die Stille hinein.

»Kann man leider nicht. Alles auf null stellen«, gab Lotte zurück, wie immer direkt und geradeheraus. Aber Philipp war schließlich alt genug, um das selbst zu wissen.

»Ich weiß«, sagte Philipp dann auch und seufzte auf.

In diesem Augenblick hoppelte ein Kaninchen direkt vor ihnen über den Weg. Es war so nah, dass Lotte die kleinen Haare am Maul sehen konnte.

Das Kaninchen starrte Lotte, Philipp und Charlie einen Augenblick völlig überrascht an. So früh war wohl sonst eher weniger los hier, dann rannte es im Zickzack davon.

Charlie zögerte eine Millisekunde, dann rannte er direkt hinterher.

»Charlie! Hierher!« Philipp rief vergeblich nach seinem Hund. Das war wohl wirklich zu verlockend, um gehorsam zu sein, dachte Lotte. Im gleichen Augenblick jaulte Charlie, der irgendwo rechts hinter dem Kaninchen ins Gebüsch gerannt war, erbärmlich auf.

Lotte und Philipp blickten sich an, dann stürmten sie los.

Vielleicht war das ja ein Kampfkaninchen gewesen, eine besondere genetisch veränderte Variante hier auf Mallorca, schoss es Lotte durch den Kopf, und sie wunderte sich über Charlies Gejaule.

Und dann sah sie auch schon, warum Charlie jaulte.

Er hatte sich im Jagdeifer in einem stachligen Busch verheddert und kam nicht mehr vor oder zurück.

Das Kaninchen war anscheinend längst über alle Berge.

Lotte beugte sich nach unten und befreite Charlie aus dem Gestrüpp. Sie hatte keine Ahnung, was das für eine Pflanze war, aber die Stacheln waren messerscharf und fast zwei Zentimeter lang.

Kein Wunder, dass Charlie jaulte.

Philipp nahm seinen Hund in Empfang und untersuchte ihn gleich.

»Hunde sind manchmal wie kleine Kinder. Ich weiß gerade nicht, ob ich Charlie schimpfen oder trösten soll. Das ging mir mit Ben, als er klein war, auch öfter so«, sagte Philipp und zog drei lange Stacheln aus Charlies Fell.

»Ich wäre fürs Trösten. Das Kaninchen hat ihm gerade den Mittelfinger gezeigt. Ich glaube, sein Selbstwertgefühl ist momentan demolierter als sein Fell«, meinte Lotte und merkte erst jetzt, dass ein dicker Stachel in ihrem Zeigefinger steckte.

»Charlie hat noch nie ein Kaninchen erwischt. Gott sei Dank. Und eine Katze ist mal umgedreht, als er sie gejagt hat, und hat ihm eins auf die Nase gegeben. Ich glaube, er ist in dieser Hinsicht Kummer gewöhnt.« Philipp lachte, und dann nahm er Lottes Zeigefinger in die Hand und zog vorsichtig den Stachel raus.

Lottes Finger blutete leicht. Für einen Moment hatte sie komischerweise das Gefühl, Philipp würde das Blut gleich von ihrem Finger lecken.

Schnell wischte sie das Blut an ihrer Jeans ab.

»Es ist nichts. Nur ein kleiner Stachel. Das passiert mir öfter bei der Arbeit. Nicht nur Kakteen haben Stacheln, ziemlich viele Pflanzen wehren sich so.«

»Ich kenne Menschen, die haben auch Stacheln.« Philipp sah Lotte direkt in die Augen. »Lass mal sehen, ob alle Stacheln draußen sind.«

Philipp nahm Lottes Hände in seine und untersuchte sie sehr gründlich.

Lotte war das peinlich. Am liebsten hätte sie ihre Hände hinter ihrem Rücken verborgen, aber Philipp hielt sie mit leichtem Griff fest.

Lotte bemerkte den schwarzen Rand unter ihren Nägeln, der nie wegging. Es war ihr etwas peinlich, denn Philipp sah den Rand sicher auch.

»Du hast schöne Hände. Man sieht, dass du mit ihnen arbeitest.«

»Findest du?«, fragte Charlotte überrascht. »Ich habe immer diesen schwarzen Rand vom In-der-Erde-Buddeln, egal, wie lange ich dusche, und egal, wie lange ich im Meer bin. Der geht einfach nicht weg.«

»Das ist wie ein Tattoo, ein Blumenerdetattoo, speziell für eine Gärtnerin.« Philipp lachte. »Das ist doch etwas Schönes. Besser als die lackierten Nägel, die oft so unecht und falsch aussehen.«

Lotte konnte die kleinen Lachfalten um seine Augen sehen. Er war so nah, sie konnte sein Aftershave riechen, und sie roch Charlie an ihm. Ein ziemlich unverwechselbarer Mix, den sie schon bei ihrem Ausflug nach Formentor an ihm wahrgenommen hatte.

Lotte und Philipp blickten sich in die Augen.

Dann zog Philipp Lotte näher an sich, sie waren nur noch Zentimeter voneinander entfernt.

Was wollte Philipp?

Lotte konnte nicht mehr klar denken, sie war irgendwie verwirrt. Und warum ließ er ihre Hände immer noch nicht los? Also nicht, dass es sich schlecht anfühlte, ihre Hände in seinen Händen. Ganz im Gegenteil.

Philipp hatte wunderbar warme, trockene und kräftige Hände und wirklich schöne Augen, und er roch ausgesprochen gut und ... in diesem Augenblick spürte sie Philipps Lippen auf den ihren.

Lotte erstarrte für eine Millisekunde und küsste Philipp einfach zurück, ohne darüber nachzudenken, was sie da gerade taten.

Und Philipp konnte unglaublich gut küssen. Es war sehr anders als mit Carl. Nicht vertraut, sondern eher verstörend auf eine angenehme Art, fand Lotte, während sie weiter in dem Kuss versank.

Philipp ließ sie plötzlich los. Er trat einen Schritt zurück.

»Ich ... ähm ... ich ... ich weiß auch nicht, was da gerade in mich gefahren ist ... Es tut mir leid, falls ich dir irgendwie zu nahe gekommen bin ... Ich ...«

Dann blickte er Lotte nur noch an.

Auch Lotte war völlig durcheinander.

Sie wollte etwas sagen, stattdessen beugte sie sich vor und küsste jetzt ihrerseits Philipp.

Jetzt war er derjenige, der völlig überrascht und überrumpelt war.

Lotte ließ schließlich von ihm ab. Sie holte tief Luft.

Beide schauten sich für einen Moment sprachlos an.

Ich bin tatsächlich vollkommen verrückt, dachte Lotte und sagte: »Ich ...«

»Ich ...«, kam es im gleichen Augenblick von Philipp.

»Wir sollten zurückgehen«, meinte Lotte.

»Ich glaube, das ist eine gute Idee«, sagte Philipp.

Die beiden gingen schweigend den restlichen Weg zurück ins Hotel. Charlie rannte weiterhin glücklich um sie herum, wahrscheinlich hoffte er auf ein weiteres Kaninchen.

Lotte hingegen hoffte, dass der Erdboden sich auftun würde.

Was um alles in der Welt hatte sie sich eben dabei gedacht?

Sie blieb kurz stehen und sah Philipp verlegen an.

»Ich ... ich wollte nicht ...«

»Schon gut. Ich wollte auch nicht ... Irgendwie ist zurzeit alles durcheinander ...«, antwortete Philipp, und er wirkte verunsichert.

»Das kann man wohl sagen«, bestätigte Lotte und war froh, dass Philipp ja gar nicht wusste, wie durcheinander gerade alles war.

»Das ist nie passiert«, fügte Lotte hinzu.

»Natürlich nicht«, sagte Philipp.

Und Lotte hatte den ganzen restlichen Weg zurück zum Hotel ein verdammtes Déjà-vu-Erlebnis.

Mittlerweile gab es in ihrem Leben deutlich viel zu viele Dinge, die passiert waren, ohne dass sie je passiert waren.

Das musste aufhören. Sofort.

Sie hatten das Hotel erreicht. Philipp blieb stehen und nahm Charlie an die Leine.

»Ich sollte jetzt wohl besser ...«, sagte er und vermied es, Lotte direkt anzuschauen.

»Ich besser auch ...«

Philipp nickte ihr zu und verschwand mit schnellen Schritten und Charlie im Schlepptau im Hotel.

Wenn das so weiterging, würde sie als Ehebrecherin par excellence in die Geschichte Mallorcas eingehen.

Obwohl? War das ein Ehebruch, wenn man sich nur geküsst hatte? Und war das ein Ehebruch, wenn Philipp und Dora sich sowieso scheiden lassen wollten?

Lotte war völlig durcheinander. Egal, was es war. Es musste auf jeden Fall aufhören.

Lotte hatte keine Ahnung, was in sie gefahren war.

Sie ging zur Terrasse ihres Zimmers.

Sie brauchte dringend eine kalte Dusche. Eine eiskalte Dusche.

Aber die musste wohl doch noch etwas warten.

Auf ihrer Terrasse im Liegestuhl saß Emma im Pyjama und heulte sich die Seele aus dem Leib.

»Ich will einfach nuuuuuurrrr noooooch weeeeeg hiiiiieeer«, schluchzte Emma auf, als sie ihre Mutter sah.

Das war jetzt ein Wunsch, der Lotte sehr bekannt vorkam.

Lotte setzte sich neben ihre schluchzende Tochter auf die Liege und nahm sie in den Arm.

»Was um alles in der Welt ist los, Liebes?«, fragte Lotte, als sie merkte, dass allein ihre Anwesenheit Emma etwas beruhigte.

»Ich habe die halbe Nacht nicht geschlafen«, schniefte Emma auf. »In meinem Kopf ist alles vollkommen durcheinander.«

»Ach herrje!« Lotte streichelte Emmas Rücken. »Dann erzähl mal, was dir so durch den Kopf geht, dass du nicht schlafen kannst.«

Emma blickte ihre Mutter dankbar an.

Sie gab immer gute Ratschläge, die Emma natürlich nicht immer befolgte, aber zum Ausweinen war es einfach großartig, eine Mutter wie Lotte zu haben, die wirklich gut zuhören konnte.

»Ich weiß überhaupt nicht, was in mich gefahren ist. Wieso ich seit über einem halben Jahr fast nichts anderes mache, als diese verdammte Hochzeit zu planen. Du hattest ja so recht. Ich kenne Ben kaum und wollte das nicht so wahrhaben. Wir sind beide viel zu jung, um uns jetzt schon so festzulegen. Das wird alles total schiefgehen, das endet in einer üblen Scheidung. Wir werden uns um das Sorgerecht streiten, die Katzen und die Küchenmaschine. Das wird in einem Rosenkrieg enden.« Emma schniefte und hielt kurz inne.

»Ich kann das spüren, das wird eine Katastrophe. Ich werde alles absagen. Am besten jetzt gleich. Meinst du, ich kann die Freunde, die morgen hier ankommen wegen der Feier, noch kurzfristig ausladen?«

Emma schluchzte auf, Lotte ließ sie einfach weitersprechen.

»Ich hatte vor Ben noch nie eine Beziehung, die länger als ein Dreivierteljahr gedauert hat. Das zeigt doch ganz klar, ich bin überhaupt nicht reif für die Ehe. Das hätte Ben sich ja auch denken können. Ich habe das Gefühl, alle haben das gedacht, aber keiner hat sich getraut, mir das zu sagen. Und ich ... egal ... ich blase das jetzt alles ab ... noch ist ja Zeit dazu ... was das alles kosten wird? Die blöde Hochzeitsplanerin wird sicher jeden Cent haben wollen.«

»Und den bekommt sie auch. Denn du wirst heiraten.«

»Werde ich nicht.«

»Es ist ganz normal, vor einer Hochzeit Panik zu bekommen. Das geht jeder Braut so. Frag lieber nicht, was für eine Panikattacke ich hatte vor der Hochzeit mit deinem Vater«, sagte Lotte.

Das war jetzt eine glatte Lüge, aber in der Liebe und im Krieg ist alles erlaubt, oder vielmehr geht man da über Leichen, dachte sich Lotte und hoffte, dass diese kleine Lüge Emma in ihrer Not etwas helfen würde.

»Vielleicht hättest du da aber auf die Panikattacke hören sollen und ihn besser nicht geheiratet.«

»Das hatten wir doch schon. Manchmal macht man eben Fehler. Du kannst dich wieder scheiden lassen, es ist nicht lebenslänglich, wenn du nicht willst.«

»Es fühlt sich aber so an.«

»Lebenslänglich in einer Ehe kann ganz gut sein, wenn du

deine geschiedene Mutter fragst.« Lotte wischte ihrer Tochter ein paar Tränen aus dem Gesicht.

»Du hast jetzt aber Ben noch nichts von alldem gesagt?«, fragte sie vorsichtshalber mal nach.

Emma schüttelte den Kopf.

»Der schläft wie ein Baby. Wenn er mal eingeschlafen ist, kann neben ihm eine Bombe hochgehen, er wird nicht wach. Das ist für einen Arzt im Krankenhaus ziemlich praktisch. Er braucht drei Wecker und einen doppelten Espresso, um in die Gänge zu kommen.«

»Na, dann ist es ja gut. Und alles wird gut. Ich verspreche dir das.«

Emma blickte Lotte vertrauensvoll an. So hatte sie sie manchmal als Kind angeblickt – so als ob Lotte tatsächlich die Macht hätte, die Welt immer wieder heil und ganz machen zu können.

Wenigstens hatte Emma sich etwas beruhigt.

»Woher weiß man absolut sicher, dass man jemanden liebt? Es hat sich total richtig angefühlt, das mit Ben, und jetzt fahren meine Gefühle Achterbahn.«

»Nun, solange die Gefühle Achterbahn fahren, würde ich mal sagen, liebst du noch. Erst wenn man keine Gefühle mehr hat, dann ist etwas wirklich vorbei.«

»Hast du noch Gefühle für Papa?«, fragte Emma Lotte überraschend.

»Ich liebe ihn immer noch, aber irgendwie anders«, antwortete Lotte und war selbst erstaunt, dass das tatsächlich die Wahrheit war.

»Und überhaupt solltest du vielleicht lieber mal mit deiner Tante Lissy über die Liebe und Gefühle sprechen, die führt im Gegensatz zu deiner Mutter eine gute Ehe und hat, glaube ich, auch nicht die Absicht, sich demnächst scheiden zu lassen.«

»Über was soll Emma mit mir sprechen?«, fragte Lissy, die gerade im Schlafanzug auf ihre Terrasse nebenan gekommen war, eine Tasse Kaffee in der Hand, und zu den beiden über den kleinen Sichtschutz hinweg rüberschaute.

»Über das Heiraten, die Liebe, deine normale Ehe. Emma hat nämlich eine kleine Kurz-vor-der-Hochzeit-Torschlusspanik-Attacke«, sagte Lotte zu ihrer Schwester.

»Sich sechs Wochen im Jahr sehen, das kann man aber nicht als normale Ehe bezeichnen«, meinte Emma sowohl zu ihrer Mutter als auch zu ihrer Tante.

»Da hast du auch wieder recht«, gab Lissy gut gelaunt zu.

»Das ist keine normale Ehe, das ist die Vorrausetzung für eine perfekte Ehe. Das solltet du und Ben unbedingt auch mal ausprobieren, am besten gleich nach den Flitterwochen.«

Emma lachte fast wieder.

»Ich glaube, ich würde Ben dann doch zu sehr vermissen. Ich bin nämlich verdammt gerne mit ihm zusammen.«

»Siehst du, dann ist ja alles wieder gut«, sagte Lotte erleichtert.

Auch wenn sie tatsächlich immer noch dachte, diese ganze Hochzeitssache sei etwas überstürzt, so wollte sie auf keinen Fall, dass Emma jetzt kalte Füße bekam, nur weil ihre Mutter vor ein paar Tagen eine blöde Bemerkung dazu gemacht hatte.

Emma schniefte ein letztes Mal und erklärte dann: »Ich denke schon.«

Lissy kam rüber und setzte sich zu Lotte auf die Liege.

»Das denke ich auch. So kleine Panikattacken kurz vor einer Hochzeit sind ganz normal. Aber falls du doch noch Redebedarf hast, deine Mutter ist in Liebessachen zurzeit, glaube ich, nicht die richtige Ratgeberin.«

Lissy schaute Lotte über Emmas Kopf hinweg streng an. »Und

wenn du kurz wartest, ich ziehe mir nur schnell was an, und dann führen wir beide ein Aufklärungsgespräch von Tante zu Nichte. Ich erzähle dir alles über die Liebe, was du nie wissen wolltest.«

Emma lachte auf. »Nein, danke. Mir geht es wirklich wieder gut. Ich schleiche mich jetzt besser rüber ins Zimmer, bevor Ben noch wach wird und fragt, was los ist, und tue so, als wäre nie etwas passiert«, sagte Emma und stand auf. »Wir sehen uns nachher beim Frühstück. Und kein Wort darüber zu Ben oder zu sonst jemandem.«

»Kein Wort«, versprachen Lotte und Lissy gleichzeitig und verschlossen ihren Mund symbolisch mit einem Reißverschluss und warfen den Schlüssel weg.

Emma ging zurück in ihr Zimmer.

Lissy sah Lotte an.

»Na, das ist ja langsam eine Familienkrankheit. Wahrscheinlich genetisch bedingt. Ständig passieren Dinge, die angeblich nie passiert sind, und ständig darf irgendjemand etwas nicht wissen, was er vielleicht doch besser wissen sollte. Wenn das mal auf die Dauer gut geht.«

»Das wird schon gut gehen, sind ja nur noch ein paar Tage«, meinte Lotte und hatte jetzt nach dem Kuss mit Philipp noch mehr Zweifel am Gutgehen, als sie zugeben wollte.

Gut, dass Lissy nicht alles wusste, vor allem das Allerneuste nicht. Wahrscheinlich würde ihre Schwester wegen all der Geheimnisse sonst irgendwann einfach platzen.

Lotte stand auf.

»Ich muss unter die Dusche. Wir sehen uns beim Frühstück. Bis später.«

»Bis später«, sagte Lissy und ging rüber in ihr Zimmer.

Lotte ging drinnen unter die Dusche und stellte den Regler auf kalt – auf eiskalt.

Zum Frühstück zu gehen war keine Option, sagte ihr Kopf, denn sie konnte immer noch Philipps Lippen auf den ihren spüren, auch wenn sie fünf Minuten eiskalt geduscht hatte, bis ihre Lippen fast blau waren.

Das hatte aber leider nicht den bleibenden Eindruck weggewischt, den Philipps Mund auf dem ihren hinterlassen hatte. Aber leider hatte Philipps Kuss auch nicht einfach den Eindruck weggewischt, den Carl bei ihr hinterlassen hatte.

Lotte fühlte sich wie ein Teenager.

Hilflos ausgeliefert den Gefühlen, die sie hin und her warfen wie ein Boot im Sturm. Und diesen Sturm hatte sie auch noch selbst herbeigerufen.

Nicht zum Frühstück zu gehen war auch keine Option, sagte ihr Magen gerade und knurrte laut und vernehmlich. Sie war ja auch schon etwas länger wach.

Magen! Das war die Lösung! Sie hatte eine Magenverstimmung, eine Magen-Darm-Grippe, Corona, Norovirus, Ebola. Sie hatte eine verdammt ansteckende Krankheit und müsste deswegen die nächsten Tage hier im Zimmer verbringen.

Oder am besten gleich ihr restliches Leben. Oder sie würde zumindest so lange hier drinbleiben, bis alle anderen abgereist waren. Dann im Herbst würde sie sich mit langen Haaren und völlig bleich aus dem Hotel schleichen wie ein Dieb oder wie die Ehebrecherin, die sie war.

Lotte blickte sich im Spiegel an.

Sei kein Weichei, sagte sie zu ihrem Spiegelbild, schließlich ist zumindest mit Philipp nicht wirklich was passiert.

Das war sicher nur ein Trostpflaster für ihn. Der arme Kerl machte gerade eine Scheidung durch, da hätte sie damals auch jeden Trost gebrauchen können, der sich ihr geboten hätte.

Lotte bürstete sich noch einmal ihre Haare und ging dann mit erhobenem Kopf in den Speiseraum.

Dort waren mittlerweile alle versammelt.

Philipp saß neben Dora und blickte nicht eine Sekunde auf, als Lotte reinkam.

Gut, von dieser Seite wären zumindest keine Komplikationen zu erwarten. Lotte hoffte, dass Philipp anders als Carl die Sache wirklich einfach vergessen würde. Der Kuss diente wohl dem Aufpäppeln seines wegen der Scheidung sicher angeschlagenen Selbstwertgefühls, so hoffte sie und ignorierte dabei, dass Philipp nicht den Eindruck erweckte, zu wenig Selbstwertgefühl zu besitzen, ganz im Gegenteil.

Carl hingegen war ein anderes Kaliber. Ihr Ex-Mann schaute sie an, als wäre sie ein T-Bone-Steak mit Pommes und er seit Monaten auf Nulldiät. Das war ein Vergleich, der mehr als gerechtfertigt war, schließlich hatte Isabell Carl ja auf eine ziemlich radikale Diät gesetzt.

Nun, Carl würde sich an ihr die Zähne ausbeißen.

Lotte ging betont locker zum Büfett und holte sich einen Teller voller Leckereien und ließ sich dann zwischen Lissy und Emma nieder.

Ein Safe Space für sie zwischen Schwester und Tochter sozusagen.

Etwas Warmes legte sich, kaum hatte sie Platz genommen, auf ihren Oberschenkel.

Lotte erstarrte für eine Sekunde.

Gott sei Dank war es nicht Carls Hand, der saß ja auch wirklich zu weit weg.

Charlie hatte seine Pfote auf ihr Bein gelegt, in der Erwartung, wie immer verbotenerweise an ihrem Frühstück teilhaben zu können.

Lotte reichte ihm heimlich ein kleines Stück Ibérico-Schinken.

»Alles wieder gut?«, fragte Lotte ihre Tochter.

»Alles bestens, und danke für vorhin«, antwortete Emma. Sie wirkte so glücklich und ausgeglichen, als hätte es den kleinen Zusammenbruch vorhin wirklich nicht gegeben.

»Soll ich dir noch ein Fünf-Minuten-Ei mitbringen?«

»Gerne«, sagte Lotte.

Emma stand auf, und in diesem Augenblick setzte sich auch schon Carl neben Lotte.

»Ich kann einfach nicht aufhören, an dich und mich zu denken«, flüsterte Carl ihr sofort zu.

»Ich schon«, sagte Lotte, stand auf, ließ Carl sitzen und ging zum Büfett.

Rührei oder Spiegelei?

Schinken oder Salami?

Carl oder Philipp?

Verrückt oder vollkommen durchgeknallt?

Lotte entschied sich für den Schinken. Schließlich hatte von der letzten Portion Charlie das meiste abbekommen.

»Ich kann nicht aufhören, an unseren Kuss zu denken«, raunte plötzlich eine Stimme neben ihr.

Philipp stand neben ihr und legte sich gerade Unmengen von Salami auf den Teller, wohl ohne zu merken, was er da tat.

»Das solltest du aber«, flüsterte sie Philipp zu.

»Ich weiß«, flüsterte Philipp zurück.

Lotte und er blickten sich kurz in die Augen.

In diesem Moment kam Lissy zu den beiden an das Büfett.

»Na, ihr beiden, heckt ihr etwa was aus?«

Lotte fühlte sich ertappt, ihre Schwester kannte sie einfach zu gut, und auch Philipp erstarrte.

»Ich meine ja nur für den Junggesellinnenabschied. Also für morgen Abend.« Lissy lachte. »Emma und Ben sind ja völlig ahnungslos. Aber ich habe gehört, Isabell hat da eine Überraschung geplant, und wollte nur sagen, falls ihr da auch was vorhabt ...«

»Haben wir nicht, wir haben gar nichts vor. Nichts. Überhaupt nichts«, sagte Lotte schnell. Ihre Schwester kannte sie zwar mehr als gut, aber sie konnte wohl immer noch keine Gedanken lesen.

Gott sei Dank!

»Absolut nicht. Wir machen gar nichts«, sagte auch Philipp, schüttelte den Kopf und ging mit einem Teller voller Salami zurück an seinen Platz.

Lissy schaute ihm verwundert nach.

»Also irgendwie kommt mir Philipp heute komisch vor. Dir nicht auch?«, fragte sie Lotte.

»Ganz und gar nicht«, meinte Lotte.

»Hast du den Teller voll mit Salami gesehen?«

»Ist wahrscheinlich für Charlie.«

»Der arme Hund. Das kann nicht gut sein«, sagte Lissy und nahm sich zwei Croissants.

Nach dem Frühstück beschloss Lotte, das einzig Richtige zu tun, was jetzt zu tun war: Sie würde abreisen. Sofort.

Einfach verschwinden, wie vom Erdboden verschluckt.

Lotte warf ihren Koffer auf das Bett und begann hektisch, alle ihre Sachen einfach in den Koffer zu werfen.

Sie würde das Handy ausschalten und nicht mehr ans Telefon gehen, bis sie in Frankfurt wäre.

Sie würde Lissy vom Flughafen aus eine kurze WhatsApp-Nachricht schicken, damit nicht alle glaubten, ein Serienkiller hätte sie erwischt, und die Polizei einschalteten.

Lissy würde sicher allen irgendetwas erklären, irgendetwas mit »emotionalem Stress«, »alles nicht so einfach«, »alles etwas zu viel für die Arme, das muss man doch verstehen und entschuldigen«.

Lissy war schon immer sehr diplomatisch und in die ganze Sache hier am wenigsten verstrickt. Sie würde auch Emma über die Abwesenheit ihrer Mutter hinwegtrösten, auch das konnte sie wirklich gut.

Aber diese eine WhatsApp-Nachricht wäre für Lotte der einzige Kontakt zur Außenwelt für die nächsten Tage.

Lotte stopfte die T-Shirts in den Koffer. Wieso verdammt noch mal hatte sie dermaßen viel unnötiges Zeug eingepackt?

Sie würde den nächsten Flieger nach Frankfurt nehmen und

sich die nächsten Tage in ihren Gewächshäusern vergraben. Sie würde ein Feldbett mitten zwischen die Pflanzen stellen und dort schlafen. Und irgendwann wäre ihre Tochter verheiratet, genügend Gras wäre über Lotte und alles andere gewachsen und alles wäre wieder normal.

Carl wäre ihr blöder Ex.

Philipp wäre der nervige Vater ihres Schwiegersohns.

Und alle würden sich wie üblich zu den Familienfeiern treffen, und Lotte würde sich wie immer dabei furchtbar langweilen und sich die ganze Zeit nach ihren Pflanzen sehnen.

Vielleicht würde sie sich auch hypnotisieren lassen. Das war doch sicher möglich, mit einer Hypnose das alles einfach aus ihrem Gedächtnis zu löschen.

Sie warf ihren Kosmetikbeutel in den Koffer und drückte ihn mit Mühe und Not zu. Lotte schaute sich in ihrem Zimmer um.

Das sah gut aus, falls sie was vergessen hatte, würde Lissy ihr das mitbringen.

Sie schnappte sich den Koffer und öffnete die Tür.

Es war kurz nach elf vormittags. Heute hatten alle Hochzeitsbeteiligten quasi »frei«, es gab also keine gemeinsamen Pläne. Isabell war sicher am Pool oder beim Radfahren mit Carl zusammen, Philipp hoffentlich mit Charlie unterwegs, und Dora arbeitete mit ihrer Affäre.

Lissy, das wusste Lotte sicher, war passenderweise mit Ben und Emma zu einem der kleinen Wochenmärkte in der Nähe gefahren.

Lotte blickte den Flur entlang. Die Luft war rein. Sie schlich sich zur Rezeption.

Dort hatte heute Don Juan wieder Dienst.

Als er Lotte mit dem Koffer ankommen sah, wollte er schon aufspringen und ihr behilflich sein.

Lotte schüttelte den Kopf und legte den Finger an die Lippen.

Don Juan blickte sie verwirrt an, aber Deutsche waren für Spanier sicherlich des Öfteren nicht so wirklich zu verstehen.

Hauptsache, er blieb einfach sitzen.

Lotte sah ihn eindringlich an und schüttelte noch einmal den Kopf.

Dann zog sie langsam und sich witternd umblickend den Koffer durch die Lobby ... und lief fast direkt in Isabell rein, die in einem Strandkleid und mit einer großen Sonnenbrille auf der Nase gerade vom Pool zurückkam.

Isabell sah unglaublich schick und mondän aus, wie eine moderne Grace Kelly. Lotte erwartete fast, dass gleich ein paar Paparazzi auftauchen würden.

Sie schaffte es gerade noch, mit einer geradezu akrobatischen Drehung ihren Koffer hinter einer Säule der Lobby zu verstecken.

Wenn Isabell das Gepäck jetzt zu Gesicht bekam, müsste Lotte sicher jede Menge Fragen beantworten, und dazu war Lotte im Moment sicher nicht in der Lage.

»Ahhh ... da bist du ja ... Ich habe dich schon die ganze Zeit gesucht.« Isabell strahlte Lotte an und gab ihr ein Küsschen rechts und links auf die Wange. Lotte roch die teure Sonnenmilch.

»Warum suchst du mich?«, fragte Lotte, und ihr wurde plötzlich etwas mulmig. Sie konnte sich nicht erinnern, dass Isabell sie jemals in ihrem Leben gesucht hatte.

»Hast du einen Moment Zeit für mich?«, fragte Isabell und blickte Lotte mit ihren unschuldigen großen blauen und trotz Pool immer noch perfekt geschminkten Augen an.

»Nein, also ehrlich gesagt, ich bin ... ich wollte gerade ...«, stammelte Lotto herum. Ihr fiel leider spontan keine gute Ausrede ein, wohin sie denn gerade dringend wollte.

»Ach komm, du bist im Urlaub, da muss man doch nicht hetzen. Lass uns gemeinsam einen Drink draußen am Pool auf der Terrasse nehmen. Ich lade dich ein, wollte das schon die ganze Zeit machen. Das ist gerade die Gelegenheit, Carl ist nämlich im Spa und lässt sich massieren. Er ist irgendwie so verspannt in den letzten Tagen, und das ist gar nicht gut für seinen Rücken. Wir wollen doch keinen zweiten Bandscheibenvorfall riskieren, nicht wahr ...«, flötete Isabell, und Lotte wurde leicht schwummerig.

»Ich, ähm ... ich ... ich wollte eigentlich nach Palma, ja, genau, nach Palma. Emma braucht noch etwas für die Hochzeit, und ...«

»Das kannst du doch auch später machen. Nur ein halbes Stündchen, ein kleiner ungestörter Plausch unter Frauen. Bitte ... es ist wichtig.« Isabell blickte sie eindringlich an.

Was um alles in der Welt wusste sie?

Lotte wurde heiß und dann kalt, und dabei war sie noch gar nicht richtig in den Wechseljahren.

Sie hatte das dringende Bedürfnis, einfach rauszurennen, aber dann hätte sie den Koffer hier stehen lassen müssen. Auch keine gute Idee, im Koffer steckte ihr Pass, und ohne den würde sie nicht fliegen können. Warum hatte sie den auch nicht einfach gleich ins Handgepäck gesteckt? Sie verfluchte sich selbst.

Wobei, Isabell sah nicht wirklich wütend aus. Sie konnte auch in dem Strandkleid kein Messer versteckt haben, so figurbetont, wie das Teil auf der Hüfte saß.

Isabell wusste sicher nichts von dem kleinen oder vielmehr großen Techtelmechtel zwischen ihr und Carl, sonst würde sie Lotte wahrscheinlich nicht auf einen Drink an der Poolbar einladen, sondern ihr hier und jetzt einfach die Augen auskratzen mit ihren perfekt manikürten Fingern.

Lotte blickte immer noch etwas nervös auf die Uhr.

Aber die Uhrzeit war im Grunde genommen egal. Sie hatte noch kein Ticket und musste am Flughafen erst noch eins buchen. Wahrscheinlich ging sowieso jede Stunde ein Flieger von Palma de Mallorca nach Frankfurt.

»Also?« Isabell blickte sie immer noch eindringlich an. So einfach würde Lotte hier offensichtlich nicht wegkommen.

Lotte seufzte auf.

»Nun gut, aber nur ein halbes Stündchen, dann muss ich wirklich los.«

»Kein Problem, meine Liebe …«, sagte Isabell, drehte sich um und ging voraus zurück zum Pool.

Lotte schaute für eine Sekunde auf ihren Koffer, der noch hinter der Säule stand. Nun, da würde er sicher in einer halben Stunde immer noch stehen.

Sie folgte Isabell und bemerkte den noch verwirrteren Blick, den Don Juan ihr von der Rezeption zuwarf.

»Weißt du, Carl ist mehr als komisch in letzter Zeit.«

»Ach, das kenne ich auch von früher, der hat immer wieder so seine Phasen.« Lotte versuchte, völlig locker und entspannt zu wirken.

Sie und Isabell saßen im Schatten auf der Terrasse beim Pool und hatten kühle Drinks vor sich stehen. Es war gerade unglaublich heiß, selbst unter dem großen Sonnenschirm. Lotte fühlte sich wie in der Sauna, oder in der Hölle. Wohl eher wie in der Hölle, oder dem Fegefeuer, wenn Lotte so nachdachte.

»Aber diesmal ist es etwas anderes. Das kann ich spüren, und ich habe da einen Verdacht, woran das liegen könnte. Und darüber wollte ich mit dir sprechen …«, verkündete Isabell.

»Ich bin sicher, das bildest du dir nur ein.«

»Ich weiß ja auch wirklich nicht so genau, was los ist. Aber wenn ich so darüber nachdenke, dann deutet alles darauf hin, dass er … dass er …«

Isabell blickte Lotte direkt in die Augen.

Lotte wurde noch heißer, falls das überhaupt möglich war.

»Dass er eine Affäre mit dir hat«, sagte Isabell und sprang Lotte in der gleichen Sekunde mit gezückten Fingernägeln an, um ihr das Gesicht zu zerkratzen. Schreiend und kämpfend landeten die beiden schließlich im Pool.

Lotte zwinkerte kurz und kam wieder in die Realität zurück.

Alkohol um die Mittagszeit war keine gute Idee. Und das nicht nur, weil sie ja noch zum Flughafen fahren musste.

Lotte nahm einen Eiswürfel aus dem Drink und hielt ihn sich an Hals und Schläfen. Es war viel zu warm für Mai, selbst für Malle, verdammt.

Isabell fuhr fort: » ... dass er in einer schweren Midlife-Crisis ist. Ich rede da wirklich ungerne mit anderen darüber, aber du bist Familie und kennst ihn in dieser Hinsicht auch sehr gut ...« Isabell musste an dieser Stelle zu Lottes Überraschung tatsächlich kichern.

Lotte war verwirrt, was gab es da zu kichern?

Isabell holte tief Luft und sprach dann weiter: »Er hat irgendwie Probleme im Bett. Egal, was ich tue, egal, was ich anziehe oder vielmehr nicht anziehe. Ich habe mit meinem Craniosacral-Therapeuten darüber gesprochen. Das sei bei Männern in seinem Alter durchaus nichts Ungewöhnliches, meinte der. Es ist nicht mehr so wie früher, nicht mehr so oft und überhaupt ...«

Isabell schwieg für einen Moment und blickte Lotte Hilfe suchend an.

»Ich habe schon an die kleine blaue Pille gedacht, weißt du.«

Lotte fiel ein Stein vom Herzen. Oder vielmehr die Alpen oder gleich der ganze Himalaya. Es rumpelte gewaltig von ihrem Herzen und ihrem Gewissen runter.

Isabell hatte keine Ahnung, so viel war klar.

»Du machst dir zu viele Sorgen. Ich denke, er ist einfach überarbeitet, und dann hatte er ja auch noch die Rückenprobleme. Ich bin sicher, das renkt sich sozusagen wieder ein.«

»Glaubst du wirklich?« Isabell sah Lotte hoffnungsvoll an.

»Ja. Glaube ich«, versicherte Lotte und dachte: Spätestens dann, wenn ich im nächsten Flieger nach Frankfurt sitze, wird Carl sicher wieder wissen, was er an dir hat.

»Aber wenn ich dir einen Rat geben darf, mach ihm nicht so viel Druck wegen dem Kind. Es könnte auch daran liegen, wenn du mich fragst«, fügte Lotte hinzu und merkte, dass sie diesen Ratschlag tatsächlich ehrlich meinte.

»Emma ist damals einfach so passiert, aber ich kann mich erinnern, Carl fand es bei Freunden schon immer schwierig, wenn die Männer sozusagen wegen der Familienplanung nach Plan funktionieren mussten.«

Isabell nickte nachdenklich. »Danke dir. Ich kann dir gar nicht sagen, wie gut es mir tut, endlich mal mit einer anderen Frau darüber sprechen zu können, und ich wusste nicht, mit wem ich das sonst tun könnte, ohne Carl irgendwie bloßzustellen.«

»Gern geschehen …«, sagte Lotte und blickte ungeduldig auf ihr Handy. Höchste Zeit zu verschwinden.

»Ich müsste jetzt aber wirklich dringend los … du entschuldigst mich …« Lotte stand auf.

»Weißt du, Charlotte, wenn ich ehrlich bin, ich habe dich immer bewundert. Du bist so zupackend, kriegst alles immer auf die Reihe, und das scheinbar so mühelos«, sagte Isabell.

»Was?« Lotte setzte sich mit einem Plumps wieder hin. Irgendwie lief dieses Gespräch in keiner Hinsicht so, wie sie es erwartet hatte. Überhaupt nicht.

»Wenn ich ehrlich bin, war ich ab und zu richtig eifersüchtig auf dich. Carl hat die Familie am Anfang unserer Beziehung sehr vermisst, und das ist auch einer der Gründe, warum ich eine eigene Familie haben möchte. Ich will Carl einfach glücklich machen. Und mich natürlich auch«, erklärte Isabell.

Isabell war eifersüchtig auf Lotte gewesen? Auf welchem Planeten?

Lotte war fassungslos. Sie war doch die ganze Zeit eifersüchtig auf Isabell. Alles war plötzlich durcheinander. Lottes Welt stand kopf, seit sie auf Mallorca war.

»Es ist so lieb von dir, dass du dir meine Probleme mit deinem Ex-Mann anhörst, das ist einfach toll. Manchmal weiß ich einfach nicht mehr weiter, bin ich völlig durcheinander. Was mache ich denn, wenn das mit der Familie, also wenn das nicht klappt, was mache ich, wenn Carl dann enttäuscht von mir ist und fremdgeht?«

Isabell blickte Lotte mit ihren großen blauen und, wie Lotte neidlos feststellen musste, unglaublich schönen Augen an, und dann sagte Lotte: »Du sagst ihm, er soll die Affäre sofort und für immer beenden, sonst schneidest du ihm die Cojones, also die Eier, ab. Ganz einfach. Das hätte ich auf jeden Fall damals mit ihm machen sollen.«

Lotte hatte Mühe und Not, nicht einfach mit Vollgas zum Flughafen zu rasen und sich wenigstens halbwegs an die Geschwindigkeitsbegrenzungen zu halten. Das hätte ihr jetzt gerade noch gefehlt, hier auf der Insel von der Polizei aufgehalten zu werden. Von Isabell aufgehalten zu werden hatte jetzt wirklich schon gereicht.

Lotte war immer noch völlig überfordert von ihrem Gespräch mit Isabell. Warum konnte die neue Frau von Carl nicht einfach nur doof, blöd und eine totale Zicke sein? Reichte es nicht schon, dass sie aussah wie ein Model? Dass sie einen echt guten Geschmack hatte? Dass sie gut mit Emma umging und ihre Tochter sie wirklich gernhatte? Musste Isabell auch noch nett und sympathisch sein? Das war wirklich absolut gemein und ungerecht. So konnte man Isabell doch nicht einfach hassen und blöd finden, verdammt noch mal. In einem anderen Leben hätte sie vielleicht sogar mit Isabell befreundet sein können.

Lotte fluchte und gab Gas.

Wenig später stellte Lotte den Mini am Flughafen einfach auf einem Parkplatz ab und ließ den Schlüssel hinter der Sonnenblende. Lissy hatte einen Zweitschlüssel, sie könnte den Wagen später mit Carl zusammen wieder abholen. Schließlich blieb ihre Schwester ja noch einige Tage auf der Insel, da konnte sie das Auto sicher gut gebrauchen.

Als Lotte die kühle Flughafenhalle betrat, holte sie erst einmal tief Luft. Noch drei, vier Stunden und all das würde hinter ihr liegen.

Sie blickte sich um und entdeckte einen Ticketschalter. Der nächste Flug nach Frankfurt, den sie erwischen würde, ging in zweieinhalb Stunden. Hoffentlich war noch ein Platz in der Maschine frei.

Leider stand schon eine ziemlich lange Schlange vor dem Schalter. Lotte reihte sich ein.

Während sie wartete, holte sie ihr Handy hervor. Es war Zeit, Lissy eine Nachricht zu schreiben, bevor irgendjemand sich ernsthafte Sorgen machte.

Lotte tippte: »Liebe Lissy, bin am Flughafen, auf dem Weg zurück nach Frankfurt, bevor noch eine Katastrophe passiert. Bin sicher, du kannst es allen anderen besser erklären, als ich das selbst könnte. Deine dich liebende Schwester XXX.« Lotte drückte auf Senden, und dann schrieb sie gleich noch eine zweite Nachricht: »PS: Sei nicht allzu sauer auf mich und tröste Emma.«

Wenn Lissy das las, wäre es sicher zu spät, um sie noch davon abzuhalten abzureisen.

Die Schlange vor ihr wurde langsam kleiner, und schließlich war Lotte endlich dran.

»Wohin wollen Sie?«, fragte der Mann hinter dem Schalter in völlig akzentfreiem Deutsch.

»Ich?«

»Ja. Sie. Sie wollen doch ein Ticket. Das hier ist ein Ticketschalter. Wir verkaufen Flugtickets in die ganze Welt. Sie müssen nur sagen, wohin Sie wollen.«

»Ich ... ähm, ja, ich will ein Ticket.«

»Also, wohin?«

Lotte sah den Mann verwirrt an. Wollte sie wirklich ein Ticket? Und wohin wollte sie wirklich, und was wollte sie wirklich?

»Zurück. Ich will zurück. Ich muss zurück. Tut mir leid«, sagte Lotte, drehte sich um, ließ den Angestellten am Schalter verblüfft zurück und rannte aus dem Flughafengebäude hinaus.

Sie konnte ihre Tochter doch nicht allein heiraten lassen, nur weil sie selbst Mist gebaut hatte.

Lissy schien später nicht überrascht, Lotte wieder im Hotel zu sehen, obwohl sie ganz sicher die WhatsApp-Nachricht erhalten hatte. Da waren nämlich zwei blaue Haken hintendran gewesen, noch bevor Lotte das alles wieder hätte löschen können.

Lissy verzog keine Miene, als Lotte sich beim Abendessen neben sie setzte, ganz so, als hätte sie heute nicht versucht, einfach abzuhauen.

Lissy fragte nur bei Gelegenheit, als niemand von den anderen sie hören konnte: »Und? Wie weit bist du gekommen auf deiner Flucht?«

»Ich war schon am Flughafen.«

»Ich hätte gewettet, dass du auf jeden Fall schon vorher wieder umdrehst.«

»Wieso?«

»Du liebst Emma viel zu sehr, und du bist nicht feige.«

»Ich liebe Emma, ja, total, aber bei dem anderen bin ich mir nicht so sicher.«

»Hauptsache, du bist immer noch hier.«

»Bin ich.« Lotte lächelte in die Runde.

Carl und Philipp lächelten zurück.

»Eine super Idee!« Lissy schrie fast, so begeistert war sie. »Dass ich da nicht selbst drauf gekommen bin!«

Isabell lächelte geschmeichelt.

»Die Idee ist grauenvoll«, meinte Lotte. »Was soll das? Ich war noch nie auf dem Ballermann, und ich will da auch nicht hin.«

»Du bist eben eine Spaßbremse«, warf Carl mit einem süffisanten Lächeln ein.

»Mach dich mal locker«, sagte sogar Philipp. »Das wird sicher total lustig.«

»Mama, bitte, so ein richtiger Junggesellinnenabschied zwei Tage vor der Hochzeit ist doch großartig. Du musst einfach mitkommen!«

»Sie kommt natürlich mit«, versicherte Isabell. »Ich habe extra T-Shirts drucken lassen. Hier, seht mal!«

Isabell hielt T-Shirts in die Höhe. Die einen waren rosa, die anderen hellblau, auf den rosafarbenen stand »Team Emma« und auf den hellblauen »Team Ben«.

Lotte konnte es nicht fassen. Isabell hatte das alles tatsächlich von langer Hand genau geplant, aber war jetzt erst nach dem Mittagessen mit alldem rausgerückt. Wahrscheinlich, damit niemand mehr rechtzeitig fliehen konnte, dachte Lotte und fragte sich, ob es nicht doch besser gewesen wäre, gestern einfach abzureisen.

Heute Abend würden alle nach Isabells Vorstellungen am Ballermann feiern, in getrennten Teams – Männer und Frauen. Ein richtiger Junggesellen- und Junggesellinnenabschied.

Mit Besuch eines Stripclubs für die Jungs und einer Karaokebar für die Mädels.

Und am Tag danach gab es dann für die Frauen ein ausgeklügeltes Wellnessprogramm, und die Männer durften ihren Rausch ausschlafen, damit bis zur Hochzeit auch wieder alle fit waren.

Was für eine selten blöde Idee!

Lotte würde da auf gar keinen Fall mitkommen. Besäufnisse jeder Art waren ihr ein Gräuel. Bierzelte, Volksfeste etc. waren für sie ein Albtraum, und der Ballermann war ja wohl die Krönung des Grauens.

Nicht mit ihr.

»Ich bin Team Hotel«, verkündete Lotte. »Ich bleibe auf jeden Fall hier. Ich bin für so etwas nicht geeignet. Tut mir leid, Emma, du kennst mich, das geht gar nicht für mich. Habt viel Spaß und trinkt nicht allzu viel, sonst musst du mit einem Kater heiraten.«

»Mama! Bitte!« Emma setzte ihren Welpenblick auf. »Bitte. Bitte. Bitte. Bitte.«

Lotte schüttelte erneut energisch den Kopf.

»Bei aller Liebe. Nein und noch mal nein. Geht ihr allein.«

Keine zehn Pferde würden sie dahin bringen.

Lotte trug seit vier Stunden das rosafarbene T-Shirt mit dem Aufdruck »Team Emma«, und auf dem Rücken ihres T-Shirts stand auch noch »Mutter der Braut«. Das T-Shirt war viel zu eng, und sie hatte das Gefühl, alle Männer hier starrten auf ihre Brüste. Sie hätte sich am liebsten irgendetwas Weites, Flatterhaftes drübergezogen.

Aber das Allerschlimmste war: Lotte trug wie alle aus dem »Team Emma« einen rosafarbenen Haarreif mit blinkenden Hasenohren auf dem Kopf. Nur Emma als Braut hatte von Isabell statt der Hasenohren regenbogenfarbene blinkende Teufelshörnchen bekommen.

Lotte kam sich selten doof vor und nahm noch einen tiefen Schluck Sangria mit dem bunten, riesigen Strohhalm, der in einem Plastikeimer voller Alkohol steckte. Jetzt verstand Lotte auch, warum der Ballermann so für das Saufen bekannt war. Das alles hier ließ sich wirklich nur betrunken ertragen.

Sie war dann doch vor vier Stunden mit den anderen in einem Minibus an den Ballermann gefahren. Emma hatte sie den ganzen Nachmittag bearbeitet, und irgendwann war Lotte dann leider eingeknickt.

Das hatte sie jetzt davon. Blinkende Hasenohren auf dem Kopf. Und seit Stunden waren sie auf dem Balneario Nummer sechs und drum herum unterwegs. Erst hatten sie irgendwo am Straßenrand echte deutsche Currywurst mit Pommes gegessen, und dann waren sie alle in die Karaokebar gegangen, wo Emma versucht hatte, zu »I Will Always Love You« von Whitney Houston romantisch zu schluchzen. Danach waren sie weiter durch ein paar Kneipen gezogen. Wenigstens hatte sich Lotte in der Karaokebar standhaft weigern können, auf die Bühne zu gehen und zu singen.

Der einzige Trost war, hier auf dem Ballermann kannte sie sicherlich kein Schwein. In Frankfurt wäre sie wahrscheinlich in diesem Aufzug auch noch Kunden oder Freunden über den Weg gelaufen. Zum Glück feierten die Männer und Frauen ja heute getrennt, und somit war sie für die nächsten Stunden sowohl Carl als auch Philipp los. Das war ja auch etwas, fand Lotte und trank noch einen Schluck Sangria.

Lissy stand bereits wie die meisten anderen Besucher dieses Etablissements auf dem Tisch und tanzte zu einem Schlager, den eine Liveband mit einer üppig gebauten Sängerin vorne auf der Bühne mehr schlecht als recht, aber dafür ziemlich laut coverte.

Gerade beugte sich Lissy zu Lotte runter und schrie: »Komm hoch! Hier oben ist es super! Und du siehst auch mehr!« Lissys Hasenohren blinkten im Takt der Musik. Zumindest kam es Lotte so vor.

Ach, was sollte es, dachte sich Lotte und stand auf.

Hier tanzten offensichtlich alle auf den Tischen, und unten war die Luft sicherlich deutlich schlechter als oben. Von Rauchverbot hatten die hier wohl nie etwas gehört, oder es war allen egal.

Die Mischung aus Körpergeruch, Zigarettenrauch und Alkohol, die hier in der Luft lag, konnte einen allein schon völlig benommen machen. Da brauchte es wahrscheinlich gar keinen weiteren Sangria-Eimer mehr.

Lotte kletterte schließlich auf den Tisch und grölte wenig später mit ungefähr 300 anderen zusammen »Er gehört zu mir wie mein Name an der Tür« von Marianne Rosenberg.

Sie war eingeklemmt zwischen Lissy und Isabell, die natürlich selbst mit Hasenohren noch irgendwie stylish aussah und permanent irgendwelche zudringlichen Männer abwehren musste, indem sie ihnen kräftig auf die Finger schlug oder mit ihren Absätzen auf den Fuß trat, falls sie ihr zu nahe kamen. Keine Frage, Isabell konnte sich offensichtlich gut ihrer Haut wehren. Lotte war irgendwie beeindruckt davon, das hätte sie Isabell gar nicht zugetraut.

Wenn Lotte noch etwas mehr von der billigen Sangria trank, würde sie sich wenigstens morgen an nichts mehr erinnern.

Sie sang oder jaulte vielmehr weiter mit der Menge. Sie konnte überhaupt nicht singen, traf nie einen Ton, aber das war hier ja völlig egal. Die anderen konnten ja auch alle nicht singen.

Und überhaupt: War das hier nicht der Beweis!

Lotte war gar keine Spaßbremse. Keinesfalls. Wie kamen ihr Ex-Mann und ihre Tochter da nur drauf? Sie hatte in den letzten Jahren einfach nur zu viel Verantwortung gehabt. Zu viel Verantwortung, viel zu viel Drama und eindeutig viel zu wenig Spaß, fand Lotte und umarmte kurz ihre Schwester und schrie ihr ins Ohr: »Ist es nicht wunderbar hier? Wieso haben wir das nicht schon viel früher mal gemacht? Ein Wochenende auf dem Ballermann!« Lissy lachte nur, und was sie sagte, ging im nächsten Schlager über griechischen Wein von Udo Jürgens unter.

Lotte wandte sich jetzt Isabell zu ihrer Rechten zu und schrie der ins Ohr: »Weißt du, ich war früher auch immer so furchtbar eifersüchtig auf dich. Ich weiß gar nicht mehr, warum. Obwohl, ich weiß es, du hast jetzt meinen Mann, und du hast einfach viel zu gut definierte Oberarme. Wie machst du das bloß?«

Isabell starrte Lotte einen Moment verblüfft an, dann schrie sie ihrerseits Lotte ins Ohr: »Es ist unglaublich anstrengend, nicht nur Carl. Ich habe das Gefühl, ich mache jede freie Minute Sport. Das hängt mir so zum Hals raus, ich kann dir gar nicht sagen, wie. Eigentlich will ich mich nur noch gehen lassen, so wie jetzt gerade. Das mache ich viel zu selten.«

»Oh«, sagte Lotte, aber das ging in der Musik unter. Damit hatte sie jetzt nicht gerechnet. Isabell nickte Lotte zu, tanzte wild weiter und wedelte mit ihren definierten Oberarmen in der Luft herum.

Tja, alles hat wohl seinen Preis, dachte Lotte.

Wo war eigentlich Emma?

Lotte schaute sich um. Von ihrer Tochter war weit und breit nichts zu sehen. Die Menge wiegte sich im Takt.

Und dann sah sie Emma zwei Tische weiter, wie sie in inniger tanzender Umarmung einen jungen Mann küsste.

Lotte musste zweimal hinschauen.

Tatsächlich. Das war ihre Tochter. Aber der junge Mann war eindeutig nicht Ben. Ben war blond, und der Typ war schwarzhaarig.

Das war ganz sicher ein Spanier. Ein ziemlich gut aussehender Spanier, und er fand Emma wohl auch ziemlich attraktiv. Er war gerade dabei, sie hier mitten auf dem Tisch unter all den Leuten fast zu vernaschen.

Lotte war auf einen Schlag nüchtern.

Was um alles in der Welt war in ihre Tochter gefahren? Natürlich war das hier ein Junggesellinnenabschied, aber doch nicht so. Das hieß doch nicht, dass man einfach so wildfremde Männer küssen konnte.

Was wäre, wenn das Ben irgendwie aus Versehen mitbekommen würde?

In genau diesem Augenblick sah Lotte auf der anderen Seite von ihr etwas weiter hinten Ben, Carl und Philipp auf einem der Tische stehen. Carl war offensichtlich etwas abgefüllt, Ben und Philipp wirkten etwas nüchterner.

Verdammt!

Die sollten doch ganz woanders sein. Wieso waren die drei jetzt auch hier?

Das würde sehr wahrscheinlich eine Katastrophe geben, sollte Ben das mitbekommen. Und wie Philipp oder Carl auf so was reagierten, mochte sich Lotte auch gerade nicht ausmalen. Bei Betrug galten für Frauen und Männer blöderweise meistens immer noch unterschiedliche Maßstäbe.

Sie konnte sich gut vorstellen, dass gerade Carl der moralischste unter den Moralaposteln sein würde, wenn er seine Tochter hier kurz vor der Hochzeit fremdknutschend entdeckte.

Lotte blickte zu Emma.

Die klebte immer noch an dem Spanier, und der Typ hatte seine Hand auf dem Po ihrer Tochter.

Das ging, egal wie, gar nicht.

Lotte sprang kurz entschlossen vom Tisch und bahnte sich mühsam den Weg durch die grölende Menge.

Jetzt wusste sie plötzlich wieder ganz genau, warum sie solche Veranstaltungen hasste. Sie kam kaum vorwärts und musste drei Männer fast wegboxen.

Hoffentlich hatten die drei vom »Team Ben« Emma noch nicht entdeckt.

Schließlich hatte sie sich bis zu Emmas Tisch durchgekämpft und schaute hoch zu ihrer Tochter.

Sie zog Emma an ihrem viel zu kurzen Rock.

Emma blickte irritiert nach unten.

»Komm sofort da runter!«, schrie Lotte und versuchte, den

Text von »Himbeereis zum Frühstück« zu übertönen, was ihr wohl nicht so gut gelang.

Emma schüttelte ihre Mutter ab wie ein etwas lästiges Insekt und wandte sich wieder ihrem heißblütigen Spanier zu.

Aber Lotte ließ sich nicht so einfach abschütteln. Sie stieg kurzerhand auf den Tisch und schaute sich um.

Offensichtlich hatten Ben und die anderen noch nicht mitbekommen, dass das Brautteam auch hier war.

»Er steht im Tor, im Tor, und ich dahinter ...«, grölte gerade die Menge, und Emma sang mit.

»Ben ist da«, schrie Lotte ihre Tochter an. Der Spanier blickte verwirrt auf diese ältere Frau, die sich an Emma drückte. Was wollte die denn hier?

Aber Emma hatte wohl nichts verstanden.

»Mama! Lass mich in Ruhe! Das ist quasi mein letzter Abend in Freiheit ... Ich will Spaß ...«

»Ben ist da!«, schrie Lotte erneut in Emmas Ohr, und nun schien Emma endlich zu verstehen.

Sie wurde blass und ließ sofort von dem jungen Mann ab.

»Ben ist da? Wieso? Wo?« Emma blickte sich hektisch um.

»Dahinten! In Deckung!«

Lotte zerrte Emma einfach vom Tisch runter, die das jetzt problemlos mit sich machen ließ.

Der Spanier blickte noch einmal kurz auf Emma, dann wandte er sich enttäuscht der nächsten Liebe suchenden Dame zu.

Davon gab es hier ja auch jede Menge, die musste man nur noch von den Tischen pflücken.

»Wieso ist Ben da, die sollten doch woanders feiern?«, fragte Emma und musste dabei weiter auf ihre Mutter einschreien, so laut war die Musik.

»Dachte ich auch.«

»Ist Papa auch da?«

»Ja.«

»Bens Vater?«

»Ja. Was denkst du denn. Das ganze Team Ben ist hier.«

»Scheiße«, entfuhr es Emma. »Hat mich jemand gesehen?«

»Hoffentlich nicht.«

»Wir müssen hier raus.«

Lotte und Emma drängten sich durch die Menge nach draußen, wo schon der Shuttlebus vom Hotel am Abholort stand.

Sie setzten sich einfach in den Bus und warteten. Es war bereits Mitternacht.

Die anderen würden sicher auch bald kommen, sie wollten spätestens alle um halb eins zurück zum Hotel fahren.

Emma drückte kurz die Hand ihrer Mutter. »Danke. Du hast wahrscheinlich grade meine Hochzeit, meine Ehe und den Rest meines Lebens gerettet.«

»Kein Problem. Das habe ich doch gerne gemacht«, antwortete Lotte, und Emma blickte sie verblüfft an. Wahrscheinlich hatte sie mit einer fetten Standpauke von ihrer Mutter gerechnet.

Lotte war gerade mehr als froh, dass sie gestern nicht abgereist war, ganz so, als hätte sie geahnt, wie sehr ihre Tochter sie noch brauchen würde.

Hatte Emma vielleicht das Betrügen in den Genen? Gab es so was überhaupt? Ein Gen, das einen zur Untreue verdammte?

Nun, wenn dem so war, dann hatte Emma das ja wohl blöderweise von ihren Eltern geerbt.

»Das war's. Ich werde ab jetzt nie wieder einen anderen Mann als Ben küssen«, versicherte Emma, seufzte auf und lehnte sich auf ihrem Sitz zurück und schloss die Augen.

»Das will ich schwer hoffen«, sagte Lotte und wusste gerade

nicht, ob da nicht doch ein kleiner Hauch von Bedauern in der Stimme ihrer Tochter gewesen war.

»Sí ... ja, ich will. Und wie ich will«, sagte Emma glücklich, strahlte wie ein Honigkuchenpferd bis über beide Ohren und küsste einen mindestens genauso glücklichen Ben.

Die beiden seit zwei Sekunden frisch Vermählten standen vorne am Altar und wirkten wie aus einem Bilderbuch.

Ben trug einen gut sitzenden schwarzen Anzug, und Emmas seidiges Brautkleid mit dem schlichten Schleier sah umwerfend an ihr aus. Emmas Haut war von den letzten Tagen auf der Insel zart gebräunt, und ihre blonden Locken hatten Strähnchen wie Sonnenstrahlen drin.

Wahrscheinlich hatte es nie ein hübscheres oder glücklicheres Brautpaar gegeben.

Lotte hatte in aller Frühe noch einen wunderschönen Brautstrauß für Emma gebunden.

Ein Florist aus Llucmajor hatte die Blüten ganz frisch geschnitten und vor sechs an der Rezeption abgegeben. Lotte hatte mit jeder weißen Calla, mit jeder Orchidee und mit jedem Jasminzweig einen Glückwunsch für die Ehe ihrer Tochter eingeflochten und hoffte, dass all diese guten Wünsche für ihre Tochter und Ben wahr wurden. Vor allem wünschte sie den beiden, dass die Ehe wirklich bis ans Lebensende hielt. Nach dem Erlebnis mit ihrer Tochter am Ballermann war sich Lotte da nicht mehr ganz so sicher.

Niemand hier in der kleinen Kapelle wäre im Entferntesten auf den Gedanken gekommen, dass die wunderhübsche Braut vorgestern Nacht noch einen heißblütigen Spanier geküsst hatte.

Die Nacht am Ballermann erschien Lotte sowieso wie in einem anderen Leben. Es hatte durchaus Spaß gemacht, aber wiederholen würde sie das sicher nicht noch mal.

Den Wellnesstag danach hatten alle mehr als nötig gehabt, das hatte Isabell sehr gut vorausgeahnt. Nicht nur Lotte hatte einen fetten Kater gehabt. Auch Emma, Carl und Isabell sah Lotte mehr oder weniger heimlich immer wieder ein paar Tabletten einwerfen.

Sie hatte den ganzen Wellnesstag in der Frauenabteilung des Hotel-Spas verbracht. Das hatte nicht nur den Vorteil, dass sie weder Carl noch Philipp groß über den Weg lief. Es hatte ihr auch einfach sehr gutgetan. Normalerweise war in Frankfurt ein Friseurbesuch alle paar Wochen das Einzige, was sie sich in dieser Hinsicht regelmäßig gönnte. Aber diesmal hatte Isabell alles organisiert, und verdammt, mit so einem Verwöhnprogramm für Ladys kannte Isabell sich wirklich aus.

Lotte hatte sich mit den anderen rundum betüddeln lassen, mit Massagen, Dampfbädern, Friseur und Mani- und Pediküre. Sie hatte jetzt Nägel mit French Manicure, die sich nicht echt anfühlten und tatsächlich den kleinen schwarzen Rand ihrer natürlichen Fingernägel überdeckten.

Sie fühlte sich wie eine Königin, würde aber den Nagellack direkt nach der Hochzeit wieder runtermachen. Das war einfach nicht sie, das war nicht Lotte, fand sie und sah sich kurz das kleine Kunstwerk auf ihren Nägeln an, und dann blickte sie wieder auf ihre bezaubernde Tochter.

Lotte seufzte glücklich auf und wischte sich heimlich eine Träne aus den Augen. Sie hatte sich fest vorgenommen, auf keinen Fall so eine Mutter der Braut zu sein, die sich bei der Hochzeit der Tochter die ganze Zeit die Augen ausheulte. Aber sie war echt glücklich, dass das alles noch mal gut gegangen war. Dafür hatte es sich mehr als gelohnt hierzubleiben.

Der Priester war der Einzige hier, der nicht strahlte. Er rhabarberte sehr ernst und wichtig auf Spanisch weiter, und Lotte hatte den leisen Verdacht, dass niemand hier in der kleinen Kapelle außer ihrer Tochter auch nur den Hauch einer Ahnung davon hatte, was er von sich gab. Aber wahrscheinlich war das auch ganz gut so.

Orgelmusik vom Band setzte ein. Die kleine gotische Kapelle direkt bei dem Hotel war leider viel zu klein für irgendeine Form von Livemusik und besaß auch keine Orgel. Aber das machte sie mit unglaublich viel antiker Atmosphäre spielend wieder wett.

Lotte saß direkt neben Carl in der ersten Reihe.

Philipp und Dora saßen auf der anderen Seite des Ganges auch ganz vorne, hinter ihnen saßen noch ein Onkel und eine Tante von Ben, die am Tag zuvor angekommen waren. Es gab insgesamt sowieso nur vier Bankreihen auf jeder Seite. Die ganzen Freunde von Emma und Ben, die mittlerweile auch auf der Insel waren und rundum in anderen Hotels oder Ferienhäusern untergebracht waren, würden erst später bei der zweiten Trauung am Strand mit dabei sein können.

Hier in der kleinen Kapelle war nur die engste Familie versammelt.

Isabell hatte sich netterweise in die zweite Reihe neben Lissy verdrückt und den Eltern der Braut den Vortritt gelassen.

Isabell war eben doch nicht die blöde Kuh, für die Lotte sie gerne weiterhin halten würde. Nach diesen Tagen hier auf Mallorca würde sie Isabell nie mehr mit so reinem Herzen blöd finden können wie früher. Das war irgendwie schade, dachte sich Lotte, denn es machte ja auch Spaß, und es war ein emotionales Ventil, die neue Frau des Ex-Mannes mehr als doof zu finden.

Die Orgelmusik hörte auf, der Priester fing wieder an, irgendetwas auf Spanisch zu erklären. Es sah nicht so aus, als würde er so bald damit aufhören.

Lotte wischte sich noch eine heimliche Träne weg. Carl reichte ihr wortlos ein Taschentuch. Sie nahm es dankbar und hoffte, sie würde ihre tolle Schminke, die heute Morgen von einer professionellen Visagistin in ihr Gesicht gezaubert worden war, jetzt nicht gleich ruinieren.

Lotte wollte Carl gerade das Taschentuch wieder zurückgeben, da griff Carl nach ihrer Hand und drückte sie fest.

Für eine Sekunde zuckte Lotte zusammen.

Das war fast der erste körperliche Kontakt zwischen ihr und ihm seit jener gemeinsamen Nacht.

Einem ersten Impuls folgend, wollte Lotte ihre Hand wegziehen, dann sah sie, dass auch Carl feuchte Augen hatte.

Seine Tochter heiratete gerade einen anderen Mann, sein kleines Mädchen, seine Prinzessin. Das war wohl auch für Carl ein mehr als bewegender Moment. Er hatte Emma schon immer vergöttert und sie nicht nur als Baby auf Händen getragen. Auch heute noch war Emma für ihren Vater das allertollste Mädchen auf der ganzen Welt und eine Prinzessin, der Carl kaum einen Wunsch abschlagen konnte.

So drückte Lotte jetzt auch Carls Hand.

Hier in dieser kleinen Kapelle, wo ihre Tochter gerade heiratete, waren sie einfach nur Eltern. Eltern, die sich ein Stück weit von ihrem Kind verabschiedeten, das jetzt hoffentlich bald eine eigene Familie gründete, aus der dann hoffentlich eigene Kinder entspringen würden.

Und egal, was zwischen Lotte und Carl gerade war oder nicht

war, egal, was zwischen ihnen vorgefallen war oder wie schwierig, schmerzhaft und grausam die Trennung und Scheidung gewesen war, in diesem Moment waren sie beide nur die Eltern von Emma, und Lotte war selten so stolz auf ihre Tochter gewesen. Und ein wenig auch auf sich und Carl.

Sie hatte mit Carl etwas Wunderbares hervorgebracht, und allein dafür hatte sich das alles gelohnt.

Lotte war sich komischerweise vollkommen sicher, dass Carl das zumindest in diesem Augenblick ganz genauso sah.

Er wischte sich heimlich auch am Auge herum. Lotte sah das, als sie kurz zu ihm hinüberschielte.

Sie bekam mit, dass Philipp auch Dora ein Taschentuch reichte, und hinter ihr auf der Bank schniefte jemand laut auf. Ob Lissy oder Isabell, war gerade schwer zu sagen, und umdrehen wollte sich Lotte nicht.

Sie drückte noch mal Carls Hand, der drückte dankbar zurück und ließ dann wieder los.

Der Priester hatte endlich aufgehört zu reden. Das Brautpaar drehte sich um und schritt dann den Gang entlang zum Ausgang.

Hinaus in ein neues Leben als Ehepaar.

Lotte und Carl standen auch auf.

Na also, geht doch, dachte sich Lotte.

Das wäre tatsächlich geschafft.

Ab jetzt war ihre Tochter offiziell verheiratet. Nun konnte so schnell nichts mehr schiefgehen. Lotte trat aus der kleinen Kapelle ins helle Sonnenlicht und konnte im Moment nicht ahnen, wie falsch sie damit lag.

Die Hochzeitsfeier am Strand war das genaue Gegenteil von der doch ziemlich steifen Zeremonie in der kleinen Kapelle.

Hier war es heiß, in der Kapelle war es angenehm kühl gewesen.

Und hier waren jede Menge Freunde, Bekannte und Menschen, die Lotte gar nicht kannte, wohl auch viele Studienkollegen von Emma und Ben.

Alle waren barfuß, die Frauen lässig gekleidet in Rosatönen, die Männer in weißen Hemden und Jeans. Emma hatte einen strikten Dresscode für alle ausgegeben.

Alles sah wunderbar aus, hatte etwas von Boheme. Lotte fand – auch wenn das alles am Ende sauteuer werden würde –, es war eine großartige Idee, an einem Strand zu heiraten.

Ganz anders als ihre Hochzeit damals mit Carl, die in der Kirche und dem spießigen Gasthaus in Carls Heimatstadt gefeiert wurde.

Emma und Ben standen vorne unter dem blumengeschmückten Pavillon, und Emma trug gerade ihr selbst verfasstes Ehegelübde völlig fehlerfrei vor.

Emma hatte den Text unendlich oft mit ihr geprobt, und Lotte hätte am liebsten applaudiert, hielt sich aber gerade noch zurück.

In zwei Tagen wäre der Spuk hier insgesamt vorbei.

Heute Abend war noch die große Party im Hotel, morgen

würde es noch einen Tag zum Ausspannen und Abschiednehmen für alle geben, und dann war endlich der Abflug zurück nach Frankfurt. Zumindest für Lotte und Lissy, Carl und Isabell und den Rest.

»Wolltest du gerade applaudieren?«, fragte Philipp und riss Lotte aus ihren Gedanken.

Lotte blickte überrascht zu ihm hin.

Wo kam der denn plötzlich her?

Und wo war Dora?

»Ja, ich wollte gerade applaudieren. Emma hat für dieses Ehegelübde stundenlang geprobt und es immer wieder umgeschrieben.«

»Das Gleiche hat Ben mit seinem gemacht. Ich weiß nicht, wie oft ich mir das alles anhören musste. Am Ende war ich fast bereit, ihn schnell zu heiraten, nur damit ich es nicht noch mal hören musste.«

Lotte musste lachen, obwohl das irgendwie ein unglaublich schlechter Witz war.

»Es ist schön, die beiden so zu sehen«, meinte Philipp.

Ben war gerade mit seinem etwas zu lang geratenen und sehr romantischen Ehegelübde fertig.

»Ja.« Lotte seufzte und fächelte sich etwas Luft zu.

»Ziemlich heiß hier am Strand. Wollen wir uns da drüben unter die Pinien setzen? Ich habe Charlie dort angebunden, und ich denke, er sehnt sich nach Gesellschaft.«

Lotte blickte Philipp prüfend an.

Was wollte er von ihr? Oder vielmehr, wollte er etwas von ihr?

»Keine Angst, ich habe keine Hintergedanken. Ich will nur aus der Sonne raus, und Charlie freut sich sicher, dich zu sehen.«

Wenig später saß Lotte mit Philipp unter den Pinien und trank aus einer Wasserflasche, die Philipp mitgebracht hatte. Auch Charlie bekam etwas zu trinken – aus einem zusammenfaltbaren Napf, den Philipp aus einem kleinen Rucksack zauberte. Lotte war fasziniert, sie hatte gar nicht gewusst, dass es so etwas für Hunde gab.

Lotte hatte sich auf einen Baumstumpf gesetzt und blickte hinüber zu der Hochzeitsgesellschaft, die noch für einen kleinen Aperitif am Strand verweilte. Kellner reichten eisgekühlten Cava und Sangria herum – der formelle Teil der Hochzeit war damit vorbei – jetzt begann die Feier.

Lotte bekam allerdings allein schon beim Gedanken an Sangria Kopfschmerzen.

»Ich habe übrigens Emma gesehen, wie sie vorgestern den Spanier geküsst hat«, sagte Philipp.

»Oh.« Damit hatte Lotte nicht gerechnet.

»Keine Angst. Ben hat nichts mitbekommen. Und ich schweige wie ein Grab.«

»Das ist auch besser so.«

»Die beiden waren da ja noch gar nicht verheiratet.«

»Ich denke, deinem Sohn hätte das Fremdküssen trotzdem nicht so gefallen.«

»Da könntest du recht haben. Ich werde übrigens Ben das morgen von der Scheidung von mir und seiner Mutter erzählen. Das wird ihm sicherlich auch nicht gefallen.« Philipp blickte auch auf die Hochzeitsgesellschaft, wo Dora gerade ihren Sohn und ihre frischgebackene Schwiegertochter umarmte.

»Dora will noch die Flitterwochen abwarten, aber ich halte es einfach nicht mehr aus, diese Lügerei die ganze Zeit.«

»Das kann ich verstehen«, meinte Lotte und war froh, dass

Philipp wirklich keine Ahnung hatte, wie viele Lügen hier gerade im Umlauf waren.

»Im Grunde genommen war es sowieso lächerlich, Ben das nicht gleich zu sagen. Schließlich ist er erwachsen.«

»Für uns sind sie immer noch Kinder. Und werden es auch immer irgendwie bleiben.«

»Verheiratete Kinder«, erwiderte Philipp etwas ironisch.

»Deren Ehe hoffentlich besser läuft als die ihrer Eltern«, fügte Lotte hinzu.

»Das wäre ihnen wirklich zu wünschen.«

»Eine Scheidung ist immer furchtbar.«

»Ich weiß nicht«, sagte Philipp und sah Lotte direkt in die Augen. »Ich fühle mich eher befreit. Ich hatte viel Zeit hier auf der Insel, um nachzudenken, trotz des ganzen Trubels mit der Hochzeit. Die Beziehung zwischen Dora und mir war schon seit ein paar Jahren, wie soll ich sagen, eingeschlafen, Routine, das Übliche halt, wenn man ewig zusammen ist. Doras Fremdgehen war eigentlich nur die logische Konsequenz davon. Ich bin komischerweise nicht wütend auf sie. Für manche Beziehungen ist so etwas ein Weckruf, für Dora und mich war es das Ende. Eigentlich habe ich mich gewundert, dass nicht ich es war, der fremdgegangen ist. Wahrscheinlich war ich viel zu sehr mit meiner Arbeit beschäftigt, damit ich nicht über meine eingeschlafene Ehe nachdenken musste. Das alles fühlt sich neu an, aufregend und richtig ... Ich fühle kaum Schmerz, eher Freude ... und Neugierde auf das, was kommen wird.« Philipp schaute Lotte intensiv in die Augen.

Lotte bekam kurz Panik. Er würde doch wohl nicht versuchen, sie noch mal zu küssen?

Aber Philipp wandte sich von Lotte ab und Charlie zu. Er sammelte den faltbaren Trinknapf ein.

»Ich glaube, wir müssen langsam zurück ins Hotel.«

»Das ist eine gute Idee. Ich würde mich gerne noch mal frisch machen, bevor die Party beginnt.« Lotte stand auch auf.

»Das Frischmachen kannst du gleich haben«, sagte Philipp und versuchte, Lotte mit den Resten aus der Wasserflasche nass zu spritzen.

Lotte zögerte einen Moment, dann kippte sie Philipp den Rest ihrer Wasserflasche einfach über und rannte lachend davon, bevor er sich irgendwie revanchieren konnte.

Die Sonne war gerade dabei unterzugehen und tauchte alles in ein wunderschönes rosafarbenes Licht.

Die Hochzeitsparty war schon länger in vollem Gange und das hervorragende Büfett mit jeder Menge Tapas und Paellas in den verschiedensten Varianten schon fast geplündert. Später würde es noch ein üppiges Nachspeisenbüfett geben.

Carl hatte eine etwas launige Rede gehalten, und jetzt waren alle am Feiern.

Die meisten Frauen hatten schon die High Heels von den Füßen geworfen und tanzten barfuß auf der kleinen Tanzfläche direkt neben dem Pool.

Eine verdammt gute Liveband spielte unermüdlich wunderbare Salsa- und Merenguesongs.

Die mallorquinische Hochzeitsplanerin hatte ihr Bestes gegeben und war offensichtlich ihr Geld wert. Sie hatte wirklich an alles gedacht. Der heutige Tag kam einer perfekten Hochzeit verdammt nahe.

Lotte hatte sich nach der Hochzeitszeremonie eine Weile hingelegt, sich danach frisch gemacht und dann unter die feiernde Meute gemischt.

Jetzt stand sie etwas erschöpft am Rande des Geschehens.

Die Menge tanzte ausgelassen, und in der Mitte tanzten Ben und Emma. Emma hatte ihren Schleier abgelegt und ihr Hochzeitskleid etwas hochgezogen und sah wie eine Räuberbraut aus. Wild und verwegen.

Lotte hatte Carl vorhin einen ziemlich gewagten Salsa mit Isabell tanzen sehen und seitdem so ein blödes »Fünftes-Rad-am-Wagen-Gefühl«.

Alle waren hier zu zweit oder als Paar, so zumindest kam es Lotte vor. Selbst Philipp und Dora hatten ihren großen Auftritt als Eltern des Bräutigams und sahen gerade wie unzertrennlich aus.

Alle waren zu zweit oder als Paar, außer Lissy und ihr.

Und Lissy hatte sich den Don Juan von der Rezeption geschnappt, der wohl schon Feierabend hatte und sie auf der Tanzfläche nicht gerade jugendfrei herumwirbelte. Sie schien das in vollen Zügen zu genießen.

Lotte blickte auf die Uhr.

Es war erst kurz vor zehn. Vor zwölf könnte sie als Mutter der Braut die Party schlecht verlassen, ohne dass das irgendwie unangenehm auffiel, also musste sie noch zwei Stunden ungefähr durchhalten.

Lotte seufzte auf, vielleicht sollte sie sich doch noch einen Drink an der Bar besorgen.

Sie wollte sich gerade umdrehen, da stand plötzlich Carl vor ihr.

Er hielt einen bunten Drink in der Hand und reichte ihn ihr.

»Na du ... du siehst aus, als könntest du einen Drink gebrauchen.«

Lotte nahm dankbar das Glas und einen schnellen Schluck.

Carl blickte sie mit einem Gesichtsausdruck an, den Lotte nicht wirklich gut deuten konnte.

»Es war schön heute in der Kirche.«

»Fand ich auch.«

»Ich bin froh, dass wir als Eltern immer halbwegs funktioniert haben.«

»Ich auch.«

»Du hast dafür bestimmt öfter über deinen Schatten springen müssen«, meinte Carl.

Oha! Woher kam das denn jetzt? Lotte hatte bisher nie das Gefühl gehabt, dass Carl das irgendwie überhaupt nur bemerkte und nicht nur einfach als selbstverständlich nahm.

»Könnte sein«, sagte Lotte so leicht dahin, wie es sich eigentlich meistens nicht anfühlte.

»Wieso tanzt du nicht?«, fragte Carl.

»Mit wem sollte ich tanzen?«, fragte Lotte zurück und kam sich im gleichen Augenblick blöd vor. Man war ja wohl nicht nur als Teil eines Paares ein ganzer Mensch, auch wenn es sich ab und zu so anfühlte.

»Mit mir.« Carl grinste.

»Ich glaube, das wäre keine gute Idee«, gab Lotte zurück.

»Es ist nur ein Tanz, versprochen. Ein Tanz der Brauteltern ganz gesittet und ganz in Ehren.«

»Ich weiß nicht.«

»Wir waren früher so furchtbar auf der Tanzfläche. Schlimmer kann es ja nicht werden.«

»Da hast du recht.«

»Du hast immer versucht zu führen.«

»Du hast immer den Takt durcheinandergebracht.«

»Mach ich heute noch.«

»Das sieht aber nicht so aus, wenn du mit Isabell tanzt.«

»Der Eindruck täuscht.«

»Das glaube ich weniger.«

»Nur ein Tanz. Bitte.« Carl streckte die Hand nach ihr aus.

»Nur ein Tanz.« Lotte nahm seine Hand.

»Aber nicht auf der Tanzfläche. Ich möchte ungerne mich und damit auch Emma blamieren.«

Carl nickte, dann zog er Emma weg von den Leuten weiter nach hinten in den Garten.

Dort gab es tatsächlich ein ruhiges Plätzchen, und die Musik war noch laut genug.

Carl verbeugte sich leicht und galant vor Lotte. »Darf ich bitten?«

Sie nickte. Nur ein Tanz. Sie war barfuß und hatte noch nie barfuß getanzt, aber wenn die anderen das konnten, würde es sicher bei ihr auch klappen.

Carl umfasste sie und machte ein paar vorsichtige Tanzschritte. Im ersten Moment fühlte Lotte sich steif wie ein Brett und völlig ungelenkig. Aber Carl machte einfach weiter, und nach ein paar Takten wurde sie lockerer.

Carl hatte tatsächlich tanzmäßig seit ihrer Scheidung einiges dazugelernt. Und nicht nur tanzmäßig, musste Lotte sich eingestehen. Carl war irgendwie lockerer, entspannter, seit er mit Isabell zusammen war, und das stand ihm ausgesprochen gut. Und ganz nebenbei war es ein deutlicher Gewinn für sein Taktgefühl.

Der Song war zu Ende. Lotte wollte eigentlich aufhören und sich von Carl lösen, aber er hielt sie immer noch und machte einfach weiter.

Lotte ließ es einfach geschehen. Es war wirklich schön, mal wieder mit einem Mann zu tanzen, auch wenn es ihr Ex-Mann war.

Es war eine laue Sommernacht auf einer Insel im Mittelmeer, ihre Tochter war verheiratet, und vielleicht war es wirklich an der Zeit, die Dinge etwas entspannter zu sehen.

In diesem Moment war der zweite Song zu Ende.

Carl blieb etwas unschlüssig stehen, Lotte immer noch im Arm.

»Das war schön, aber ich glaube, wir sollten jetzt zurück zu den anderen, bevor Isabell oder sonst jemand dich oder mich vermisst.«

Lotte wollte sich schon aus Carls Armen lösen, aber in diesem Augenblick setzte die Musik wieder ein.

»Warte!«, bat Carl, zog sie an sich und küsste sie mitten auf den Mund.

Lotte war tatsächlich überrumpelt, obwohl sie sich das ja eigentlich hätte denken können oder hätte denken sollen.

So war Carl einfach.

Sie versteifte sich und drückte Carl von sich weg.

»Ich ... nein, Carl, lassen wir das ...«, sagte sie. Dann ließ sie Carl einfach im Dunkeln stehen und lief schnell zurück zur Party.

Hoffentlich hatte das gerade niemand gesehen. Aber es war dunkel gewesen, und sie waren weit weg von den anderen.

Sie brauchte ein großes Glas Mineralwasser. Dringend.

Lotte war froh, als sie wieder an der Bar unter Leuten war, und ließ sich eine Flasche Wasser geben.

Wie blöd konnte sie sein, Carl so auf den Leim zu gehen?

Zugegeben, der Tanz war schön gewesen, aber der Kuss? Lotte wusste nicht, was sie fühlte, vielleicht fühlte sie überhaupt nichts.

Sie nahm einen tiefen Schluck und schloss für einen Augenblick die Augen.

In diesem Moment ergriff jemand ihre Hand.

Sie riss die Augen auf in der Erwartung, Carl vor sich zu sehen und ihm gleich eine zu scheuern, hier vor allen Leuten, ganz egal, was die anderen dann dachten.

Und dann blickte sie direkt in die lächelnden Augen von Philipp.

»Wollen wir tanzen?«, fragte er.

»Nein ... ich ... kann nicht tanzen«, sagte Lotte.

»Ach was, jeder kann tanzen ... Komm mit.«

Philipp zog die immer noch etwas widerstrebende Lotte einfach hinter sich her auf die Tanzfläche.

Sie seufzte auf, aber Philipp nahm sie einfach in den Arm und fing an zu tanzen. Er war ein erstaunlich guter Tänzer, musste Lotte feststellen. Ganz anders als Carl, sehr bestimmt in der Führung und sehr sicher im Rhythmus. Sie hörte einfach auf nachzudenken und überließ sich der Musik und dem Tanz. Warum auch nicht?

Dora konnte ja wohl nichts dagegen haben.

Ein paar Songs später machte die Band eine Pause.

Lotte war verschwitzt und etwas außer Atem.

»Lass uns an der Bar was trinken. Ich brauche ein großes Wasser«, sagte Philipp, auch etwas außer Atem.

Lotte nickte.

»Woher kannst du so gut Salsa tanzen?«, fragte sie.

»Ein halbes Jahr Südamerika nach dem Abitur. Wenn man es da nicht lernt, lernt man es nie mehr. Es war damals meine Chance, Mädchen kennenzulernen. Funktioniert übrigens heute noch. Frauen schmelzen in meinen Armen«, behauptete Philipp und grinste Lotte an.

»Das war jetzt etwas eingebildet. Und du bist mir zweimal auf den Fuß getreten«, sagte Lotte. Sie hatte das Tanzen mit Philipp wirklich sehr genossen, aber das musste sie ihm ja nicht auf die Nase binden.

Philipp lachte nur gutmütig und hielt ihr ein Glas Wasser hin, das Lotte gerne nahm und in einem Zug austrank.

Die Band begann wieder zu spielen. Die Leute strömten zurück auf die Tanzfläche.

»Es ist eine wunderschöne Hochzeitsfeier«, sagte Philipp.

»Finde ich auch.«

»Ich muss mal kurz nach Charlie schauen, der ist schon ziemlich lange im Hotelzimmer eingesperrt. Das hier ist etwas zu viel Trubel für ihn. Ich nehme an, er muss mal kurz raus.«

»Ich komme mit, brauche auch mal eine kurze Pause«, sagte Lotte und ging mit, nach Charlie zu sehen.

Wenig später lief Lotte mit Philipp und Charlie etwas abseits vom Fest durch den Garten des Hotels.

Charlie war an der Leine, Lotte hielt ihn. Charlie pinkelte glücklich an jede Kaktee und Palme, an die er rankommen konnte, und versuchte, Lotte immer wieder mit ganzer Kraft in Richtung des Festes zu ziehen.

Dort roch es wahrscheinlich ganz wunderbar nach Futter.

»Ihr beiden habt euch ziemlich angefreundet, seit ihr hier auf Mallorca seid«, stellte Philipp mit Blick auf Lotte und Charlie fest.

»Ja, unglaublich. Wer hätte das am Flughafen gedacht. Ich werde die Hose mit dem kaputten Hosenbein als Erinnerung aufheben. Ich habe hoffentlich nie wieder Angst vor Hunden, und das ist sein Verdienst.« Lotte beugte sich nach unten, um den Übeltäter kurz zu knuddeln.

»Diesen unglaublich weichen Ohren muss man einfach alles verzeihen« fuhr Lotte fort und richtete sich wieder auf. »Ich habe Charlie wirklich ins Herz geschlossen. Ich werde ihn vermissen, wenn wir zurück in Frankfurt sind.«

»Du kannst ihn ja ab und zu besuchen kommen, wenn du willst«, schlug Philipp vor und schaute ihr in die Augen.

»Ich ... ähm ... ich weiß nicht ...«

»Aber ich weiß ...«, sagte Philipp.

Philipp beugte sich zu ihr rüber und küsste sie einfach.

Lotte zögerte einen Augenblick, dann machte sie beide Augen zu, schickte ihren Verstand und ihr Gewissen in die Wüste und küsste Philipp zurück.

Als sie die Augen wieder aufmachte, blickte sie direkt über die Schulter von Philipp in die Augen von Carl.

Was machte der denn hier?

Hatte er das alles gerade gesehen?

»Was machst du hier, oder vielmehr, was macht ihr hier?«, fragte Carl in einem sehr speziellen Tonfall, der ziemlich gereizt klang, und schaute sowohl Lotte als auch Philipp direkt an.

Lotte fühlte sich ertappt.

Aber bitte, ertappt bei was? Sie war ja wohl nicht mehr mit Carl verheiratet und Philipp nicht mehr lange verheiratet.

Wie konnte sie sich da ertappt fühlen?

»Ich ... wir machen gar nichts ... ich ... und überhaupt, das geht dich ja wohl nichts an«, sagte Lotte zu Carl.

Philipp sagte erstaunlicherweise gar nichts, sondern war zu einer Salzsäule erstarrt.

Und dann sah Lotte, warum. Zwei Schritte hinter Carl stand Ben und starrte seinen Vater an.

Lotte sah den Schock in Bens Augen. Der wusste ja noch immer nichts von den Scheidungsplänen seiner Eltern, und offensichtlich hatte er auch überhaupt nichts geahnt.

Ben drehte sich wortlos um und lief schnell zurück zur Party.

Philipp zögerte eine Sekunde, dann rannte er seinem Sohn hinterher.

»Ben! Warte! Ich kann dir das alles erklären.«

Aber Ben lief einfach weiter zurück in Richtung Tanzfläche und Pool, wahrscheinlich suchte er nach Emma.

Carl blickte Lotte eine Sekunde vernichtend an, dann rannte er Philipp nach.

Lotte stand für einen Moment völlig allein da, hatte Charlie immer noch an der Leine, der jetzt zerrte und Philipp nachrennen wollte.

Die Welt stand für einen Augenblick still.

Dann bellte Charlie.

Lotte ließ die Leine los und rannte Philipp und Carl hinterher, begleitet von einem aufgeregt bellenden Charlie, der die Leine hinter sich herzog.

Lotte erreichte die drei Männer kurz vor der Tanzfläche.

Ben war stehen geblieben und schaute sich suchend nach Emma um.

Philipp fasste seinen Sohn gerade an der Schulter, als er selbst von Carl an der Schulter gepackt wurde.

Philipp drehte sich um.

»Du hast gerade meine Frau geküsst«, sagte Carl.

Lotte konnte selbst aus der Entfernung sehen, dass die eine Ader an Carls Stirn angeschwollen war. Das war kein gutes Zeichen, gar kein gutes Zeichen, das wusste sie aus Erfahrung.

»Deine Ex-Frau«, korrigierte Philipp und versuchte, Carls Hand von seiner Schulter abzuschütteln.

»Wer hat hier wen geküsst?«, fragte Isabell unschuldig in die Runde. Sie stand plötzlich da, als wäre sie hierhergebeamt worden, direkt aus dem All.

Lotte war jetzt auch bei der kleinen Gruppe angekommen. Sie wollte nur noch eins: den Schaden begrenzen und vor allem Emma (oder auch sich selbst) davor bewahren, dass alle Lügen jetzt aufflogen.

Charlie, der neben Lotte stand, fing leise an zu knurren.

»Niemand hat hier irgendjemanden geküsst«, sagte Lotte. Das war allerdings nicht so wirklich hilfreich.

»Doch. Du hast meinen Vater geküsst«, widersprach Ben.

Und dann sagte er noch sehr laut und deutlich zu Lotte: »Schlampe!«

Da stand Emma plötzlich neben Ben. »Wieso nennst du meine Mutter Schlampe?«, fragte Emma verwirrt.

»Dein Vater kann küssen, wen er will«, meinte Dora, die sich jetzt neben Emma stellte.

»Wir werden uns scheiden lassen«, sagte Philipp zu Ben.

»Ist sie der Grund?«, fragte Ben indigniert und blickte Lotte voller Verachtung an.

»Nein. Deine Mutter hat eine Affäre mit einem Arbeitskollegen ... schon seit über einem Jahr.«

»Und das sagt ihr mir jetzt? An meinem Hochzeitstag?«, fragte Ben empört.

»Wir wollten dir das eigentlich morgen sagen«, antworteten Philipp und Dora gleichzeitig.

»Auch nicht besser«, kam daraufhin von Ben.

»Wieso hast du Bens Vater geküsst?«, fragte Emma verwirrt ihre Mutter.

»Das würde ich auch sehr gerne wissen«, sagte Carl und blickte Lotte an.

»Wieso willst du das wissen?«, fragte Isabell.

»Weil ... weil ... Nun einfach so ...«, erwiderte Carl und wand sich innerlich und äußerlich.

»Du lügst«, sagte Isabell souverän und sah Carl streng an.

»Ich ... ich ... ähmmm ...« Carl wusste offensichtlich nicht mehr weiter.

Lotte holte tief Luft.

Hier war Großreinemachen angesagt. Sehr dringend. Ganz offensichtlich. Sie hatte diese ganze Lügerei und Heimlichtuerei soooo unglaublich satt. Die letzten Tage hatte sie ständig das Gefühl gehabt, langsam in einem Sumpf aus Lügen, Halbwahrheiten und Geheimnissen zu versinken.

Höchste Zeit, sich daraus zu befreien.

»Wir hatten eine Affäre. Ich und Carl«, gestand Lotte in die Runde und blickte alle herausfordernd an.

»Ihr hattet was?«, fragten Isabell und Philipp und Emma gleichzeitig, sichtlich geschockt.

»Wir hatten eine Affäre. Tut mir leid, aber ich kann diese ganze Lügerei nicht mehr aushalten«, sagte Lotte und hatte plötzlich das Gefühl, sie hätte vielleicht doch besser den Mund halten sollen.

»Du betrügst mich mit deiner Ex-Frau? Warum um alles in der Welt betrügst du mich mit deiner Ex-Frau?« Isabells Stimme klang wie ein schriller Klingelton.

Sie starrte Carl fassungslos an.

Carl zuckte etwas hilflos mit den Schultern.

»Bist du verrückt geworden?«, fragte Lissy, die plötzlich neben Lotte stand. »Das hättest du alles besser mit ins Grab genommen.«

»Du hattest eine Affäre mit deinem Ex-Mann? Wann denn? Bevor oder nachdem du mich geküsst hast?«, fragte Philipp Lotte.

»Ich sage es ja, deine Mutter ist eine Schlampe«, sagte Ben zu Emma.

»Wie redest du über meine Mutter!«, fauchte Emma Ben an.

»Du hast ja wohl mich geküsst«, sagte Lotte empört zu Philipp.

»Kommt ganz drauf an, wie man es sieht«, entgegnete Philipp verletzt und schaute Lotte gleichzeitig provozierend an.

»Das gerade vorhin war gar nicht euer erster Kuss?«, hakte Carl nach.

»War es nicht«, antworteten Lotte und Philipp gleichzeitig.

Carl starrte Philipp an.

Die Ader an seiner Stirn pochte.

Kein gutes Zeichen. Das war gar kein gutes Zeichen, dachte Lotte erneut.

Dann holte Carl aus und schlug zu.

Philipp versuchte, dem Schlag auszuweichen, verlor dabei das Gleichgewicht, strauchelte noch kurz und landete dann mit einem lauten Platsch im Pool.

Für eine Sekunde war alles wie eingefroren.

Die ganze Szene.

Alle Gäste waren wie auf einer Fotografie. Niemand bewegte sich. Niemand sagte etwas. Die Band hatte aufgehört zu spielen. Man hätte eine Feder vom Himmel fallen hören können.

Lotte würde sich den Rest ihres Lebens an dieses Bild erinnern.

Alle starrten sie an.

Sie trug das Wort »Betrügerin« in scharlachroten blinkenden Buchstaben an ihrem schönen rosafarbenen Kleid.

Dann setzte die Zeit wieder ein.

Charlie fing an, wie wild zu bellen.

Carl sprang zu Philipp in den Pool, um zu beenden, was er angefangen hatte.

Lotte sprang hinterher, um die beiden daran zu hindern.

Isabell sprang hinter Lotte her, um ihrer Rivalin die Augen auszukratzen.

Lissy sprang hinein, um ihre Schwester zu beschützen.

Emma und Ben sprangen gemeinsam rein – schließlich waren sie ja jetzt verheiratet.

Und alle anderen sprangen dann auch in den Pool. Schließlich war es eine wunderschöne laue Hochzeitssommernacht, und die Poolparty ging jetzt erst so richtig los.

Charlie, der auch in den Pool sprang, fand das alles ganz großartig.

In dieser Nacht machte Lotte kein Auge zu. Da war sie allerdings nicht die Einzige. Das halbe Hotel war wohl noch wach, obwohl es schon nach drei Uhr nachts war.

Lotte saß im Liegestuhl auf der Terrasse ihres Zimmers, hatte eine fast leere Flasche Rioja neben sich und blickte in die Sterne. Fast überall in den Zimmern brannte noch Licht.

Lotte hörte immer noch Carl und Isabell ein paar Zimmer weiter schreien und streiten. Bei Dora und Philipp brannte auch noch Licht, aber es flimmerte. Dort gab es wohl keinen Streit, sondern nur ein langweiliges Fernsehprogramm für Leute mit Schlafstörungen.

Lissy neben ihr war auch noch wach. Sie chattete seit Stunden mit ihrem Mann und berichtete ihm sicherlich detailgenau von dem Chaos, das ihre Schwester, also seine Schwägerin, angerichtet hatte.

Nur bei Emma und Ben war alles dunkel und ruhig. Das war auch nicht das, was man sich so unter Hochzeitsnacht vorstellte, dachte sich Lotte und fragte sich selbst zum hundertsten Mal, warum sie nicht einfach den Mund gehalten hatte. Oder warum sie überhaupt ihren Mund nicht mehr bei sich behalten hatte.

Nachdem fast alle in den Pool gesprungen waren, war die Hochzeitsfeier dann innerhalb der nächsten dreißig Minuten vorbei gewesen. Die Hoteldirektion war kurz davor, die Polizei zu rufen, so sehr schrien sich ein paar Leute an.

Dass Carl und Philipp sich nicht tatsächlich im Pool prügelten, lag nur daran, dass Lotte sich energisch zwischen die beiden gestellt hatte und irgendwann dabei von Emma abgelöst wurde.

Lotte hatte dann die Gelegenheit genutzt und war, während alle anderen noch schrien oder feierten, schnellstmöglich in ihrem Zimmer verschwunden.

Und da war sie jetzt seit Stunden und machte sich Vorwürfe. Lotte trank einen Schluck Wein und blickte noch einmal in den sternenübersäten Himmel. Von dort oben gesehen, waren die Probleme hier unten sicher lächerlich klein.

Leider war Lotte nicht dort oben.

Sie seufzte auf. Über ihr war immer noch das Sternbild der Großen Idiotin sehr deutlich erkennbar und leuchtete hell und klar.

Sie seufzte erneut, schloss für einen Moment die Augen und schlief tatsächlich ein – das Glas Wein noch immer in der Hand.

Lotte wurde von sehr feuchten Küssen, ziemlich üblem Mundgeruch und der Sonne geweckt.

Charlie leckte Lotte mehrfach quer über das Gesicht und wedelte begeistert mit dem Schwanz. Nun, wenigstens einer, der sich auch nach gestern Abend noch freute, sie zu sehen.

Lotte blickte sich um. Philipp war nirgendwo zu sehen, wahrscheinlich hatte Charlie das Chaos, das sicher immer noch herrschte, genutzt, um mal wieder auszubüxen.

Lotte stand steif aus dem Liegestuhl auf, stellte das Glas Wein, das sie die ganze Zeit im Schlaf weiter in der Hand gehalten hatte, auf dem kleinen Tisch ab und ging in ihr Zimmer, Charlie traurig allein draußen zurücklassend.

Sie brauchte erst mal eine Dusche und dann ein neues Leben. Sie hatte keine Ahnung, wie sie den anderen heute Vormittag unter die Augen treten sollte, aber egal wie, sie wollte das auf keinen Fall ungeduscht und mit einem schlechten Geschmack im Mund machen.

Carl war der Erste, dem Lotte begegnete, als sie sich frisch geduscht, geföhnt, geschminkt und so gut zurechtgemacht, wie es nach zwei, drei Stunden Schlaf überhaupt ging, irgendwann auf der Suche nach etwas Contenance und etwas Essbarem in den Frühstücksraum begab.

Carl saß allein an einem der großen Tische und hatte bereits drei leere Kaffeetassen vor sich stehen.

Er sah wirklich grauenvoll aus.

Ziemlich mitgenommen, Ränder unter den Augen, die fast bis zum Mundwinkel reichten, Bartstoppeln und die Haare völlig zerzaust. Wahrscheinlich hatte er keine Sekunde geschlafen. Irgendwie stand ihm das trotzdem gut.

Lotte setzte sich wortlos neben Carl und deutete dem Kellner an, dass sie auch zwei Tassen Kaffee wollte. Der nickte und schwebte davon.

Carl blickte Lotte kurz an. Dann seufzte er.

»Will Isabell sich jetzt von dir scheiden lassen?«, fragte Lotte vorsichtig nach.

»Keine Ahnung.« Carl zuckte mit den Schultern. »Könnte gut sein.«

»Könnte man ihr nicht verübeln«, sagte Lotte und nahm dankbar die Tasse Cappuccino entgegen, die der Kellner ihr reichte.

»Wir haben Mist gebaut.«

»Ich habe Mist gebaut.«

»Du hast schon sehr oft Mist gebaut, aber diesmal bist du wirklich nicht alleine schuld.«

Carl seufzte wieder auf.

»Ich bin mindestens genauso schuld. Wenn nicht sogar mehr«, gab Lotte zu.

Carl blickte sie erstaunt an.

»Es ist wirklich völlig falsch und total beschissen, mit dem Mann einer anderen Frau rumzumachen. Und gerade ich sollte das ja nun wirklich am besten wissen«, fügte Lotte hinzu und seufzte jetzt ihrerseits auf.

»Aber irgendwie war es auch unglaublich nötig. Ich meine,

das zwischen uns beiden. Und es war unglaublich schön. Und es war ganz sicher das allerletzte Mal.«

Lotte blickte Carl in die Augen und fuhr fort: »Ich habe das irgendwie gebraucht, und ich bin dankbar, dass es passiert ist. Ich habe uns beiden die letzten Jahre immer nachgetrauert. Wir waren so perfekt als Paar. Deswegen konnte ich ewig nicht so wirklich verstehen, warum du mich verlassen hast. Und ich war immer furchtbar eifersüchtig auf Isabell.«

»Das wäre jede Frau.«

»Sie hat absolut perfekte Oberarme.«

»Hat sie.«

»Und nicht nur das.«

»Ich weiß.« Carl seufzte wieder. »Sie ist perfekt. Und viel zu gut.«

»Für dich.«

»Ich weiß«, sagte Carl und schwieg dann.

Lotte schwieg auch.

Beide tranken ihren Kaffee in stillem Einvernehmen.

Wie ein altes Ehepaar. Wie ein sehr altes Ehepaar, das sie nicht mehr waren.

Dann sagte Lotte: »Ab sofort sind wir nur noch Eltern und kein Paar mehr. In keinerlei Hinsicht.«

Carl nickte in seine leere Kaffeetasse hinein.

»Und du solltest gefälligst die Probleme, die du mit Isabell hast, angehen und nicht einfach nur ausweichen, so wie du es damals mit mir gemacht hast. Und wie du es hier auf Mallorca gerade wieder gemacht hast«, riet Lotte ihm.

Carl seufzte schwer auf.

Lotte redete einfach weiter. Es gab ein paar Dinge, die mussten gesagt werden, egal, ob Carl oder sie selbst die nun hören wollten oder nicht.

»Reden hilft übrigens dabei. Paartherapie hilft vielleicht. Was sicher hilft, ist ehrlich sein. Zu sich und zu anderen.«

Lotte blickte Carl streng an. Der nickte.

»Ich hab's verstanden. Glaub mir, diesmal habe ich es wirklich verstanden. Du kannst mit der Standpauke wieder aufhören. Die hatte ich schon die ganze Nacht von Isabell.«

»Gut«, sagte Lotte, trank ihren Kaffee aus und holte sich dann ein Croissant und etwas von dem Ibérico-Schinken vom Frühstücksbüfett, das schon perfekt aufgebaut war.

Es war an der Zeit, das nächste Gespräch zu führen.

Lotte verließ den Frühstücksraum. Philipp war sicher irgendwo in der Nähe mit Charlie unterwegs.

Charlie würde sie schon finden, auch wenn Lotte das unbestimmte Gefühl hatte, dass Philipp nicht ganz so begeistert sein würde, sie zu sehen.

Eine halbe Stunde später fand Lotte tatsächlich Charlie und Philipp.

Die beiden waren in der kleinen Cala in der Nähe des Hotels. Das Meer schlug ganz leise Wellen so früh am Morgen, und niemand sonst war hier.

Philipp warf Stöckchen, und Charlie rannte ihnen unbekümmert quer über den ganzen Strand hinterher. Wahrscheinlich war Charlie überhaupt der Einzige von der Hochzeitsgesellschaft, der im Moment weiterhin unbekümmert war.

Lotte kletterte die steilen Stufen nach unten zum Strand und lief zu Philipp hin.

Charlie begrüßte sie schwanzwedelnd und sprang an ihr hoch. Lotte gab ihm zur Begrüßung den Schinken, den Charlie mit einem Happs verschlang.

Philipp begrüßte sie gar nicht. Er blickte noch nicht mal auf, als sie sich ihm näherte. Er ignorierte Lotte einfach komplett.

»Können wir reden?«, fragte Lotte und stellte sich einfach neben ihn.

Sie blickte aufs Meer, das heute wirklich sehr ruhig war. Fast ohne Wellen.

»Müssen wir denn reden?«, fragte Philipp.

»Ich denke schon.«

»Ich denke nicht.«

»Bitte … ich …« Lotte fühlte sich furchtbar verlegen. Vielleicht war es doch keine so gute Idee gewesen, nach Philipp zu suchen.

Er drehte sich jetzt aber doch zu Lotte um und sah ihr direkt in die Augen.

»Lotte, lass das. Du brauchst dich nicht zu erklären. Das war wohl alles ein einziges großes Missverständnis.«

»Ich … ich weiß nicht …«

»Aber ich weiß«, unterbrach Philipp sie ziemlich rüde. Er war wohl immer noch sehr wütend.

»Ich bin mitten in einer Scheidung, habe anscheinend dringend Abwechslung gebraucht. Und vielleicht habe ich dich auch ein bisschen benutzt, um Dora eins auszuwischen. Wenn das so war, tut es mir leid. Aber es ist einfach nicht so nett, wenn man betrogen wird, und da schlagen die Gefühle manchmal Purzelbäume. Das müsstest du doch am besten wissen.«

Lotte starrte Philipp an. Hatte er das gerade tatsächlich zu ihr gesagt? Sie war eine Abwechslung? Ein Wie-wische-ich-meiner-Ex-Frau-eins-aus-Programm? Für ihn?

Lotte spürte ein merkwürdiges Ziehen in der Brust und sehnte sich plötzlich nach einer Flasche CBD-Tropfen. Die halfen doch bei allen möglichen Katastrophen, oder nicht?

»Ich denke, wir beide geben uns da nichts«, fuhr Philipp fort. »Du hast Isabell eins ausgewischt mit Carl, und Carl hast du mit mir eins ausgewischt und ich Dora mit dir. Das war schön und gut und hat seinen Zweck erfüllt. Und das war es dann auch, passt schon.«

»Ich habe niemandem eins ausgewischt … Also, ich wollte nicht …«, versuchte Lotte einzuwerfen.

Aber Philipp unterbrach Lotte einfach erneut.

»Allerdings habe ich damit keine Ehe gefährdet. Das ist mehr deine Spezialität. Aber dazu gehören ja immer zwei. Betrügen liegt bei euch offensichtlich in der Familie«, sagte Philipp so kalt, wie sie ihn noch nie erlebt hatte.

Lotte sah ihn entsetzt an.

»Also, das geht jetzt irgendwie etwas zu weit, findest du nicht?«, versuchte Lotte, sich und ihre Familienehre zu verteidigen.

»Nun, ich denke da an Emma und die Sache mit dem Kuss am Ballermann. Ich hoffe sehr, dass Ben nicht die falsche Frau geheiratet hat.«

»Hat er nicht. Emma liebt Ben«, erwiderte Lotte und wusste nicht, was sie sonst noch sagen konnte oder sollte.

»Wenn du das sagst.« Philipp hob ein Stückchen Treibholz auf und warf es für den erwartungsvollen Charlie weit über den Strand.

Charlie rannte los, dem Stöckchen hinterher.

Lotte stand noch einen Augenblick neben Philipp.

Der machte keinerlei Anstalten, weiter mit ihr zu sprechen.

Schließlich ging Lotte einfach los, zurück zum Hotel.

Philipp und Charlie blieben am Strand zurück.

Am späteren Nachmittag verabschiedeten Lotte und Lissy sich von Emma und Ben im Hafen von Palma.

Die beiden würden morgen bei Sonnenaufgang mit dem Segelboot zu ihrer Hochzeitsreise in die Karibik aufbrechen und wollten diese Nacht schon an Bord verbringen.

Philipp und Dora hatten sich bereits um die Mittagszeit von den beiden verabschiedet. Philipp hatte seinen Flug umgebucht und war mit Charlie wohl längst im Flieger zurück nach Frankfurt. Dora würde morgen im Laufe des Tages allein zurückfliegen. Jetzt, wo die Scheidung offiziell war, gab es keinen Grund mehr für die beiden, einen auf perfektes Paar zu machen.

Lottes und Lissys Flug ging morgen in aller Frühe zurück, und Carl und Isabell würden heute am späten Abend zurückfliegen.

Emma hatte nach dem Chaos ihrer Hochzeitsfeier alle Parteien in »Verabschiedungs-Slots« eingeteilt, damit sich niemand mehr unnötig begegnen musste und keiner mehr dem anderen an die Gurgel gehen konnte.

Das war sehr klug und sehr erwachsen von ihrer Tochter.

Emma war überhaupt viel erwachsener als ihre Eltern, und auf jeden Fall erwachsener als ihre Mutter, fand Lotte.

Philipp und Dora hatten sich direkt vor Philipps Flug verabschiedet. Jetzt waren Lotte und Lissy dran, und in einem ungefährlichen Abstand von mehr als zwei Stunden würden dann Carl und Isabell dem frischgebackenen Ehepaar Adieu sagen.

Niemand würde sich in der nächsten Zeit unnötig begegnen, bis Gras über die ganze Sache gewachsen war.

Wann immer das auch sein würde.

Vielleicht nie, nach allem, was so passiert war.

Die Segeljacht, mit der Emma und Ben den Atlantik überqueren würden, war beeindruckend lang und beruhigend groß. Lotte hatte sich persönlich vom Vorhandensein von ausreichend Rettungsbooten überzeugt.

Die beiden frisch Vermählten hatten schon ihr ganzes Gepäck in ihre Kajüte gebracht.

Ben hatte sich sehr steif von Lotte verabschiedet.

Er war wohl immer noch ziemlich sauer auf sie, weil sie seinen Vater geküsst hatte.

Lotte konnte ihm das jetzt nicht wirklich übel nehmen. Sie hätte an seiner Stelle da wohl auch etwas empfindlich reagiert.

Jetzt stand Lotte allein mit Emma am Pier, während Lissy mit Ben weiter das Boot besichtigte.

Lotte drückte ihre Tochter fest und schnupperte heimlich am Haar von Emma. Sie liebte den Geruch ihrer Tochter. Und dieses Schnüffeln musste jetzt für sechs lange Wochen reichen. So lange würden die beiden unterwegs sein, so lange würde sie ihre Tochter erst mal nicht sehen.

Emma wurde die Umarmung wohl gerade etwas eng, und sie versuchte, sich zu befreien.

»Ich kriege keine Luft mehr, Mama.«

Lotte ließ sie trotzdem nicht los, im Gegenteil, sie umarmte ihre Tochter noch fester.

»Mama! Ich komme ja wieder! Versprochen!«, sagte Emma. Sie wand sich regelrecht aus der Umarmung.

Lotte seufzte auf. Wieso war ihre Tochter jetzt schon so groß, dass sie mit Ehemann quer über den Atlantik segelte? Wieso konnte sie Emma nicht manchmal einfach schrumpfen und sie in ein kleines Mädchen verwandeln, das am Rockzipfel seiner Mutter hing? Ach!

»Wird das jetzt immer so sein?«, fragte Emma, endlich befreit.

»Was meinst du?«

»Dass ich Papa und dich nur noch in verschiedenen Zeitzonen treffen kann?«

»Könnte sein«, antwortete Lotte kleinlaut. »Tut mir echt leid.«

»Muss es nicht«, sagte Emma, und Lotte war über die Großmütigkeit ihrer Tochter die moralischen Verfehlungen ihrer Mutter betreffend ziemlich erstaunt.

»Bei den meisten Kindern von getrennten Eltern, die ich so kenne, ist das eigentlich eher der Standard. Zum Beispiel Louise, die mit mir studiert, hat ihre Eltern seit achtzehn Jahren nicht mehr zur gleichen Zeit getroffen«, fügte Emma hinzu. »Da hatte ich es die ganze Zeit gar nicht mal so schlecht.«

Lotte nickte und war froh, dass nicht auch noch Emma total wütend auf sie war.

»Wie hat Ben die Sache mit der Scheidung seiner Eltern verkraftet?«, erkundigte sie sich.

»Gar nicht. Er denkt immer noch, du bist an allem schuld.«

»Ich bin an vielem schuld, aber nicht an allem und nicht daran.«

»Ich weiß, und ich habe dich trotzdem lieb«, versicherte Emma und nahm jetzt ihrerseits ihre Mutter fest in den Arm.

»Geh nicht über Bord«, sagte Lotte. »Und tröste Ben über die Scheidung hinweg.«

»Ich geh nur über Bord zum Schwimmen, versprochen. Ben

wird sich wieder einkriegen. Wenn wir zurück sind, wird er sicher wieder mit dir sprechen.«

»Wollen wir's hoffen.«

»Mach es mit Ben besser, als ich es mit deinem Vater gemacht habe.«

»Werde ich.«

»Ich habe dich furchtbar lieb.«

»Ich dich auch.«

»Bis zum Mond und zurück.«

»Bis in die Karibik und zurück.«

Die beiden lachten.

Und dann kam Lissy wieder von Bord und unterbrach die beiden.

Lotte drängte zum Aufbruch, bevor Emma noch sah, wie viele Tränen sie heimlich in den Augen hatte, und bevor diese Schleusen sich für immer öffnen würden.

Autsch! Verdammt!

Lotte schaute auf ihren Finger. Der erstaunlich dicke Stachel des blöden Kaktus hatte sich tief in ihren Mittelfinger gebohrt. Wenn Lotte es nicht besser wissen würde, könnte sie fast denken, der Kaktus wollte nicht umgepflanzt werden.

Lotte war gerade dabei, in einem Teil des größten Gewächshauses der Gärtnerei einen kleinen Sukkulentengarten anzulegen.

Aber Kakteen waren ziemlich widerborstige Pflanzen, auch wenn man das Beste für sie wollte.

Lotte dachte für eine Sekunde daran, wie Philipp ihr den Stachel, den sie sich auf der Suche nach Charlie eingefangen hatte, wieder entfernt hatte, und an den Kuss, der danach kam.

Und dann verdrängte sie all das sofort wieder aus ihrem Kopf.

Das würde allerdings nicht lange gut gehen, das mit dem Verdrängen. Das wusste Lotte mittlerweile aus leidvoller Erfahrung. Ihre Gedanken machten einfach, was sie wollten, und nicht das, was Lotte wollte.

Sie war seit über drei Wochen aus Mallorca zurück und hatte die Gärtnerei seitdem nur verlassen, um ab und zu in einen Supermarkt zu gehen und dort etwas zu essen einzukaufen.

Sie verbrachte Stunden mit ihren Pflanzen und hielt endlose Zwiegespräche mit ihnen, ohne zu einem wirklichen Schluss zu kommen. Die Monstera deliciosa gab sich sehr einsilbig und der Ficus lyrata war gerade auch nicht wirklich gesprächig.

Lotte fühlte sich seit Mallorca durcheinander wie noch nie in ihrem Leben.

Alles stand irgendwie kopf in ihrem Kopf.

Vielleicht sollte sie doch ein Feldbett im Gewächshaus aufstellen und tatsächlich ganz ins Grüne ziehen. Vielleicht würde das etwas helfen.

Lotte seufzte auf, zog sich besonders dicke Handschuhe an und topfte den widerspenstigen Kaktus um.

Dann stand Lotte auf und begutachtete ihr Werk.

Wenn man etwas die Augen zusammenkniff, konnte man sich direkt wie im Urlaub fühlen. Hinter den Kakteen hatte Lotte zwei neue Zwergpalmen in große Töpfe gesetzt, um dem Ganzen noch mehr Wirkung zu geben. Sie hoffte heimlich und eigentlich etwas geschäftsschädigend, dass die Palmen nicht so schnell einen neuen Besitzer fanden.

Von Emma und Ben hörte sie ab und zu etwas, aber für ihren Geschmack etwas zu wenig. Die beiden waren mittlerweile heil auf Barbados angekommen und flitterten, was das Zeug hielt, so kam es Lotte vor. Emma trug nur noch Bikinis, hatte bunte Drinks in der Hand und hielt sooft es ging strahlend ihren Ehering in die Kamera. Allerdings wollte Ben noch immer nicht an den gemeinsamen Skype-Telefonaten zwischen Emma und Lotte teilnehmen. Er war immer noch schwer von der Scheidung seiner Eltern irritiert. Emma meinte, das würde wohl noch eine Weile dauern, bis er sich in dieser Hinsicht beruhigt hatte.

Wer sich wahrscheinlich nie mehr beruhigen würde, war Lotte.

Zumindest nach Ansicht von Lissy.

Lissy hatte Lotte ein komplettes Kundenbedienverbot erteilt, nachdem Lotte einen Kunden auf die harmlose Frage hin, ob man Kakteen draußen auf die Nordseite stellen könne, mit Blumenerde beworfen hatte.

Lotte durfte sich keinem Kunden mehr auf weniger als vier Meter nähern. Ein Verbot, das Lotte überhaupt nichts ausmachte – ganz im Gegenteil. Je weniger sie von Menschen sah, desto besser war das.

So gingen die Tage dahin, und nur Lissy versuchte, Lotte ab und zu aus dem Dschungel zu holen und mit ihr in ein Restaurant, ein Café oder einfach mal in die Stadt zum Shoppen zu gehen.

Aber Lotte winkte gelangweilt ab. Sie hatte hier alles, was sie brauchte.

Irgendwann würde sie von Pflanzen überwuchert werden. Zumindest behauptete Lissy das, und Lotte betrachtete heimlich den dunklen Rand ihrer Fingernägel, der von Tag zu Tag größer wurde, egal, wie viel Lotte ihre Hände wusch und schrubbte.

»Muss ich mir Sorgen um dich machen?«, fragte Lissy ab und an.

»Musst du nicht«, antwortete Lotte.

»Wie lange soll das noch so gehen?«

»Was gehen?«

»Deine Eremitage.«

»Du hast doch gesagt, ich darf nie mehr mit Kunden reden.«

»Ja. Aus Angst, du könntest in deinem jetzigen Zustand unsere Lebensgrundlage komplett ruinieren. Aber ich rede hier nicht von Kunden. Ich rede von Carl. Und von Isabell. Und von Philipp. Die gibt es auch noch.«

»Die sind mir egal.«

»Das glaube ich nicht.«

»Glaube doch, was du willst«, erwiderte Lotte und ging einfach raus, um sich ein paar nicht geschwätzigen Pflanzen zuzuwenden.

Lotte wusste genau, dass Lissy sehnsüchtig darauf wartete, dass Emma aus den Flitterwochen zurückkam. Lissy hegte die dringende Hoffnung, Lotte würde sich dann wieder in ein normales menschliches Wesen zurückverwandeln und nicht langsam, aber sicher in eine fleischfressende Pflanze.

Lissy hatte nämlich im Gegensatz zu Lotte beste Laune, seit sie aus Mallorca zurück waren. Oder vielmehr seit Anton aus der Südsee zurück war. Der stand plötzlich, drei Tage nachdem die Schwestern wieder in Frankfurt waren, mit all seinem Gepäck vor der Tür, umarmte Lissy und überraschte alle mit der Ankündigung, in Zukunft sesshaft werden zu wollen und eine Kneipe in Frankfurt zu eröffnen.

Lissy war von dieser Aussicht, ihren Mann ab jetzt das ganze Jahr über neben sich zu haben, noch völlig begeistert.

Lotte hatte den leisen Verdacht, dass das nicht unbedingt immer so bliebe, hielt diesbezüglich aber lieber den Mund.

Warum sollte sie den beiden ihre dritten, vierten oder fünften Flitterwochen verderben mit düsteren Prognosen von Scheidungen, Missverständnissen und Genervtsein?

Schließlich musste ja nicht jede Frau auf dieser Welt in Liebesdingen so eine Idiotin sein wie sie selbst – und das war ja auch gut so.

»Könnte ich eine dieser Palmen dahinten haben? Oder am besten nehme ich gleich beide. Die sind ein so schönes Paar.«

Lotte drehte sich um und wollte gerade dem Kunden ein kurzes »Die sind absolut unverkäuflich, und die beiden sind kein Paar, auch wenn es männliche und weibliche Palmen gibt, und Sie sind ein Vollidiot« hinhauchen, als sie die Worte gleich wieder runterschluckte.

Vor ihr stand Carl.

Unglaublich.

»Was machst du denn hier?«, fauchte Lotte ihn an.

»Oh! Doch immer noch wütend auf mich? Ich dachte, so nach fast sechs Wochen nach dem wundervollen Desaster von Emmas Hochzeit wäre langsam Gras über alles gewachsen.«

»Du hast überhaupt keine Ahnung davon, wie schnell Gras wächst oder nicht wächst«, gab Lotte zurück.

»Da hast du recht. Dafür bist du die Spezialistin.«

»Was willst du hier?«, schnauzte Lotte und war froh, dass wenigstens von Isabell nichts zu sehen war. Das hätte sie im Moment emotional ziemlich überfordert.

»Ich wollte dich sehen.«

»Gut. Jetzt hast du mich gesehen.«

»Und mit dir reden.«

Sie schnappte sich einen Blumentopf und begann die Pflanze

umzutopfen, obwohl die das überhaupt nicht nötig hatte, nur damit sie irgendwas in der Hand halten konnte.

»Ich glaube, wir haben wirklich alles besprochen, was es zu besprechen gibt.«

»Isabell ist schwanger.«

Lotte fiel fast der Blumentopf aus der Hand, aber das dauerte nur eine Sekunde, dann fing sie sich wieder.

Sie sah Carl an.

»Das ist schön für euch.« Und noch während Lotte das sagte, merkte sie, dass sie das wirklich so meinte.

Carl strahlte zu Lottes Überraschung stolz bis über beide Ohren.

»Also ich freue mich auch. Ich hätte das zwar nicht gedacht, aber jetzt, wo es so ist, ist es großartig. Einfach nur großartig. Isabell ist überglücklich. Das Baby ist wohl das Ergebnis unserer Versöhnung.«

»Also so genau wollte ich das jetzt auch nicht wissen.« Das konnte sich Lotte doch nicht verkneifen.

»Ich hoffe, es wird ein Junge. Oder ein Mädchen. Ach egal, Hauptsache, gesund«, sagte Carl.

Er blickte Lotte direkt in die Augen.

»Danke dir. Das wollte ich dir noch sagen. Deshalb bin ich auch hergekommen. Ohne unser Techtelmechtel auf Mallorca und ohne das ganze Chaos, das daraus entstanden ist, weiß ich nicht, ob meine Ehe mit Isabell gehalten hätte. Wir steckten wirklich in einer Krise. Du bist eine großartige Frau, Lotte, und ich war der größte Idiot, dich damals wegen Isabell zu verlassen, und ich werde dich auf eine bestimmte Art und Weise immer lieben ...«

Lotte starrte Carl an. Auf diese Art von Beichte war sie wirklich nicht vorbereitet.

»Ich werde es vielleicht immer irgendwie bereuen, dass ich dich damals verlassen habe, ich fühlte mich einfach alt, und ich wusste nicht, was ich tat. Aber die Dinge sind jetzt, wie die Dinge jetzt sind, und das ist auch in Ordnung so. Auf jeden Fall freue ich mich total auf das Baby.«

»Das ist schön«, sagte Lotte und meinte das auch ehrlich.

»Willst du vielleicht Patentante werden?«, fragte Carl.

»Also das ist jetzt etwas zu viel von mir verlangt«, erwiderte Lotte und schüttelte innerlich den Kopf. Carl würde einfach immer irgendwie unmöglich sein in emotionalen Dingen.

»Frag doch Lissy, die freut sich sicher.«

»Okay, mach ich«, sagte Carl. »Und kann ich vielleicht doch die Palme kaufen?«

Lotte schüttelte den Kopf und sagte dann doch: »Okay, von mir aus ... ich gebe dir eine.«

Carl grinste und gab Lotte einen völlig unverfänglichen und sehr brüderlichen Kuss auf die Wange.

»Ich bin schwanger.«

Lotte musste sich fast hinsetzen.

Unfassbar. Hatte sie richtig gehört?

Es regnete gerade Babys.

Emma stand braun gebrannt, strahlend und schwanger vor ihr. Sie kam direkt aus den Flitterwochen und hatte es nicht erwarten können, ihre Mutter zu sehen. Kein Wunder bei dieser Neuigkeit.

Lotte konnte es kaum glauben.

»O mein Gott.« Lotte sprang tatsächlich zehn Zentimeter in die Luft. »Das ist ja wunderbar. Ich freue mich so für dich.« Lotte umarmte ihre Tochter und fühlte sich, als ob sie selbst gerade schwanger wäre. Wie damals bei Emma. In absolut freudiger Erwartung. Sie würde Großmutter werden. Wie schön war das denn?

Das Leben hielt in letzter Zeit anscheinend jede Menge Überraschungen für sie bereit.

Lotte löste sich aus der Umarmung und legte eine Hand auf den Bauch ihrer Tochter.

»Seit wann weißt du es? Du musst sehr vorsichtig sein am Anfang. Du hast doch keine unpasteurisierte Milch getrunken? Toxoplasmose. Du musst unbedingt so einen Test machen. Das kann sehr gefährlich für das Baby sein. Hast du schon einen Ultraschall gemacht? Ich glaube, dein altes Babybett steht noch auf dem Speicher. Das können wir neu anstreichen, aber nur, wenn du magst. Und irgendwo hab ich noch eine Kiste mit deinen alten Babysachen, die habe ich extra aufgehoben für deine Kinder und ...«

Lotte hörte gar nicht mehr auf zu quasseln und endete schließlich mit: » ... und was sagt eigentlich Ben dazu?«

»Der freut sich total und sucht schon Babynamen«, antwortete Emma seltsam verhalten.

Lotte spürte, dass Emma etwas auf dem Herzen lag.

»Und du? Du freust dich doch auch, oder?«, fragte Lotte etwas unsicher.

»Schon ... aber ich ... ich bin ja noch nicht mit dem Studium fertig, Medizin ist ja ziemlich zeitintensiv. Und ich darf gar nicht an die Nachtdienste im Krankenhaus denken ...«

Lotte blickte ihre Tochter an.

»Papperlapapp. Babys kommen, wann sie wollen, und nicht, wenn es ihren Eltern gerade mal in den Kram passt. Wir werden das Kind schon schaukeln. Ich helfe dir, ihr beide werdet euer Studium schon noch beenden können. Eine Gärtnerei ist ein wunderbarer Platz für Kinder, um zu spielen, falls du dich erinnerst.«

Jetzt war Emma sichtlich erleichtert.

»Denkst du das wirklich? Ab und zu habe ich etwas Zweifel, ob das nicht wirklich alles zu schnell gegangen ist.«

»Quatsch.«

»Das hast du selbst gesagt.«

»Ich habe mich geirrt. Passiert selbst mir ab und zu«, meinte Lotte etwas ironisch. »Und außerdem bekommst du ja selbst bald eine Halbschwester. Oder einen Halbbruder. Ich nehme mal an, du weißt schon, dass auch Isabell schwanger ist.«

»Ja. Weiß ich. Und ich freue mich.« Emma blickte ihre Mutter an. »Aber wie geht's dir damit?«

»Alles gut. Passt schon. Ich freue mich für Carl. Wirklich, er hat das verdient. In dem Alter noch mal ein Kleinkind. Vater sein ist ein klein wenig anstrengender, als Großvater zu sein. Und jetzt wird er beides.« Lotte grinste.

Emma musste lachen, und Lotte erklärte: »Nein, ich freue mich wirklich. Die beiden könnten ja dann miteinander spielen. Ist das nicht ausgefallen? Wie sind die beiden dann verwandt? Tante und Nichte? Onkel und Enkel?«

Lotte war noch nie gut in all den komplizierten Verwandtschaftsverhältnissen gewesen, irgendwie brachte sie da immer alles durcheinander.

»Da muss ich selbst nachdenken. Alles etwas verwirrend«, sagte Emma und wurde plötzlich wieder ernst.

»Wie geht's dir eigentlich?«

»Bestens«, log Lotte, ohne rot zu werden.

»Lissy sagt, du wohnst quasi im Gewächshaus.«

»Lissy übertreibt schamlos.«

Emma nickte, sie glaubte ihrer Mutter kein Wort.

»Bens Vater hat sich übrigens ein Segelboot gekauft. Es liegt in einer Bucht auf Mallorca. Soweit ich weiß, will er in einer Woche für längere Zeit alleine in See stechen. Mit seiner Scheidung ist wohl alles geregelt, und Ben hat sich mittlerweile eingekriegt. Er ist nicht mehr wütend auf dich, hat verstanden, dass du nicht der Grund für die Scheidung seiner Eltern bist.«

»Und warum sagst du mir das?«, fragte Lotte.

»Weil du die klügste Frau bist, die ich kenne – nur nicht, wenn es um dich selbst geht.«

Lotte seufzte. »Wir sind, glaube ich, schon eine sehr schräge Familie.

»Könnte sein.«

»Die Babys werden das lieben«, sagte Lotte.

»Da bin ich mir sicher«, bestätigte Emma. »Und mein altes Babybett hätte ich sehr gerne.«

Lotte nickte. Ihr schwirrten viele Gedanken durch den Kopf, und dabei ging es nicht nur um die Babys.

Es fühlte sich seltsam vertraut an, als Lotte aus dem Flughafengebäude von Palma de Mallorca in die warme Sommersonne trat.

Irgendwie fühlte es sich an, wie nach Hause zu kommen. Vertraut und warm wie die Umarmung eines guten Freundes.

Lotte hatte sich extra ein Mini-Cabrio gemietet und freute sich darauf, gleich den Sommerwind in ihren Haaren zu spüren.

Wenig später war Lotte auf der Autobahn in Richtung Llucmajor unterwegs, hatte das Verdeck auf und die Musik laut gedreht und versuchte, alle Zweifel, die sie an diesem verrückten Trip hatte, einfach zu verdrängen.

Mallorca war wunderschön, und egal, wie das heute ausgehen würde – die Insel würde sie immer willkommen heißen. Hier würde sie sich immer wohlfühlen.

Lotte fuhr von der Autobahn ab und über immer kleinere Straßen, überholte einige Fahrradkolonnen und bog schließlich in die schöne Auffahrt zu dem Hotel ein, in dem Emmas Hochzeit stattgefunden hatte.

Verbrecher gehen einfach gerne an den Ort ihrer Taten zurück, dachte sich Lotte, als sie das erstaunte Gesicht von Don Juan an der Rezeption sah. Der erkannte sie sofort wieder, kam hinter dem Tresen hervor und begrüßte sie überschwänglich wie eine alte Bekannte. Lotte fühlte sich von seiner Umarmung fast erdrückt, verstand nur die Hälfte davon, was er sagte, und lächelte einfach. Lächeln war ja nie verkehrt.

Lotte bekam ein anderes, aber genauso schönes Zimmer wie vor ein paar Wochen.

Sie warf ihren Koffer einfach auf das Bett und packte nur das Nötigste aus. Sie hatte keinerlei Vorstellung, wie lange sie hierbleiben würde.

Eine Nacht? Eine Woche? Oder zwei Stunden?

Lotte duschte ausgiebig, zog dann einen neuen Badeanzug und ein leichtes Leinenkleid an und packte ihre Strandtasche.

Zeit, der Wahrheit und jemandem ins Auge zu blicken.

Wenig später stieg Lotte die steilen Stufen zu der kleinen Cala in der Nähe des Hotels hinunter.

Dieses Mal war die kleine Bucht gut besucht. Mehrere Sonnenschirme und Strandtücher waren auf dem kleinen Strand zu sehen. Kinder buddelten Sandburgen, und einige Familien hatten den halben Hausstand mit hierhergeschleppt. Kein Wunder, es war ja schon Hochsommer und Ferienzeit.

Einige Boote ankerten in der Bucht.

Lotte erkannte die kleine Cala so geschäftig, wie es jetzt hier war, kaum wieder.

Sie ging ein paar Meter den Strand entlang auf der Suche nach einem ganz bestimmten Schiff. »Sterntaler« musste auf dem Rumpf stehen.

Noch bevor sie ein Boot mit diesem Namen identifiziert hatte, hörte sie draußen auf dem Meer ein vertrautes Bellen.

Charlie!

Charlie stand am Bug eines sehr schönen Segelbootes und bellte den Strand an.

Lotte wäre am liebsten einfach zu dem Boot hingerannt, um ihn zu begrüßen, aber leider konnte sie nicht über Wasser gehen.

Philipps Boot lag verdammt weit weg vom Ufer.

Lotte war unsicher, ob sie so weit überhaupt rausschwimmen konnte.

Warum musste Philipp auch hier mitten in der Bucht ankern? Warum nicht in irgendeinem Hafen mit einem netten Steg, wo man sich in Würde nähern konnte?

Lotte seufzte auf.

Hier würde sie wohl oder übel ins Wasser steigen müssen, um mit Philipp zu sprechen.

Lotte blickte sich um.

Ein paar Meter entfernt lagen ein paar Teenager im Sand und hörten etwas zu laut Musik. Eins der Mädchen hatte einen von diesen großen rosafarbenen Flamingo-Schwimmreifen neben sich liegen.

Lotte ging zu der Gruppe hin.

Kurz darauf schwamm Lotte hundert Euro ärmer in einem pinkfarbenen Flamingo in Richtung der »Sterntaler«.

Am Strand hatte sie das Strandtuch und ihre Tasche bei den Jugendlichen zurückgelassen, die hoffentlich gut auf die Sachen aufpassten. Bei hundert Euro für ein Gummitier war das ja wohl hoffentlich im Service mit inbegriffen.

Lotte paddelte vor sich hin in Richtung der »Sterntaler« und versuchte, in dem Flamingo so würdevoll zu schwimmen wie irgend möglich, falls Philipp sie zufällig entdeckte.

Das Boot lag wirklich zu weit weg vom Strand. Lotte kam die Paddelei ewig vor, aber schließlich war sie drei Meter vor dem Bug. Unter ihr war das Wasser schon ziemlich tief.

Lotte beschloss, das einfach zu ignorieren. Sie hatte ja den Flamingo.

Was jetzt?

Sollte sie einfach nach Philipp rufen? Würde er sie überhaupt von hier unten hören? Würde er sie erkennen? Würde er sie für verrückt halten? Würde er mit ihr sprechen?

Lotte war jetzt, wo sie quasi am Ziel ihrer Reise angekommen war, mehr als verunsichert.

Lotte paddelte noch ratlos weiter, doch da erlöste Charlie sie durch sein lautes Bellen.

Er hatte sie offensichtlich entdeckt und bellte und gebärdete sich an Bord wie wild. Er blickte ständig so lange aufs Meer, bis schließlich Philipp über die Reling schaute, um zu sehen, was um alles in der Welt da unten im Wasser schwamm.

»Charlotte?«, hörte Lotte dann kurz darauf Philipps ungläubige Stimme so drei Meter über ihr.

Lotte blickte nach oben und blinzelte, konnte Philipp kaum erkennen, so sehr blendete die Sonne sie.

»Bist du das, Charlotte?«, kam es noch mal ungläubig von oben.

»Ja. Das bin ich. Wie wäre es, wenn du mich an Bord lassen würdest?«, fragte Lotte und hielt sich am Hals des Flamingos fest.

»Was machst du hier?«

»Bitte lass mich rauf. Ich möchte hier ungern einer Qualle begegnen.« Lotte hatte jetzt wirklich genug vom Wasser. Sie war schon ganz aufgeweicht und hätte sehr gerne wieder wenigstens halbwegs festen Boden unter den Füßen gehabt.

Philipp zögerte einen Augenblick, dann ließ er Lotte tatsächlich die Leiter ins Wasser.

Lotte kletterte hoch, den Flamingo im Arm, falls sie eventuell eine Fluchtmöglichkeit brauchte.

Philipp empfing sie sogar mit einem großen Handtuch, das Lotte dankbar annahm.

Charlie flippte völlig aus, als Lotte endlich an Bord war. Er rannte bellend und schwanzwedelnd um sie herum und konnte sich kaum beruhigen. Lotte hatte schon Bedenken, dass er vor lauter Aufregung über Bord gehen könnte.

Philipp leinte ihn schließlich einfach an, damit er sich etwas entspannte.

Philipp, sehr lässig in Shorts, Hemd und barfuß und ziemlich braun gebrannt, lehnte jetzt am Mast, blickte Lotte interessiert an und sah dabei aus wie ein Seeräuber.

»Also mit dir hätte ich jetzt nicht so wirklich gerechnet. Hier so mitten auf dem Meer. Und dann noch mit dem Flamingoexpress.« Philipp konnte sich ein Grinsen nicht verkneifen, versuchte es aber angestrengt.

»Man tut, was man kann. Ich wollte nicht ertrinken und wusste nicht, ob du mich an Bord lässt«, gab Lotte leicht schnippisch zurück.

Als Antwort zog Philipp blasiert eine Augenbraue hoch. Das war etwas, das Lotte noch nie an ihm bemerkt hatte, und sie musste feststellen, das konnte er wirklich gut.

»Was um alles in der Welt willst du hier?«, fragte er.

»Ich wollte dich sehen. Und ich wollte mit dir reden. Also bevor du irgendwie auf Weltumsegelung gehst oder so etwas in der Art.«

»Ich will eigentlich nur einen kleinen Törn machen, so drei, vier Wochen«, sagte Philipp verwirrt.

»Oh«, sagte Lotte. Da hatte Emma wohl etwas übertrieben, um Lotte ein bisschen Druck zu machen. Aus Emmas Mund hatte es geklungen, als würde Philipp für die nächsten Jahre in der Südsee verschwinden.

»Auch egal. Ich ... ich wollte einfach noch mal mit dir sprechen ...«

»Nun, ich höre.« Philipp lehnte weiter mehr als lässig am Mast. Lotte hatte das dringende Bedürfnis, auch so lässig zu sein, aber nass und nur mit einem Badeanzug und einem Handtuch bekleidet wollte ihr das nicht so wirklich gelingen.

»Ich ... will mich bei dir entschuldigen ... Das vor ein paar Wochen, das vor der Hochzeit ... das ist alles komplett schiefgelaufen und sozusagen irgendwie komplett aus dem Ruder ...«

»Das kannst du laut sagen.«

»Und ich habe dabei auch keine besonders gute Rolle gespielt, aber ich habe ja auch versucht, es wiedergutzumachen. Carl und Isabell bekommen übrigens ein Baby.«

»Weiß ich schon.«

»Also habe ich zumindest keine Ehe zerstört«, sagte Lotte.

Philipp nickte und schwieg einfach.

Also leicht machte er es ihr nun wirklich nicht, fand Lotte, seufzte auf und fuhr fort: »Weißt du, ich habe bessere Laune, wenn ich mit dir zusammen bin. Und das passiert mir sonst kaum mit jemandem, und es gibt keinen Menschen, mit dem ich besser schweigen kann als mit dir. Und das finde ich großartig. Und du hast Charlie. Und ich liebe Hunde, auch wenn ich das vorher nicht gewusst habe, und ich ...«

Dann schwieg Lotte. Ihr fiel einfach nichts mehr ein.

Philipp blickte sie noch immer schweigend an.

Lotte wusste nicht mehr weiter.

»Das war eine absolute Schnapsidee hierherzukommen«, brach es dann aus ihr heraus.

Was um alles in der Welt hatte sie sich nur dabei gedacht? Sie hatte sich völlig zum Affen gemacht. Oder zum Flamingo.

Sie drehte sich um und ergriff das Gummitier.

Das Wasser war wohl tief genug, um einfach so von Bord zu springen.

Lotte holte Luft und wollte gerade auf die Reling steigen, als Philipp sagte: »Warte, Charlotte, warte ...«

Lotte drehte sich um.

Philipp war plötzlich neben ihr.

»Ich finde immer noch, du bist eine ziemlich außergewöhnliche Frau, Charlotte ... ganz besonders, wenn du einen pinkfarbenen Flamingo umklammerst und gleich über Bord gehen willst ... Bleib hier ... an Bord. Lass uns gemeinsam diesen Törn machen, zwei, drei Wochen entspannt durchs Mittelmeer schippern, ganz viel schweigen und vielleicht noch mehr reden. Charlie würde sich sehr freuen, und ich mich ehrlich gesagt auch. Was denkst du?«

Philipp stand direkt vor ihr. Er hatte wunderschöne Augen. Blau mit etwas Türkis drin.

Charlotte küsste ihn einfach als Antwort.

Philipp verstand sehr gut, was sie damit sagen wollte, und küsste sie zurück.

Und nach diesem ziemlich langen Kuss sprangen alle vier für eine kurze Erfrischung dann zusammen in das türkisblaue Meer direkt vor Mallorca: Charlotte, Philipp, Charlie und der pinkfarbene Flamingo.